NHK

連続テレビ小説

虎に翼

上

作 吉田恵里香

ノベライズ 豊田美加

NHK出版

NHK連続テレビ小説

虎に翼　上

目次

猪爪家

寅子の母
猪爪《いのつめ》はる（石田ゆり子）

寅子の父
猪爪直言《いのつめなおこと》（岡部たかし）

書生
佐田優三《さだゆうぞう》（仲野太賀）

寅子の弟
猪爪直明《いのつめなおあき》（三山凌輝）

主人公
猪爪寅子《いのつめともこ》（伊藤沙莉）

寅子の兄
猪爪直道《いのつめなおみち》（上川周作）

寅子の親友・兄嫁
米谷《よねたに》（猪爪《いのつめ》）花江《はなえ》（森田望智）

寅子の見合い相手
横山太一郎《よこやまたいちろう》（藤森慎吾）

涼子の母
桜川寿子《さくらがわひさこ》（筒井真理子）

涼子の父
桜川侑次郎《さくらがわゆうじろう》（中村育二）

米谷家の女中
稲《いね》（田中真弓）

涼子のお付き
玉《たま》（羽瀬川なぎ）

明律大学女子部の同級生

男装の学生
山田《やまだ》よね（土居志央梨）

華族の令嬢
桜川涼子《さくらがわりょうこ》（桜井ユキ）

最年長の学生
大庭梅子《おおばうめこ》（平岩紙）

朝鮮半島からの留学生
崔《チェ》《さい》香淑《ヒャンスク》《こうしゅく》（ハ・ヨンス）

主な登場人物関係図

明律大学の学生

同級生
花岡《はなおか》悟《さとる》
（岩田剛典）

同級生
轟《とどろき》太一《たいち》
（戸塚純貴）

先輩
久保田《くぼた》聡子《さとこ》
（小林涼子）

先輩
中山《なかやま》千春《ちはる》
（安藤輪子）

裁判官
桂場《かつらば》等一郎《とういちろう》
（松山ケンイチ）

明律大学教授・法学者
穂高《ほだか》重親《しげちか》
（小林 薫）

寿司店店主・傍聴マニア
笹山《ささやま》
（田中要次）

新聞記者
竹中《たけなか》次郎《じろう》
（高橋 努）

裁判官
久藤《くどう》頼安《よりやす》
（沢村一樹）

裁判官
多岐川《たきがわ》幸四郎《こうしろう》
（滝藤賢一）

裁判官
汐見《しおみ》圭《けい》
（平埜生成）

弁護士
雲野《うんの》六郎《ろくろう》
（塚地武雅）

夫婦関係 ══
親子関係 ──

本書は、連続テレビ小説「虎に翼」第一週〜第十三週の放送台本をもとに小説化したものです。
番組と内容・章題が異なることがあります。ご了承ください。

装丁　小田切信二
キービジュアル提供　NHK
DTP　NOAH
校正　円水社
編集協力　向坂好生

第1章　女賢《さか》しくて牛売り損なう？

昭和二十二（一九四七）年三月。空襲の傷跡があちこちに残る東京の街を、確固たる足取りで歩いていく小柄な女性がいた。年齢は三十代前半。ひっつめ髪に、くたびれたツイードのスーツ。風呂敷包みをぎゅっと胸に抱き、頬のこけた丸顔には、戦中の苦労が色濃く残っている。

ＧＨＱに接収された日比谷公園を横目に、彼女は内堀通りを西に向かい、お堀端に建つ建物の前で足を止めた。司法関係機関が集まる霞が関の一角で、奇跡的に空襲を免れた法曹会館である。その西側で修復中の建物は、かつて赤れんがの威容を誇っていた司法省だ。

彼女はアーチ窓のステンドグラスを見上げると、瀟洒《しょうしゃ》な車寄せから玄関に入り、深紅の絨毯《じゅうたん》を踏みしめながららせん階段を上っていく。この法曹会館は明治二十四（一八九一）年に司法界の社交場として竣工されたが、現在、司法省の各課が間借りして業務を行っていた。

彼女は人事課の中を進み、衝立《ついたて》の手前でひと息ついた。

『すべて国民は、法の下に平等であって、人種、信条、性別、社会的身分、又は門地により、政治的、経済的又は社会的関係において、差別されない』

頭の中には、昨年十一月に公布された日本国憲法第十四条の一言一句がしかと刻み込まれている。

「……失礼します！」

威勢よく足を踏み入れた衝立の向こうでは、きちっとした背広姿の男性が、今まさに大きなふかし芋を頬張ったところだった。思いがけなくも、お互いに見知った顔である。

「……きみか。何か用かな」

口元についた芋のカスを凝視していた彼女はハッと我に返り、大事な武器でもあるかのように、風呂敷包みをきつく抱きしめた。心の奥に渦巻くわだかまりと怒り、そして目の前に差し迫った切実な問題を抱え、意を決して司法省の人事課に乗り込んできた彼女の名前は――。


「猪爪《いのつめ》、寅子《ともこ》です」

母のはるにこっそり小突かれた寅子は、ふてくされた涙声で挨拶した。

時は遡って昭和六年初夏。十七歳の寅子は、東京のレストランで見合いをしていた。華やかな振袖を着てめかしこんでいるが、意に添わぬ場であることは一目瞭然である。

「この子は五黄《ごおう》の寅の生まれでしてね。だから寅の子と書いて、ともこ」

不機嫌な寅子に代わり、父の直言《なおこと》が愛想よく場を取り繕おうとする。

「名前のとおり、昔から風邪知らずの活発な子でして、私たちはトラコなんて呼んだりすることも、なぁ」

「……はい」

消え入るような声でうつむいている寅子に、帝大出の官僚だという見合い相手は困惑するばかり。

なぜ、寅子の見合いがこんな地獄の様相を呈しているのか。発端はさらに十二時間前に遡る――。

「お見合い前夜に、いいえ、それだけじゃない。女学校卒業間近に家出だなんて……」

はるの表情は淡々としているが、寅子への静かな怒りがヒシヒシと伝わってくる。

玄関先に置き手紙を残し、荷物を詰めたトランクを抱えてこそこそ出ていこうとしたところを、用足しに起きた五歳の弟・直明《なおあき》に見つかってしまったのだ。当然、幼い弟のそばにははるがいた。

父の直言のほか、二十二歳の兄・直道《なおみち》、直道より一つ年上の下宿人・佐田《さだ》優三《ゆうぞう》が急きょ居間に招集され、真夜中の家族会議が開かれた。

「それは、私なりの決意の表れと言いますか」

寅子は大阪に行き、梅丸少女歌劇団の試験を受けようと思っていた。直道には大笑いされたが、直言は「トラは歌も踊りも上手だからなぁ」と親ばか発言をして、はるにたしなめられている。

試験を受けたあとは住み込みの仕事を見つけ、自力で生きていくつもりだった。はるにはばかげた決意だと一蹴されたけれど、寅子は、結婚した自分がどうしても想像できないのだ。

「想像つかないどころか、まったく胸が躍らないというか」

「そんなフワフワした理由で家族に迷惑かけて……女学校まで通わせたのに、情けない」

心底あきれた様子の母に、寅子は「はて？」と首を傾げた。

「女学校は勉学に励む場所でしょ？　そこで得た知識を卒業後に活かしたいと思うのは普通のことでは？」

「学んだ知識は良い家庭を築くためにお使いなさい」

男性陣が「口答えするな」と目配せするも、寅子は気づかない。

教師や医者など職業婦人になる道だってあると反論すると、はるはそれを言下に否定した。働く必要のない寅子が職につくということは、食べるのに困っている誰かの職を奪うことだと。

「自分の胸が躍る躍らないのために、誰かを不幸にして、それであなたは満足ですか？」

「そういう訳じゃ」

もはや半泣きの寅子に、はるが容赦なく畳みかける。

「寅子！『はい』か『いいえ』でお答えなさい」


……とまあ、こんな感じで朝まではるとやり合い、さんざん泣かされたのち、寅子はこの席に無理やり着かされたというわけだ。寝不足のせいで居眠りまでしたものだから、先方から断りの手紙が届いたのもむべなるかなである。後日、再び強制された二度目の見合いにも寅子は仏頂面《ぶっちょうづら》でのぞみ、またも先方から「ご縁がなかったということで」との返事を頂戴したのであった。


落胆している両親を見ると申し訳なく思うが、卒業したらすぐに結婚してほしいと親が思う理由はなんなのか。御茶ノ水にある名門女学校で二番の成績を誇る寅子だが、よく分からない。

下校途中にあるお茶の水橋上で、同級生であり親友の米谷花江《よねたにはなえ》に相談してみると、

「子供に幸せになってほしいからでしょう？」

との答え。それはそうだけれど、女の一番の幸せは結婚だと決めつけられることが、寅子には納得できない。花江は、良妻賢母になることが両親への恩返しだと言う。でも、これからしたいことを見つけたり、そのしたいことで一番を目指したりする権利だってあるはずではないか。

「駄目よ、そんな親不孝なことばかり言ってちゃ」

「おや、ふこう⁉」

衝撃である。両親にとって自慢の娘である自負がそれなりにあったのに、結婚をちょっと躊躇《ちゅうちょ》しただけで、そんな言われ方をしてしまうとは――。

夕方、日課である新聞や雑誌のスクラップをしながらも、寅子はずっとモヤモヤしていた。切り抜きの中には、美貌の男爵令嬢・桜川《さくらがわ》涼子《りょうこ》を称《たた》える記事がある。彼女が着用しているのは、留学先の米国で特別にあつらえた舞踏会用のドレスだという。好きなことができるのは華族のお嬢様だけなのか。恵まれた家庭環境とはいえ、寅子はしょせん、ただの銀行員の娘である。

この先、どうしたものだろうか。寅子は悩んだ。愛する両親に親不孝してまで結婚を拒む決意と明確な理由……何度必死に考えても、そんなものは見つからなかった。

居間を覗くと、両親は次なる見合い写真を見ながら真剣な表情で話し合っている。こちらも帝大卒、貿易会社勤務で、つい数か月前まで三年間ニューヨーク支店にいたとかなんとか。

くすぶる葛藤を押しのけ、寅子はついに言った。

「……三度目の正直にするから。今度こそ胸躍るかもしれないしね」

よほど嬉しかったようで、直言もはるも大はしゃぎだ。寅子は諦めの笑みを浮かべ、覚悟を決めた。親孝行と割り切り、見合いを成功させるしかない、と――。

三度目の見合いを終えたその夜、猪爪家の夕食後の居間にて、直言が言いにくそうに告げた。

「先ほど、横山《よこやま》太一郎《たいちろう》さんから……正式にお断りのお電話をいただきました」

「え、なんで？」

目を丸くする寅子と違い、直言もはるも、この結果を予想、どころか確信していたらしい。

「当たり前です！　すぐ思ったことを口に出して見合い相手にくだらない蘊蓄《うんちく》ひけらかして」

「ひけらかしてなんか、私はただ、太一郎さんと社会情勢についてお話できるのが嬉《うれ》しくて」

彼は言ったのだ。結婚相手とは、さまざまな話題を語り合える関係になりたいと。最初は好感触だっただけに、寅子は夢にも思わなかった。調子に乗って婦人の社会進出について滔々《とうとう》と熱弁を振るい、そのせいで太一郎の不興を買ってしまっただなんて。

アメリカ仕込みの自由主義は口先だけで、この男、一皮むけば「女のくせに生意気な」的男尊女卑思想の持ち主だったのだ。

「トラ、おまえ、最初からまた破談に持ち込む気だったんだろ？　俺には分かる」

兄の直道が、知ったような顔で決めつける。優三と許されざる恋をしているだの、見当違いもはなはだしいのだが、いくら寅子が違うと訴えても、「俺には分かる」の一点張りだ。

はるは頭を抱えつつも、寅子が女学校を出る前に必ず嫁ぎ先を見つけると決意を新たにする。

しかし、三度も失敗したせいか、次の見合い相手はなかなか見つからなかった。それに、はるは今、年末の直道の結婚式に向けて猫の手も借りたいほど大忙しなのだ。

ちなみに、直道の結婚相手は誰あろう寅子の親友、花江である。形式上は見合い結婚だが、じつは二年前、家に遊びにきた花江を、まだ大学生だった直道が見初めたのだった。

「……これは運命だ。俺には分かる」

直道が両親に頼み込んで花江との縁談を取りつけたという、いわば直道の一目惚れ婚である。

女学校在学中に結婚するのが夢だったと言うが、花江は本当にあの兄でいいのだろうか。

でも、寅子も本当は分かっていた。世間一般的に見れば、花江の結婚観のほうが普通であることを……。

その日も猪爪家には、結婚披露宴の招待状の宛名書きをするため、未来の嫁である花江、花江の母の信子《のぶこ》、米谷家の女中の稲《いね》が集まっていた。

このまま見合い話が進まず、いっそみんなが忙しさに紛れて、この件を忘れてくれればいい——一度は腹をくくった寅子だったが、そんな虫のいいことを考えていた。

夜には、花江の父・真一《しんいち》と仲人である直言の上司・帝都銀行理事の高井《たかい》も加わってテーブルを囲み、刺身や天ぷら、自家製パンなどはるの手料理に舌鼓を打った。

「お式まで、準備やらなんやら大変でしょう」

はるのお酌を受けながら、高井がねぎらう。

「ええ、でも愛する子供たちのためですから」

「そのとおり！　ささ、大したものはありませんが召し上がってください」

答えたのは花江の父と寅子の父、真一と直言だ。二人とも、さも自分たちがやっているような口ぶりだが、結婚式披露宴の準備、今日の夕食の支度、段取りをしたのはすべて寅子の母と花江の母である。海老天を頬張りつつ母親たちを見れば、案の定「スンッ」としている。寅子は、あの顔が苦手だ。母が急に無口になって、夫たちの邪魔にならぬよう控えめになる、あの顔が。

猪爪家の実質的な主である母が、こういう場では必ず「スンッ」としてしまうのはなぜなのか。

花江に視線を移すと、直道を見つめ、こちらは本当に幸せそうに微笑んでいた。

数日後、突然親戚に不幸があり、はるは故郷の香川《かがわ》・丸亀《まるがめ》に里帰りすることになった。家事の鍛錬だと家のことをまかされた寅子であるが、ちゃっかり花江に助っ人を頼む。

「トラちゃんは結婚したおうちで一番になればいいのよ。トラちゃんのお母さまみたいに」

寅子と台所に立ち、夕飯を作りながら花江が言う。

「……考えてくれてありがとね」

「受け流されるのが一番傷つく」

花江が口をとがらせる。バカにしたわけではなかったが、勉強の得意でない花江は多少劣等感があるらしい。しかし、裁縫に関しては、寅子は花江の足元にも及ばない。

「ごめんって。いや、きっと花江にとっては、それが正解なんだろうなって」

先日の花江は、幸せいっぱいではち切れそうだった。寅子だって、あんなふうに笑いたい。でも、それは結婚の先にあるものではない気がしてしまうのはなぜだろう……。

そのとき、仕事から帰ってきた優三が、おずおずと顔を覗かせた。

優三が猪爪家に下宿を始めたのは、直明が生まれてしばらくしたころである。

亡くなった優三の父親は直言の同級生で、学年で五本の指に入るほど優秀だったという。すでに母も亡く、天涯孤独となった優三は、弁護士だった父の遺志を継ぎ大学で法律を学んでいた。しかし、気が弱いうえにあがり症の優三は、高等試験司法科――今で言う司法試験に落ちて浪人状態に。昼は直言の銀行で働き、夜は夜学に通う生活を続けている。

「……その、僕のお弁当って」

「え？　もうそんな時間⁉」

名は体を表すの言葉どおり気の優しい優三は、文句を言うどころか夕食用の弁当を辞退したが、寅子はあとから大学まで弁当を届けにいくと言い張った。

優三が学ぶ明律大学もまた、寅子たちの女学校と同じ御茶ノ水にある。

寅子はバカでかいおにぎりの入った弁当の包みを抱え、大学の門をくぐった。

男子学生たちが、あからさまに好奇の目を向けてくる。当時の大学は女子の入学を認めていない、いわば女人禁制の場である。大正二（一九一三）年に東北帝国大学が日本で初めて女子学生三名の入学を許可して大きな波紋を呼んだが、それは例外中の例外であった。

優三の生活は大変だ。それでも、寅子は思ってしまう。やりたいことをしても、くだらないとか親不孝とか言われずにいいな。夜、大学にいるだけでジロジロ見られなくていいな……と。

寅子は廊下からこっそり教室を覗いた。学生服を着た優三や、ほかの男子学生たちが熱心に講義を受けている。もちろん、女子学生は一人もいない。

教壇に立っているのは、気難しそうな顔をした長身の若い教員だ。

「――この場合、実子の長女よりも認知されている庶子《しょし》のほうが、相続権は上位となる。この法的根拠を説明できる者は？」

挙手した学生のうち、教員に指された学生が答える。

「それは、婚姻状態にある女性は無能力者だからであります」

「は？　女が、無能力？」

思わず大声が出た。教室の視線が一斉に寅子に向けられ、長身の教員と目が合う。

これが、良くも悪くものちに長い付き合いとなる、桂場等一郎《かつらばとういちろう》と寅子の最初の出会いであった。

教室はシーンとなった。寅子に注目している学生たちの怪訝《けげん》そうな顔で、寅子はやっと、教室に流れる不穏な空気に気づいた。みんな、お見合い相手と同じ顔をしている。「思ったことを口に出すな」という、はるの小言を思い出す。これは……怒られるやつだ。

「……きみは？」

教員が、何を考えているのかよく分からない無表情で言った。

弁当を届けに、と説明する前に、優三が慌てて「トラちゃん！」と駆け寄ってきた。

「申し訳ありません……トラちゃん、行こう」

優三が皆に頭を下げ、寅子を教室から連れ出そうとしたときだ。

「待ちなさい」

丸眼鏡をかけた初老の男性が、腰をさすりながら教室に入ってきた。学生一同、サッと起立して叩頭《こうとう》せんばかりにお辞儀する。寅子は瞬時に察知した。これは、偉い感じの人に怒られるやつだ！

この大学の教授であろうその人は、教壇の近くにあった椅子に腰かけながら寅子に言った。

「……きみね。言いたいことがあれば言いたまえ」

「え？」

ぽかんと口を開けた寅子に、思いがけずにっこりする。そのそばで、無表情だった教員がやれやれという顔になった。いったいこれは、どういう状況なのだろうか。

「……よろしいんですか、言いたいこと言って」

優三が泡を食って〝やめとけ〟と首を横に振るが、こんなチャンスは滅多にない。

「もちろん。なぁ桂場くん」

桂場という名の教員は、諦めたように「ええ」とうなずいた。

では、と寅子はしゃんと背筋を伸ばすと、先ほどの「女性は無能力者」の意味を問うた。

「それは、女性が無能ということですか？」

「そうではない。結婚した女性は準禁治産者《じゅんきんちさんしゃ》と同じように責任能力が制限されるということだ」

「いいえ、ありますよ。責任能力」

寅子があっさり否定すると、桂場の顔に一瞬、驚きのような表情が走った。

「私の家では、家のことは、お金回りから何から何まですべて母が責任を持ってやっておりますが」

寅子の答えに、小ばかにしたようなクスクス笑いが教室のあちこちで起こった。

見かねた優三が、民法の条項をすらすらと寅子に耳打ちする。さすが、あの分厚い『六法全書』をボロボロにするだけある。しかし、法律の勉強などしたことのない寅子にはさっぱりだ。

桂場が優三を制し、内容を嚙み砕いて寅子にも分かるように説明してくれる。

「財産の利用、負債、訴訟行為、贈与、相続、身体に羈絆《きはん》を受くべき契約、つまり雇用契約を結んで働くこと。これらのことを妻が行うには、夫の許可が必要であるということだ」

「……はて？」

「はて？」

思わずおうむ返しに繰り返した桂場に、寅子は構わず疑問をぶつけた。

「つまり、それはどういう意味なのでしょうか？　私の母は法律を守ってないということですか」

「そうとはならない。民法第四編親族第八百四条一項に『日常の家事については妻は夫の代理人と看做《みな》す』とある。家を切り盛りすることにいちいち夫の許可を得る必要はない」

「それでも、母は無能力と言われるのですか？」

寅子が答えるたび、男子学生たちがクスクス笑う。すると、桂場が学生たちにピシャリと言った。

「何がおかしい？　彼女は分からないことを質問しているだけだが？」

男子学生たちはバツが悪そうに黙り込んだ。寅子が何を言いだすか気が気でない優三が寅子に帰るよう促すと、「いやいや、それは駄目だ」と今度は丸眼鏡の教授が制して言う。

「こんなすっきりとしない顔のままでいては身体に毒だ……良ければ座っていきなさい」

寅子が言われるがまま席に着くと、教授は学生たちに厳しい視線を向けた。

「きみたち、これが世の女性の反応だ。この顔を前にしても、まだ『法に書かれているから』という理由だけで、思考を停止させるつもりか？　法律とは、本来すべての国民の権利を保障すべきなのに……きみたちはこれをどう捉える？」

この丸眼鏡の教授こそ、のちに寅子の師となる法学者、穂高重親《ほだかしげちか》であった。

夕飯の休憩で学生たちが教室からいなくなると、穂高が寅子に尋ねた。

「それで……きみ、どうだった？　学生らの話を聞いて、少しはすっきりできたかな？」

「いえ、それはまったく」

寅子の答えがお気に召したかのように、穂高は「ほう！」と身を乗り出した。

「すっきりはできませんでしたが、でもはっきりはしたと言いますか」

寅子は穂高と桂場に語った。漠然と嫌だと思っていたこと、そのすべてに繋がる理由があったと分かった。理由が分かれば、今後、何かできることがあるかもしれない。

「そう思えることが今までに比べればマシと言いますか、嬉しいと言いますか」

穂高が破顔して、「うん、きみ良いね！」と拍手する。

「その物事の捉え方！　探求心に向上心！　何より弁が立つ！　きみ、法律家に向いているよ！」

「法律家？」

「きみ、うちの女子部にきなさい。明律《めいりつ》大学女子部法科。まもなく女性も弁護士になれる時期がくる。きみのような優秀な女性が学ぶに相応しい場所だ！」

その言葉が、落雷のように寅子の全身を貫いた。寅子の運命が動きだした瞬間である。

家に帰るなり入学願書の入った茶封筒をテーブルに置くと、寅子は目を輝かせて直言に話した。

「女子部で三年学べば、男子学生と同じ法学部に進めるんですって！」

「そうか！　この手があったか～！　トラ、良い手を思いついたな」

実は直言も、寅子が嫌がっている見合いを進めることに抵抗があったと言う。

「法学を学んだのに銀行勤めをしている父さんが言うのもなんだがトラは法学に向いている！」

「私もね、そう思うの、今日少しだけ授業を聞かせてもらっただけでも面白そうだなって」

親バカ全開になった直言が、はるのこともお父さんが説得すると胸を叩く。父と娘はすっかり意気投合して舞い上がっているが、そばで聞いている優三は不安でしかない。

さっそく直言は、寅子の女子部入学に向けて動きだした。名付けて、『はるの居ぬ間に既成事実を作ってしまおう作戦』である。

願書に必要なものは、顔写真と女学校の内申書の二つ。直言愛用のカメラで写真を撮り、父娘で意気揚々と面談に行くと、あにはからんや担任の女性教師は露骨に難色を浮かべて言った。

「今のお話ですと、大学を出るまでに最低でも六年かかるということですが……」

寅子は数えで二十五になる。それに学をつけすぎると嫁のもらい手がなくなると言うのである。

急に現実が襲ってきて考え込んでしまった寅子だが、直言はまるで意に介さず、帰りに寄った甘味処『竹もと』でみつ豆を食べながら、軽い調子で言うのである。

「いざとなったら父さんがトラの面倒くらい全部みるし、全部なんとかするから！」

少々引っかかるものがあったが、自分のしたいようにやってみなさいという父の言葉に、喜びが勝ってしまった寅子であった。


はるが丸亀から帰ってきて、一か月と少し経った頃――。

「今日は私、お昼から花江さんのお母様と披露宴のお料理について打ち合わせしてきますから」

朝の食卓で、はるが自分の手帳を見ながら予定を告げ、寅子に家のことを細々と指示する。この手帳は、はるが一日も欠かさず日々のあれこれを書きつけている日記のようなものだ。

直道と直明はふだんどおりだが、寅子は食べながら直言を睨《にら》み、直言は食べながら寅子から目をそらし、優三は食べながら二人を見てそわそわするという、ある種の神経戦が行われていた。

年が明ければ明律大学女子部の入学試験があるというのに、あんな大見得を切った直言ははるを説得するどころか、寅子が入学願書を提出したことすら切り出せずにいる。

女学校卒の生徒は面接と作文だけ受ければよく、どちらも合格する自信がある。優三が貸してくれた穂高の著書『民法読本』をはるに見つからないように読み、準備も怠りない。なのにこのままでは、はるが新しい見合い相手を探してきて女子部進学の道がどんどん危うくなっていく。

「私に相応しいなんて言ってもらった場所までもう少しなのに、もう倒す敵は一人なのに！」

もどかしさのあまり、玄関脇の部屋で夜学に行く支度をしている優三につい愚痴をこぼしてしまう。女学校の卒業も目前に迫っている。寅子は自身で敵と対決しようと決意した。

「よし。やっぱり私、お母さんに今から話してくる」

「はい、やめてくださ〜い」

言いながら玄関から入ってきたのは、花江である。はて、花江は何をもって寅子を止めるのか。

「結婚に向けて今、私が何に一番気をつかっているかわかる？」

突然の質問に戸惑いながら「……お肌の調子とか」と適当に答えると、花江は厳かに言った。

「お義母さまのご機嫌です。私、人生の晴れ舞台を心から最高の思い出にしたいの。そのためなら親友の野望も阻止する」

寅子が法律の道に進もうとしていることは父と優三しか知らないはずなのに、花江にはバレていたようだ。ただし、年末の結婚式が終わって年を越したら好きにしていいとのお達しである。

さらに花江は、先に一目惚れしたのは直道ではなく自分のほうだったと打ち明けた。それも女学校に入ってすぐのことで、寅子からさりげなく直道のことを聞き出し、まんまと直道を射止めたというから開いた口が塞がらない。どうしても欲しいものがあるならば、寅子も「したたか」になってもっとうまくやったほうがいいと、上品とは言い難い秘策まで授けてくれる。

「どんな道でも、女が好きなほうへ行くのは大変なのよ」

直道がそこまでするほどの男かと思わぬでもないが、それはともかく、寅子は考えた。女子部にも行きたいし、親友の晴れ舞台の邪魔もしたくない。

「……やるか、したたか」

こうして、寅子の『したたか作戦』が始まった。といっても、ひたすらおとなしく女学校に通い、家事を黙ってこなすだけである。寅子がしたたかに、笑顔を絶やさず、はるの機嫌をとっているうちに直道と花江の結婚式の日がやってきた。


純白のウエディングドレスをまとい、晴れの舞台に立つ花嫁姿の親友はとても綺麗で幸せそうで、寅子は胸いっぱいになった。

「おめでと、お幸せにね」

涙ぐんで祝福する。披露宴会場には、見渡すかぎりの笑顔、笑顔、笑顔……どこを切り取っても、ここには幸せしかない。けれど、なぜだろう？　親友の幸せは願えても、ここに自分の幸せがあるとはとうてい思えない。純白のドレスより、新聞の記事で見た裁判官の黒い法服のほうが断然心が躍るのだ。

——というか、なんなんだ「したたかに」って？　なんで女だけニコニコ、こんなに周りの顔色を窺《うかが》って生きなきゃいけないんだ？

見れば、盛り上がっている男たちの横で、はるをはじめとする女たちは「スンッ」としている。行き場のない怒りがむらむらと湧き上がってくる。親友からお許しも得た。したたかはもう終わり。今日こそ直言に説得を……いや当てにはすまい、自分で直接はるに伝えよう。

寅子は勇んでロビーに出たものの、招待客を見送っている両親の嬉しそうな姿を目の当たりにすると、勢いがくじけてしまった。さすがに今日は時機じゃなさすぎるだろう。

「ん？　猪爪くん？」

声のほうを見た寅子はアッと目をみはった。見覚えのある丸眼鏡。あれは……。

「穂高先生！　いやびっくりだな」

なんと明律大の穂高は直言の大学時代の恩師で、当時ゼミナール旅行で宿泊した宿が丸亀にあるはるの実家の旅館だったらしく、はるとも親しげに挨拶を交わしている。

「直言くんが旅館で働くきみに一目惚れしてねぇ」

二人の馴れ初めを話していた穂高が、少し離れた場所でぼう然と聞いている寅子に気づいた。

「おおおお、きみ！　やっぱりきみ、猪爪くんの娘か。珍しい名字だからね。願書を見て、もしかしてとは思っていたんだよ！」

寅子は硬直して思考停止状態、事情を悟った直言も酔いが吹っ飛び顔面蒼白《そうはく》である。

「きみ、合格だから。一応試験は受けてもらうが、その結果を見るまでもなくだ。言っただろ？あそこはきみに相応しい場所だって。女子部で待ってるからね！」

引きつった笑顔で穂高の握手に応じたが、恐怖のあまり、後ろを振り返ることができない。

はるは寅子の背後で、間違いなく鬼の形相になっているはず。まさか、こんな最悪の形で知られることになろうとは……。

結婚式のあと、はるは話をするどころか、寅子と目も合わせてくれない。

しかし、入試の日は刻一刻と近づいている。永久凍土のごとき母の怒りが解けるのを悠長に待ってはいられない。本心でぶつかれば、きっと分かってくれる……はず。

今が決戦の時と寅子は自らを鼓舞し、台所で力強く米を研《と》いでいるはるの背中に「……あの」と声をかけた。はるは手を止めたが、拒絶するかのように頑《かたく》なに背を向けている。

「……お母さん、まずはごめんなさい。隠すつもりはなかったの。……でもね、私やっぱり」

話を遮るように、はるは再び米を研ぎ始めた。

「私は何も聞いていませんし、これからも聞くつもりはありません。法学部も歌劇団も同じ。どうせこれも見合いから逃げるために」

「そうだよ」と寅子もはるの話を遮って言った。

「だって私、やっぱりお見合いはしたくない。婚姻制度について調べれば調べるほど心躍るどころか心がしぼんでいく。結婚が良いものだなんて思えない」

「穂高先生に何を吹き込まれたか知らないけど」

「吹き込まれてなんていない……けど、先生は私の話を遮らなかった」

ほかの大人たちは寅子の饒舌多弁《じょうぜつたべん》に眉をひそめるばかりなのに、穂高はもっと話をしろ、話を続けろと言ってくれた。あんな大人は初めてだ。そんな人が勧めてくれる場所でなら、心の底から自分を誇って笑えるかもしれない。胸を張って一番になれるかもしれない。

「もちろんそのために必死に勉強する。知ってるでしょ、私が女学校でも」

「あなたが優秀なことくらい分かってます！」

耐えかねたようにはるが振り返り、ようやく寅子を見た。

「もしかしたら、本当に法律家になれるかもしれない。でも、なれなかったときは？　なれたとしても、うまくいかずその道を諦めることになったときは？」

言いながら、はるは米粒のついた手で寅子の身体を何度も叩く。

「どうせ父さんは『いざとなったら俺が全部なんとかする』とかなんとか言ってるんでしょ？」

鋭い。舌を巻いている寅子に、はるは言う。直言は娘かわいさだけで、真から寅子の女子部進学を応援しているわけではないと。だからあのとき父の言葉に引っかかったのかと、寅子は腑《ふ》に落ちた。

「今行こうとしている道で、あなたが心から笑えるとは私は到底思えない。どう進もうと待っているのは地獄じゃない、ねぇそうでしょ？」

冷静になろうと、はるはしゃがんで床に散らばった米粒を拾い始めた。

「……頭のいい女が確実に幸せになるには、頭の悪い女のふりをするしかないの」

はるは五人兄弟の四番目で、頭が良かったのに高等小学校までしか行かせてもらえなかった。だから子供にはいろいろ学ばせてやろうと、寅子を女学校にも通わせた。

そんな母が寅子に選んだ道が、綺麗な振袖を着て、素敵な殿方と見合いをすることなのだ。

「……ありがとう。私のことを心から愛してくれて」

寅子はゆっくりとしゃがみ、米粒を拾うはるの手を取った。

「でもね、お母さん……私には、お母さんが言う幸せも地獄にしか見えない。やりたいことも言いたいことも言えず、必死に家のことをしても、家族の前以外ではスンッとして」

「スン？」

「だから、私はお母さんみたいな生き方じゃなくて……自分の幸せは自分で」

「お母さんみたいにはなりたくないってこと？　あなた、私のことそんなふうに見てたの？」

震える声に驚いて顔を上げると、はるは泣いていた。いや、泣きながら怒っていた。

「違う、そういうことじゃないの。お母さん、違うんだって！」

懸命に訴えたが、はるは涙を拭って行ってしまった。

説得どころか、親を泣かせ、正真正銘の親不孝者になってしまった——女学校からの帰り、明律大学の校舎を横目に見つつ、寅子ははると待ち合わせした甘味処の『竹もと』にとぼとぼと向かった。三度も見合いを断られた振袖は縁起が悪いからと、新しい振袖を誂《あつら》えにいくのだ。ささやかに抵抗を試みようとしたが、はるは寅子に有無を言わせなかった。

しょんぼりして店に入ると、そこに団子を食べようとしていた桂場がいた。八方塞がりの寅子は、挨拶ついでに、藁《わら》にもすがる思いで母親に女子部進学を反対されていることを話した。

「あの、先生ならば、どのように母を説得されますか？」

「……私も女子部進学には反対だ」

思いがけない返事である。穂高の考えはすばらしいが、非現実的で時期尚早だというのだ。

「いつかは女が法律の世界に携わる日がくるかもしれない。だが、今じゃない。今、きみが先陣を切って血を流したとしても何も報いはないだろう」

反論しようとした寅子を、母親一人説得できないようでは話にならないと桂場は一蹴した。

「この先は戦う相手は女だけじゃない。優秀な男と肩を並べて戦わなければならなくなるんだよ」

「……あの……私の母は、とても優秀ですが？」

だから、母を説得できないことと優秀な男性と肩を並べられないことは、まったく別問題だ。

「心躍るあの場所に行けるなら血くらい、いくらでも流します。それに私、同じ土俵にさえ立てれば、殿方に負ける気はしません」

「いいや、負ける！　通うまでもなく分かる。きみのように甘やかされて育ったお嬢さんは土俵に上がるまでもなく血を見るまでもなく、傷つき泣いて逃げ出すのがオチだ……」

そのときだ。桂場の話をぶち切るように、背後でダンッと誰かが立ち上がった。

「何を偉そうに」

「お母さん！」

寅子は腰を抜かしそうになった。はるが、浅草観音の金剛力士像ばりの仁王立ちで桂場を睨み据えている。いつも無表情の桂場も、さすがにタジタジとなっているようだ。

「あなたに、うちの娘の何が分かるって言うんですか？　そうやって女の可能性の芽を潰してきたのは、どこの誰？　男たちでしょ！」

「私にそんなふうに感情的になられても」

「自分にはその責任はないと？　それなら、そうやって無責任に娘の口を塞ごうとしないでちょうだい！　行きますよ、寅子」

はるは黒のショールを羽織り、たんかを切って店を出ていった。慌てて桂場に頭を下げ、はるのあとを追う。

「あぁ腹が立つ。知ったような口をきいて。若造が」

長羽織の裾をはためかせ、ぶつぶつと文句を言う母。

「……お母さん、これはつまり……お許しをいただけたということでしょうか？」

おそるおそる尋ねると、はるは面白くなさそうに寅子を見た。

「私は私の人生に悔いはない……でも、今、新しい昭和の時代に、たしかに私の娘には……スンッとしてほしくはないかもしれないって。そう思っちゃったのよ！　悔しいけど！」

本音を言えば絶対に許したくない。見合いをしたほうが確実に幸せになれると、はるは今も思っている。

「本当に地獄を見る覚悟はあるの？」

寅子はごくりと唾をのみ、きっぱりと答えた。

「……ある」

「……そう」

二人で家路につく。喜びに膨らんでいる寅子の胸には、呉服屋を素通りして、その先にある本屋ではるが買ってくれた、一番新しい『六法全書』がある。

こうして最後の敵を倒した寅子は無事、地獄への切符を手に入れたのだった。

第2章　女三人寄ればかしましい？

昭和七（一九三二）年春、寅子は無事、明律大学女子部に入学することになった。

女学校の制服だったセーラー襟のワンピースとも今日でお別れ。入学式にはお気に入りの、色とりどりの花が舞う黄色い振袖と赤の袴を身につけた。

外はうららかな春の陽射し。お下げにしていた髪も後ろで一つにまとめ、いざ出陣である。

「浮かれてはいけませんよ、女学校気分ではだめ」

見送りに出てきたはるに念を押され、耳にタコの寅子はハイハイと答える。

「分かってます、私が行く所は地獄です」

隣では、猪爪家の嫁となった花江が出勤する直道のネクタイを直してやっている。新婚夫婦は朝からアツアツのデレデレで目のやり場に困るが、一家はよりいっそうにぎやかになった。

「トラ、つらかったら、すぐやめていいんだからな」

こちらは過保護気味の直言。母も父も、それぞれに娘の旅立ちを案じてくれる。

両親の愛情に感謝しつつ、寅子はキリリと顔を引き締めて歩きだした。

明律大学は日本最大の学生街・御茶ノ水にある。ここで四年間の女学校生活を過ごした寅子にとって、新しいお茶の水橋を走る市電も、学生たちが行き交う活気に満ちた光景も見慣れたものだ。

通りを闊歩《かっぽ》するその顔は、表現するなら『この町は私の庭のようなもの顔』である。

しかも、今日からは正真正銘、ピカピカの〝大学生〟。新生活に心躍りまくりの寅子は口笛を吹き吹き、スキップしながら地獄……もとい、新たな学び舎の門を潜った。

入学式が行われる講堂に入って席に着くと、寅子は周囲を見回した。

見渡す限り女子・女子・女子。和装の人もいれば洋装の人もいて、年齢もバラバラだ。ここにいる二期生六十名全員が法の道を志しているせいか、女学校とはまた違う雰囲気である。

「きみたちは法曹界の、いや婦人の社会進出という明るい未来そのものだ。今年度こそ、婦人にも弁護士資格を与えうる法改正が行われるのはほぼ間違いなく、先輩である一期生と共に励んでもらいたい。改めて、入学おめでとう！」

学長が挨拶を終えて着席すると、司会進行役の総務部長がマイクでその名前を響かせた。

「続きまして新入生代表、桜川涼子」

寅子は危うく声をあげそうになった。桜川涼子と言えば、新聞や雑誌で有名な才色兼備の華族令嬢である！　道理で、会場を見下ろすバルコニーに記者やカメラマンの姿が見えるわけだ。

会場のあちこちから「涼子様よ」「まぁお美しい」というため息交じりの声が聞こえ、登壇した涼子にうっとりしたまなざしが注がれる。二十四歳になる涼子は豪奢な振袖に錦織の帯を締め、両側の髪にウェーブをつけて耳を隠した流行の髪型もエレガントだ。

寅子も涼子に憧れる女子の一人であるが、それと同時に『新入生代表挨拶は譲りましょう。でも卒業生代表挨拶は譲りませんからね』という自信に満ちた謎目線の宣戦布告を送った。

「この学び舎で共に勉学に励むことは、わたくしたち自身、そして後に続く若き婦人たち、young

ladies の人生をより豊かにし、より良き future に必ず繋がっていく。少し大げさかもしれませんが、わたくしはそう信じてやみません」

涼子の挨拶に共感した寅子は、思わず「そのとおりっ!!」と手を叩きながら立ち上がった。

会場中の視線を浴び慌てて手を止める。が、もう一人、力強く拍手している人がいる。見れば、女子部創立に奔走してきた穂高が、来賓席で涙ぐみながら盛大な拍手を送っていた。

「猪爪くん〜。きみ、目立っちゃってたねぇ」

式が終わって挨拶に行くと、穂高がニコニコして言った。いやいや、先生もご同類である。

「……あの、今日、あのお方は」

聞けば、あのお方こと桂場は大学の教員ではなく、あの日はたまたま腰を痛めた穂高の代理で夜学の講義をしていただけで、普段は東京地裁で判事をしているという。

親子してたんかを切った相手との気まずい再会は避けられた──寅子が胸をなで下ろしていると、『帝都新聞』の竹中《たけなか》という新聞記者がカメラマンを連れ、穂高に話を聞きたいとやってきた。

「穂高教授が法律を学ぼうとする彼女たちに願うことはなんでしょうか？」

「ご婦人方が権利を得る新たな世界を切り開くために、ぜひ法律を味方につけてほしいね」

なんと、寅子からもひと言欲しいという。

「そうですね、先生のおっしゃる味方という意味を完全に理解できているか怪しいのですが……よりいっそう勉学に励もうと思いました。法律だけでなく知識は決して私を裏切りませんから」

穂高に「よく言った！」と褒められて、寅子はすっかり気を良くした。我ながら百点満点の答えだったのでは？　謙虚に微笑んでいるつもりであるが、傍目にも得意満面な寅子である。

得意げから一転、寅子は女子部の教室を探して校舎の中をさまよっていた。新入生たちはみな先に行ってしまったらしく、姿が見当たらないので、勇気を出して男子学生に聞くしかない。

ちょうど寅子の前を、ハンチングをかぶり、本を読みながら歩いていく背広姿の背中があった。

「……あの、すみません！」

二度目の呼びかけでやっと振り返ってくれたその人を、寅子は思わず凝視した。三つ揃いの背広、白いシャツにネクタイを締め、断髪を七三に分けている……が、れっきとした女性である。いま大人気の男装の麗人、松竹少女歌劇部のターキーこと水の江瀧子のようだ。

二つ三つ年上のようだが、女子部の同期生と踏んで、一緒に教室に行っていいか尋ねると、彼女は無言で歩きだした。

「そのお姿、とってもお似合いね。なんで入学式のとき、あなたに気がつかなかったのかしら」

「出てない。最初は外で聞いてたけど……時間の無駄だと思った」

戸惑いながらもついていくと、校舎を出て五分ほど歩いたところに『明律大学女子部法科』と木の表札がかかった白い木造の建物があった。いくら探しても本校舎に女子部の教室がないわけだ。

彼女のあとに続くと、入り口を入ってすぐのピロティに新入生が集まっていた。涼子の艶やかな姿が一際目を引く。入学式にもそばに控えていた、お付きの若い娘と一緒だ。

合流してまもなく、階段から複数の足音が聞こえてきた。一期生らしき女子学生数人が、全員黒い法服を着て、踊り場から寅子たちを見下ろしている。

集団の先頭にいる、モダンガール風のおかっぱにした女子学生が、おもむろに祝いの言葉を口にした。ちょっと怖そうなこの先輩は、久保田聡子《くぼたさとこ》と名乗った。

対照的ににこやかな先輩は中山千春《なかやまちはる》といい、この二人が女子部のまとめ役のようだ。

なぜ先輩たちが法服姿かというと、このあと予定している歓迎会で、余興に法廷劇を上演してくれるという。ちなみにこの当時は、弁護士も検事も皆、法服を着用して法廷に立っていた。

本校舎を案内してもらいつつ話を聞くと、最初七十人いた一期生は次々と辞めていき、現在女子部の二年生は全部で七人だという。

衝撃の事実に寅子たち二期生がシンとなったところへ、「出た、魔女部！」と声が飛んできた。数人の男子学生たちが、「これから黒魔術でもやるのか」と遠目に女子部を揶揄《やゆ》してくる。

「お嬢さんがた、引き返すなら今だぞぉ～」

「そうそう、嫁のもらい手がなくなるぞぉ」

そもそもいないか、などと小ばかにして笑う。法学部の学生たちらしい。言われっぱなしで先輩たちは悔しくないのか。寅子が久保田を見ると、知らん顔でスンッとしている。

――出た、ここでもスンッ！　これが母の言う地獄だとしたら、ずいぶん幼稚な地獄である。

モヤッとしながら、寅子は皆と一緒に魔女部、ではなく女子部の校舎に戻った。

すると、ピロティに入ったとたん、中山がしゃがみ込んでワッと泣きだした。

「中山君は先日『これ以上法学を学び続けるならば別れる』と婚約を解消されたばかりなのだよ」

久保田が中山の涙の理由を説明する。身につまされた一同は再び静まり返った。

重い空気に耐えられなくなった寅子は、自己紹介をしようと提案した。

「私、猪爪寅子です。トラと書いて寅子。親しい友人からはトラちゃん、なんて呼ばれています。

好きなものは歌劇と歌うこと。あ、ここで一曲ご披露」

歌うは、直道と花江の結婚式でも大喝采を浴びた寅子の十八番、『モン・パパ』だ。大流行しているシャンソンで、強いママと弱いパパが登場する、ユーモラスな楽曲である。

寅子が気持ち良く歌い始めたとたん、「うっとうしい」という険のある声に遮られた。

「お前みたいなのがいるから、女はいつまでも舐《な》められるんだよ」

一緒に女子部に来た男装の同期生が、寅子にぐいぐい詰め寄ってくる。迫力負けした寅子は後ずさって尻もちをついた。そんな寅子を冷ややかに見下ろし、「本当に迷惑」と吐き捨てる。

「ちょっとなんなの急に」

ざわつく新入生の中から、皆よりだいぶ年かさの女性が見かねて口を挟んだ。五つ紋の黒羽織で正装した、上品な婦人である。

「けんかはよくないよ」

寅子と同い年くらいの聡明そうな眼鏡の女子が、少し訛りのある日本語で控えめに言う。

「なんであんたみたいなのが女子部に？　どうせ法律が何かも分かってないくせに」

男装の彼女は寅子に追い討ちをかけると、先輩である中山にも「あの程度で泣くのなら今からでもおとなしく結婚したほうがいい」と歯に衣着せぬ言葉を残して、女子部の校舎を去っていった。

寅子がずっと楽しみにしていた入学式。気持ちを切り替えようと思うのに、先輩たちがせっかく準備してくれた法廷劇も、彼女のせいで心から楽しむことができなかった。

若干へこんで荒れた気持ちで過ごすうち、女子部に入学して早一週間が経とうとしていた。

新入生たちは三クラスに分けられ、寅子は三組になった。

「Hi, what a lovely morning, トラコちゃん」

「ごきげんよう、涼子様、玉《たま》ちゃん」

同じ三組になった涼子と、お付きの玉に挨拶する。

「おはよう〜、今日も頑張りましょうね」

重箱を抱えて入ってきたのは、入学式に黒羽織を着ていた大庭梅子《おおばうめこ》だ。弁護士の夫を持つ最年長の同級生である。すでに着席していた朝鮮からの留学生、眼鏡の崔香淑《さいこうしゅく》も皆に会釈をする。

この三人に尻もちの寅子を加えた四人は、クラスでなんとな〜く扱いにくい一派としてまとまり、なんとな〜く一緒にお昼を食べる仲になっていた。

昼休み、梅子が重箱に詰めたおにぎりを皆に配っていく。食べ盛りの息子たちがいるせいか、若いとおなか空くから、が口癖で何かと皆の世話を焼いてくれるのだ。

微妙な距離感の四人は何をしゃべっていいか分からず、話題はもっぱら天気と梅子のおにぎりの具について。なぜ法律を学ぼうとしているのかなど、踏み込んだ話はまだ一切できずにいる。

この扱いにくい一派からも扱いにくく思われているのは、男装の山田《やまだ》よねだ。誰とも交わろうとしない一匹狼で、寅子は悪夢の入学式以来、よねとは会話どころか目も合ったことがない。

さて、肝心の授業であるが、六法と呼ばれる憲法、民法、刑法、商法、民事訴訟法、刑事訴訟法に始まり、哲学、社会学、心理学等々を学んでいる。寅子の向学心を嘲笑《あざわら》うように授業は日々眠気との戦いとなり、今のままでは〝法律とは退屈〟と定義してしまいそうである。

寅子はあくびを噛み殺すと、こっそり教室を見回した。居眠りしている同級生もいる中で、よねは前のめりになって授業を聞いている。その熱心さは、寅子も認めざるを得なかった。

そんなある日、寅子は女子部の入学式が、何紙かの新聞で取り上げられていることを知った。

「『女に法律？　全国の変わり者乙女たち一堂に会す』……え、何これ」

女子部の学生をばかにしたような見出しで、内容も面白おかしく書かれている。

「『穂高重親教授は「法律を味方につけてほしい」と近くにいた新入生に力説するも新入生は「意味が理解できているか怪しい」と困り顔。やはり女に法律は無理なのか』……はぁ⁉」

悪意のある切り取り記事を書いたのは、寅子がインタビューを受けた、『帝都新聞』の竹中という新聞記者だ。おまけに、間抜け面した寅子の写真まで載っている。

翌日の昼休み、怒りに震えながら皆に話すと、三人はとっくに新聞のことを知っていた。

「好き勝手書かれるのには、わたくし慣れておりますの」と涼子。

梅子も香淑も、世間の反応は女子部に入るときに予想できたことだと淡々と受け流す。

出た……う〜っすらスンッ。地獄に飛び込んできた同志であるはずなのに、そこはかとなく醸し出される、何か諦めた感じのこの雰囲気はなんなのだろう。

そのとき、廊下から大号泣が聞こえてきた。教室を出てみると、中山がうずくまって泣いている。

法改正が延期になる見通しだという先生方の話を小耳に挟んだらしい。

「今の議会で、婦人の弁護士資格取得が法律上でも認められるはずだったのに。無念だ」

久保田がうなだれる。ほかの一期生も二期生も、みな揃いも揃って諦めモードだ。

するると突然、教室のよねが激しく机を叩いて立ち上がった。

「メソメソヘラヘラ、メソメソヘラヘラ。全員うっとうしい、辞めちまえ‼」

廊下に出てきて全員を睨みつけ、まだ授業が残っているというのに校舎を出ていく。

寅子は一瞬ためらったが、自然と足が動いて気づけばよねを追いかけていた。


大学を出たよねは、御茶ノ水停留所から市電に乗り込んだ。寅子もこっそり同じ電車に乗る。

――あ、でもこれがうっとうしいのか？　声かけるべき？　やっぱりやめるべき？

決心がつかないまま尾行を続けていると、日比谷で降りたよねは、ある建物に入っていった。

「え、ここって？　……はて？」

看板に『東京地方裁判所』とある。生まれて初めて見る裁判所は、なんだか圧が凄い。ちなみにここが桂場の勤務先であることは、きれいさっぱり寅子の念頭から消え去っている。

よねの姿を見失い、慌てて中に足を踏み入れると、いきなり怒鳴り声が飛んできた。

「きみ、何をしている！　下に行け、下に！」

裁判所の廷丁《ていてい》らしいが、やけに威圧的である。裁判所という所は、どこもかしこも圧が強すぎなのでは……恐る恐る階段を下りた寅子は、ふいに後ろから肩を叩かれた。

「お嬢ちゃん、もしや傍聴をご希望かい」

いかにも江戸っ子といった風情のおじさんだ。不慣れな寅子を見て勘違いしたらしく、頼みもしないのに傍聴受付の手順を教えてくれる。笹山《ささやま》というこのおじさん、今で言う傍聴マニアで、近所で笹寿司というお寿司屋さんをやっていると話す。延々と続くおしゃべりには閉口したが、おかげで傍聴控所にいるよねを見つけることができた。寅子に気づいたよねが睨んでくる。そこへ、法廷に入廷するよう廷丁が呼びにきた。

寅子は、扉の開かれた法廷の前で大きく深呼吸した。いったいどんな場所なのだろう。

『寅子、法廷へ――いざ、参らん』。そんな心持ちで、ドキドキしながら足を踏み入れた。

「裁判長、ご覧ください。原告の顔にいまだに残る傷痕を！　右膝は満足に曲がらず、右耳はほぼ聞こえておりません」

傍聴席で原告側弁護人の主尋問を聞いた寅子は思わず「まぁ」と同情の声を漏らした。寅子と距離を置いて座っているよねは、そんな寅子の反応にうんざりしている様子だ。

笹山は、つまらなそうな民事の裁判だと言っていたが、どうしてどうして目が離せない。

原告である峰子《みねこ》は、七年前に被告の東田《ひがしだ》と結婚。日常的にひどい暴力を振るわれ、離婚裁判を起こした。裁判自体は勝訴したが、東田が控訴。なかなか決着のつかない離婚裁判とは別に、峰子は嫁入りの際に持参した品々の物品返還請求の訴えを起こした――というのが今回の裁判だ。

願いはただ一つ、亡き母親の形見の着物と思い出が詰まった品々を取り戻したい。このままでは、東田がそれらを焼却したり破棄するのではないかと、峰子は恐れているという。

寅子は、被告人席でふんぞり返っている東田を見た。たしかに、あの男ならやりかねない。

次に、被告側弁護人の反対尋問が始まった。峰子は見るからにおどおどしている。

「東田さんが家に帰ってこなかったと訴状にありましたが、峰子さん、あなたは家に帰ってくるよう促したりはしなかったのですか？」

東田はほかの女の元に転がり込んだまま、半年以上、妻の峰子に生活費も渡さなかった。それなのに被告側の弁護士は、家が居心地良くなるよう努力しなかったなどと峰子に非があるような言い方をして不利な立場に追い込もうとする。妻は夫に尽くしてなんぼと言わんばかりだ。

「結婚中、妻の財産を夫が管理するのは民法が定めたとおりです。つまらぬ嫌がらせはやめて、原告はもう一度、夫婦生活をやり直すべきではないでしょうか？」

峰子はうつむき、涙を浮かべて微かに首を振った。東田は勝利を確信してニヤニヤしている。

寅子の胸に、峰子への同情と東田への怒りが猛烈な勢いで湧き上がった。


法廷を出たよねは、脇目も振らず廊下をどんどん歩いていく。

「待って、ちょっと」

「つけてきたのか。悪趣味なやつ」

「それは、ごめんなさい。ほら、法改正のことで気を落とされておいでなのかなって。でも、あれか。裁判所に来たのは『それでも弁護士になるために頑張ろう』って自分を鼓舞するためで」

「……身震いするほどおめでたい女だな」と、よねは苦々しく言った。

「あの裁判を見て、どうやって自分を鼓舞できる？　着物なんて取り返せる訳がないのに」

「え？　峰子さんが裁判に負けるってこと？　嘘でしょ？　あんなひどい目に遭ってるのに？」

それでも法律上、着物は夫の物だと聞いて、寅子は絶句した。

「女は常に虐《しいた》げられてばかにされている。その怒りを忘れないために、あたしはここに来てる」

そう言うよねの表情は近寄りがたいほど厳しくて、寅子はそれ以上、何も言えなかった。

初めて傍聴した裁判は衝撃的で、帰宅してからも寅子の頭の中は『はて?』でいっぱいだ。

玄関で待ち構え、夜学からこそこそ帰ってきた学生服姿の優三に聞いてみる。今年も高等試験司法科試験に落ち、浪人生活二年目に突入したため肩身が狭いのだ。

「たしかに、着物を返してもらうのは難しいかもしれないね」

結婚した時点で妻は夫の管理下に置かれる無能力者だという、あのムカつく法律だ。

「筋が通らないじゃない! 結婚しているってだけで、着物はあの男のものになるってこと?」

優三に言われて深呼吸するも、収まらない寅子は居間でくつろいでいる家族に言い放った。

「罠だよ。罠、結婚って罠。結婚すると女は全部男に権利を奪われて、離婚も自由にできないって誰かに教えてもらった? 危なかったぁ、あぁ罠に引っかからなくてよかった〜!」

言いたいだけ言って二階の自分の部屋に引っ込み、押し入れから乱暴に布団を出していると、

「埃《ほこり》がたつでしょ」と、はるが眉を寄せながら入ってきた。

「お見合いしません、大学も辞めませんから」

「そんなこと絶対言いませんよ。『母さんのせいで弁護士になれなかった』なんて責任転嫁されるのはごめんですからね。あなたが自分で『もうやめた』と白旗を振るのを待ちます」

「そんな日は来ません!」

「そう。なら物や人に当たらない。腹が立ったら本でも読むか寝る。いちいちあなたの愚痴に付き合うほど、母さん暇じゃないですからね、おやすみなさい」

寅子同様、はるは言うだけ言うと去っていった。矢継ぎ早に小言を言われたのか、あるいは娘の背中を押してくれたのか……いや、それはない。

すっかり毒気を抜かれた寅子は、机に『六法全書』を出し、民法の頁を開く。性別で区別されるなんて、そんなの絶対におかしい。今夜は睡魔に打ち勝てそうな気がする寅子であった。

婦人弁護士誕生の日が遠のいたことへの動揺は大きく、女子部の士気が落ちることを懸念した穂高は、新入生を励ましにやってきた。

「必ず法は変わる。胸を張り、前を向き勉学にいそしんでほしい」

協議にも参加している穂高の言葉に寅子たちは勇気づけられたが、よねは納得しなかった。

「二十年後三十年後ということでは話になりません」

「もちろん、そんな遠い将来ではなくてだね」

「それは何か具体的な根拠があってのお言葉でしょうか。それとも希望的観測でしょうか？」

寅子はほぉ～っと感心し、弁護士みたいと弁護士の卵らしからぬ感想を抱く。

穂高は嫌な顔をするどころか、さっき久保田にも同じことを聞かれたと嬉しそうに笑い、どんなに遅くとも「きみたちが法学部を出るまでには必ず」実現すると約束した。

よねが受け入れて座ると、入れ替わりに寅子が挙手して立ち上がった。

「あの、法改正とは関係がないのですが。昨日、山田よねさんと一緒に裁判の傍聴に行きまして」

「一緒に行ってない、ついてきただけだろ」

訂正するよねを、そこはまぁいいじゃないといなし、寅子は昨日の離婚裁判について話した。

なぜか梅子が表情を変えた。梅子を慕っている香淑だけは、それに気づいたようだ。

「来週判決が出るようなのですが、よねさんは絶対着物は返ってこないと言っていまして」

よねが、巻き込むなよという顔で寅子を睨む。

「たしかに、民法第八百一条一項に『夫は妻の財産を管理す』とあります。同条二項に『夫が妻の財産を管理すること能はさるときは、妻自ら之を管理す』ともありますが、残念ながら夫に管理能力がないとは言い切れない」

「だから最初から無理と言ってるだろ」

寅子が民法の条項をすらすら述べたことに内心驚きつつ、よねはぶっきらぼうに断定した。

「でもどうしても納得できないんです。本当に無理なのでしょうか？」

寅子が食い下がると、穂高はニコニコして言った。

「さぁ、どうだろう。法廷に正解というものはないからね」

え、ないの正解――怪訝《けげん》そうに眉を寄せる寅子に、穂高はフフフと微笑み、

「依頼人の数だけ、弁護士の数だけ弁護の形がある。つまり、そこが弁護士の腕の見せ所なわけだ。そうだ！　きみたちならどう弁護するか、どう判決が出ると思うか考えてみるのはどうだろう？」

気が進まぬ様子の女子学生たちの中でただ一人、寅子が「はい！」と元気よく声をあげる。張りきる寅子の目は、かつてないほどキラキラと輝いていた。

さて、その日の夕方、『竹もと』に寅子、涼子、梅子、香淑、そしてなぜか仏頂面のよねがいた。お品書きとにらめっこしている寅子たちを横目に、「……なんで甘味処？」と文句を言う。

「だから、あなたがどうしてもこの判例集を今読みたいって譲らなくて、じゃあ一緒に読んで一緒に考えようってトラちゃんが誘ってくれたんでしょ」

梅子がたしなめる。授業のあと、寅子とよねは図書館で判例集の取り合いになった。そこへ、数少ない賛同者である三人がやってきて加わり、今に至るというわけである。

不本意そうにしつつも、よねに帰る気はないらしい。

梅子の奢《おご》りでそれぞれ甘味をおいしくいただきながら、例の裁判について意見を出し合う。

「着物は諦めて、離婚成立を優先すべきじゃないかしらね」

着物などしょせん物、子供もいないし、新たな人生を歩むべきだというのが梅子の主張だ。

「諦めたらそこで終わりじゃないですか！」

寅子が反対すると、ちゃっかりみつ豆を平らげたよねが、昆布茶を飲みつつ言った。

「諦めなきゃなんとかなるなら誰も諦めない。なんとかならないから諦めるんだろ」

「うわぁ。なんか、うちのお母さんみたい」

険悪になりそうな気配を察した香淑が、「けんかはだめ、お店に迷惑になります」と先回りする。

「ここはディスカッションの場でございましょう？　双方の意見をリスペクトいたしましょう」

涼子は言葉どおり、寅子のように希望を持つことは決して悪いことではないが、梅子やよねのような考えになるのも無理はないと公平に評した。

「民法において、女性が虐げられていることは紛れもない事実ですものね」

「そもそも男と女、同じ土俵に立ててすらいないんだ」

よねの声が怒気をはらむ。女性には参政権がない。家督も基本的には継げない、遺産も相続できない。姦通罪も女性だけ。夫は家の外で何人女を囲おうがお咎《とが》めなしだというのに……。

この時代の民法では、家単位の戸籍という制度の下、女性は戸主という名の父親や夫の庇護下に置かれ、社会的に非常に不平等な立場だった。穂高は著書で、妻の無能力は妻にとって必ずしも不利益な制度ではないが、妻を一個の人格者として考えるならば、それは〝恥ずかしい保護〟だと書いている。

「……でも夫による恥ずかしい保護を受けなければ、女にとって茨の道が待っている」

華族令嬢に茨の道は無縁だろうが、涼子の表情は憂いがある。

「もう本当に『はて？』としか言いようがない」

わなわなと怒りに震える寅子に、よねは「でもこれが現実だ」と無力感を漂わせた。

寅子は、うなだれている学友たちにも少し頭にきていた。みんな希望を持って女子部に入学したんじゃないか。なのになぜそんな、諦めスンッモードなのか。

――私は絶対、諦めたくない。寅子はグッと言葉を飲み込んで、残りの和菓子を頬張った。

翌日から、寅子はよねを捕まえては、粘り強く議論を吹っかけた。

「暴力を振るわれた件で夫を訴えて、その賠償金の代わりとして着物を返してもらうのはどう？」

「だから証拠がない。離婚裁判で賠償金が支払われた判例は今まで、ほぼないはずだ」

必死になっている寅子に感化されて、涼子たち三人も熱心に取り組んでいる。

廊下には、そんな女子部の様子を微笑んで見守る穂高の姿があった。

どうすれば着物を取り返せるのか。寅子は寝る間も惜しんで判例集や民法の本を読み漁ったが、これだという答えが出ないまま瞬く間に一週間が過ぎ、穂高に意見を述べる日がやってきた。

「山田君も桜川君、大庭君、崔君同様に『原告は敗訴、着物は取り戻せない』という結論ということだね。ほかに意見はあるかね？　……猪爪君は？」

「……民事訴訟法第百八十五条にこうあります」

その瞬間、よねがハッとした。寅子の言わんとすることが分かったのだ。

『裁判所は判決を為すに當り其の為したる口頭弁論の全趣旨及び証拠調べの結果を斟酌《しんしゃく》し、自由なる心証に依り事実上の主張を真実と認むべきか否を判断す』と。民事訴訟において、法律や証拠だけでなく、社会・時代・人間を理解して自由なる心証の下に判決を下さなければならない、そういうことですよね？」

「だからって法そのものを覆すわけにはいかない」

イライラしてよねが反論する。

「分かっています。でも……見にいきませんか、判決を」

寅子の提案に、教室がいっせいにざわついた。折しも今日は判決の日だ。

「裁判官が目の前の事実から何を感じ、どう判断を下すのか……裁判官の自由なる心証に希望を託すしかないのではないでしょうか」

寅子の弁論を上機嫌で聞いていた穂高が、反対するはずもない。

「課外授業か、面白いじゃあないか。せっかくだし久保田君たちも誘おう」

その日、第二法廷の傍聴席を女性が埋め尽くした。前代未聞の光景である。

法壇から呆気に取られて見ている裁判長に、最前列に座った穂高がニッコリと会釈する。

「なんだなんだこりゃあ」

ほかの裁判の傍聴にきていた笹山も、寅子たち女子部の集団を見かけてやってきた。法廷に乗り込んできた寅子たちを、もう一人、扉の陰から見ている人物がいた。

団子の包みを提げた桂場である。被告にとって敵だらけになるこの異例の法廷のどこまでが穂高の思惑なのか……自分は引率してきただけだと、どうせのらりくらりとぼけるだろうが。桂場はフンッと小さく鼻を鳴らすと、仕事に戻っていった。

裁判は定刻に開廷した。双方の弁護士が最終弁論を終え、休憩を挟んでいよいよ判決が出る。

寅子はそわそわしながらそのときを待った。状況に変化はなく、やっぱりダメかもしれないと悲観的になる。峰子も諦めているのか、ずっとうつむいたままだ。

裁判長が戻ってきた。法廷に緊張が走った、その瞬間――

「主文。被告は原告に対し、別紙目録記載の物品を引き渡すべし」

寅子は思わず「え」と声が出た。峰子が驚ろいて顔を上げる。女子部一同も同様だ。

「ありえないだろ、おい！」

顔色を変えて怒鳴る東田を、慌てて弁護士が「落ち着いて」となだめている。

裁判長は、傍聴にきた明律大学女子部法科の学生のため、特別に判決の主旨を述べた。

民法が夫に妻の財産を管理させるのは、夫婦共同生活の平和を維持すると共に妻の財産の保護を目的とする。しかし本件のように夫婦生活が破綻している場合、夫が妻の要求を拒絶するのは権利の濫用であり、夫としての管理を主張するのは妻を苦しめる目的にほかならない――と。

大きく言えば、人間の権利は法で定められているが、それを濫用、悪用することがあってはならないという画期的な判決である。

抑えた歓喜の声が寅子の口から漏れた。女子部の面々も興奮して小さく喜び合っている。

勝利を勝ち取った峰子は、味方の弁護士に支えられ、ぽろぽろと大粒の涙をこぼしていた。


「新しい視点の見事な判決だったねぇ」

法廷を出た穂高が、満足げに言った。どことなくしてやったり顔なのは気のせいだろうか。

「あの裁判官は状況に極めて自由な心証で判決を下した。原告や猪爪君ら若き女性たちへの願いや希望を込めて。こういった小さな積み重ねが、ゆくゆくは世の中を変えていくんじゃないかね」

寅子が大きくうなずいていると、ふいに「甘すぎます」とよねの冷ややかな声がした。

「あの男は、彼女への非道な仕打ちの償いをすることもない、何も反省しない。本来法律は、力を持たないあたしたちがああいうクズをぶん殴ることができる、唯一の武器であるはずなのに」

その目には悔し涙が滲んでいる。そんなよねの姿に、寅子は胸を打たれた。

「法とは規則なのか武器なのか……これにもまた正解はなし」

穂高はそう言って、知り合いが待っているからと軽やかに去っていった。

残された寅子たちが言葉少なに出口へ向かっていると、「こっちに来ないで！」と悲鳴のような女の声が聞こえてきた。

「俺は絶対お前と離婚しないからな！　お前だけ幸せになるなんて絶対許さない！」

判決を不服とした東田が、着物を抱えた峰子に罵声を浴びせている。

「ちょっと、まずいんじゃない？」と梅子。運悪く周りには人気がない。香淑が走って職員を呼びにいったが、東田は今にも峰子に殴りかかる勢いだ。

寅子はとっさに駆け寄り、二人の間に入ってキリッと東田を睨みつけた。

「わわわわわわわぁっっ〜!!」

奇声をあげながら猫のように引っ掻く真似をする。東田が「な、なんだよ⁉」とたじろいで後ずさった。この奇天烈《きてれつ》な威嚇が功を奏し、人も集まってきて、東田は捨てゼリフを吐いて逃げていった。

はぁはぁと息を切らす寅子に、峰子が「……あの」と声をかけてきた。

「この前も、お友達といらしてくださってましたね。ありがとう。心強かった、とっても。まだまだ裁判は続くでしょうけど、でもこの着物があるだけで祖母と母に守られていると感じる……私、最後まで戦いますから」

峰子は堂々と胸を張り、前を向いて裁判所を出ていった。

胸が熱くなり、「お元気で！」と寅子が手を振り見送っていると、よねが言った。

「……殴らせればよかったのに」

そうすれば東田を暴行罪の現行犯で逮捕できたと、おぞましいことを言う。

「また彼女に痛い思いをさせろっていうの？　殴られたら殴られた分だけ傷つくのに⁉」

さっき、よねは法は悪い人を殴る武器だと言った。けれど、寅子の考えは違う。

「私はね、法は弱い人を守るもの、盾とか傘とか温かい毛布とか、そういうものだと思う」

「……分かり合えないな、やっぱりお前とは」

二人はまるで水と油。そんな相手と無理に一緒にいなくてもと、涼子も諦め顔で言う。

「はて？　それは違うでしょ」

女学校時代なら無理に友達になる必要はない。でも、寅子たちは明律大学女子部の学生だ。

「一個の人格者として認められない女のくせに法律を学んでいる、地獄の道を行く同志よ。考えが違おうが共に学び、共に戦うの。だから私、よねさんをもっと知りたい」

「……嫌いなやつのことを知る時間なんて無駄だろ」

「え？　私、よねさんのことわりと好きだけど？」

ただでさえ当惑しているよねに、寅子は屈託なく言い放った。

「勉強熱心だし、はっきり物事を言える所は私と似ているし、男装姿も似合ってるし、何より知らない誰かのために涙して憤慨するあなたはとってもすてき！」

満面の笑みで握手を求めると、よねは「……あほか」と言い捨て、そそくさと帰っていった。

「また明日、ごきげんよう。気をつけてね～」

めげずに手を振る寅子を、涼子と梅子、香淑はそれぞれのまなざしで見つめていた。


寅子は弾む足取りで家に帰ってくると、夕飯の支度に忙しい台所に顔を出した。

「母さん、花江！　もしこの先、結婚に絶望しても私が絶対助けてあげる。私、盾なの、盾みたいな弁護士になるの」

ポカーンとしている二人を残し、ご機嫌で部屋に向かう。

寅子は『六法全書』を手にすると神妙な顔つきになり、そっと表紙をなで決意を新たにした。

けれど寅子は、まだ分かっていなかった。自分がいかに恵まれた場所で生まれ育ったのか、それが決して当たり前ではない人々が遠い世界ではなく、身近にいることを……。

第3章　女は三界《さんがい》に家なし？

昭和八年秋。寅子が明律大学女子部の二年生になって半年が経った。

六十人いた同級生は二十人にまで減り、三つあったクラスも一つだけになってしまったが、最近の寅子は大忙しだ。授業はもちろん、春から入学した後輩たちの世話、「婦人用の御不浄《ごふじょう》増設」など女子部の待遇改善を求める大学側との交渉、有志で行う傍聴会。さらに最近は昼休みに水泳も始め、帰宅する頃にはヘトヘトであるが、はると花江の手伝いも進んでやる。

このように日々休む間もなく動き回っている寅子も、月に一度の数日間は何をする元気もなくなって、ほとんど一日中、布団から起き上がれなくなってしまう。

寅子は〝お月のもの〟、つまり月経が少々人より重いのである。

「まだ寝てたほうがいいんじゃない？」

朝ご飯を食べながらつらそうにしている寅子を、はるが気遣う。

「毎日傍聴だ水泳だって忙しいからなぁ、トラは」と直言。

「お料理の先生にも通ったら？　花嫁修業になるし」

娘同様に諦めの悪いはるは、将来のため万が一に備えることは悪いことじゃないと言う。現に学友は次々と女子部を中退していく。女子部の入学者も年々減っている。このままでは存続も危うい。

はるは次々と厳しい現実を突きつけ、寅子を追い詰める。

「ご婦人を取り巻く問題が山積みの中、わざわざ地獄に向かっていくあなたのような物好きな娘さんはそういませんよ。あなたもこの先、いつ心変わりを」

「高等試験を受ける日が来たら、私は一発で合格してみせます！」

はるを遮って豪語した寅子はハッとした。優三が泣きそうになっている。

「……まぁ一発かどうかは重要じゃないけど」

失言に気づいた寅子は慌ててつけ加えた。そう、優三は今年もまた、高等試験に落ちたのであった。


皆の前では強がってみせたものの、寅子は内心、女子部の入学者減少について焦りを覚えていた。

「ほらみろ、やはり女に法律は無理だ」なんて結論づけられでもしたら……。

――だめ、弱気は私に似合わない！　寅子は自分を鼓舞した。困っている人を守る、盾のような弁護士になるため、今はできることを全力でこなすのみ。そう自分に言い聞かせる。

そんなある日、久保田と中山が、来月行われる『明律祭』で、三年と二年が合同で法廷劇をやることになったと言ってきた。女子部の良い宣伝にもなるからと、先生方に頼まれたという。

学年が変わり、三年生に進級したのは久保田と中山の二人だけ。ほかの五人が女子部を去った理由は、結婚や勉強の遅れ、世間の風当たりなどなど……。

今年の新入生も、すでに十人が退学届を出した。当然、女子部は大赤字。噂によると、来年度新入生を募集するべきかどうか、学長たちで話し合いが行われているらしい。

「女子部存続のために、今、我々が立ち上がらねばならぬのだよ！」

「喜んで！　将来の後輩たちのために、私たちの仲間を増やすために、頑張りましょう！」

こうして寅子の慌ただしい日々に、久保田の助手という仕事が加わった。法廷劇では被告役を演じることになり、がぜん張り切る寅子だったが、いくら手があっても足りない。

「よねさん、今日お時間ある？　授業が終わったら私の家で衣装作りを」

言い終わらぬうちに、「行くわけないだろ」とにべもない返事。

「あら、そう……でも嬉しい。よねさん、検事役を演じられるんでしょう？　こういう催し物に参加しないいんじゃないかと思っていたから」

「この場所がなくなるのは困る。それだけだ」

付き合いきれないというようによねは帰っていき、入れ替わりに涼子がやってきた。

「トラコちゃん、脚本読んでみてくださらない？」

法廷劇は学長が選んだ判例資料と筋書きを基に、涼子が脚本をしたためているのであった。


その日の夕方、涼子、梅子、香淑が衣装作りのため寅子の家に集まった。

「珍しいですか、庶民の家は」

きょろきょろ部屋を見回している涼子が微笑ましく、梅子がくすりと笑う。

「ど～ぞ、いくらでも見てください」

近所では、有名な男爵令嬢が猪爪家を訪れたというので大騒ぎになっていた。

「トラちゃんのおうちは庶民の家じゃないでしょ。ほら、女中さんもいるし」

香淑はお茶を持ってきてくれた花江を、猪爪家の女中と勘違いしたらしい。

「あ、違います。あの、花江は兄のお嫁さんで私の義理の姉で」

寅子が急いで訂正すると、香淑は恐縮して花江に平謝りした。

「いいんです。私なんて女中みたいなものですから。ではごゆっくり」

花江はトゲのある言葉を残して部屋を出ていった。寅子は気にしないでと香淑を慰め、花江を追って階段を降りた。香淑に悪気はなかったとはいえ、やはり気分は良くないだろう。

「花江、あの……」

お盆を抱えた花江にこわごわ声をかけると、「気にしてないから」と寅子を見てにっこりする。

しかし、衣装作りの手伝いを頼むと、寅子と違ってやることがたくさんあると嫌味な返事が返ってきた。こうなると、「私なんて女中みたいなもの」という花江の言葉が気にかかる。

「……ねぇ、あれってどういう意味？　お母さんに、そんなコキ使われてるの？」

「トラちゃんにはお嫁にきた人の気持ちなんて分からないわよ」

花江はピリピリして言うと、後ろを向いてハッと固まった。

いつからいたのか、はるが手作りクッキーを載せたお皿を持って立っている。

「家のことはやっておきますから、寅子の手伝いしてあげてちょうだい」

はるは作り笑顔でクッキーを花江に渡すと、逃げるように行ってしまった。しっかり二人の会話を聞いていたらしい。嫁の花江を尊重し、優しくしているつもりだったはるにしてみれば、まさに青天の霹靂《へきれき》だったのだろう。

トラちゃんのせいよ、というように花江が無言で寅子を睨む。とんだとばっちりである。

衣装作りは予想以上に進んだ。みんなの手先が器用だったからというより、なんとなく気まずくなって、黙々と手を動かすしかなかったからである。

残りは各自持って帰って仕上げることになり、涼子たちが帰り支度をして階下に降りると、玄関の三和土《たたき》に、中折れ帽をかぶった蝶ネクタイの中年紳士が立っていた。

「お嬢様、お迎えに、参りました」

桜川家の執事・岸田《きしだ》である。玄関の取り次ぎには、岸田が持ってきたらしい立派な菓子折りを抱えたはるがいる。涼子はすぐにピンときた。母の寿子《ひさこ》の差し金だろう。涼子の行動、学友たちの家柄、すべてに目を光らせているに違いない。

重苦しい空気を感じ取って梅子も香淑も黙り込んだが、寅子は一人、朗らかに言った。

「じゃあ、はい、これ涼子様の分。お願いします。女子部存続のために頑張りましょう!」

涼子は肩の力が抜けたようにフッと微笑み、「Of course, 任せてちょうだい」と衣装の入った風呂敷包みを受け取った。梅子と香淑も、顔を見合わせてくすりと笑う。

が、はるは気が気でない。男爵令嬢に気安く接する娘を睨んでいると、

「おい、通りに凄い自動車停まってるぞ!」

仕事から帰ってきた直言が、大声で言いながら入ってきた。


「寺藤《てらふじ》男爵夫人がおっしゃるのよ」

寿子の話が唐突に始まるのはいつものこと。涼子は、法服のフリルを縫っていた手を止めた。

「涼子お嬢様はお美しいから、おいくつになっても殿方から引く手あまたで羨ましいわって。本当に悪意はおありにならないのでしょうけど……わたくし、もう恥ずかしくって」

寿子は女中に注がせた葡萄酒を飲みながら、くどくどと遠回しな小言を繰り返す。雑誌の中には、涼子のことを『オールドミス』『行き遅れの美女』などとひどい書き方をする記事も少なくない。プライドの高い母には、そんな世間の目が耐えられないのだろう。

「もうそのへんにしておいたらどうだ？」

帰宅してきた父の侑次郎《ゆうじろう》が、そんなに結婚を急ぐことはないと涼子をかばってくれる。

「あなたは黙っていらして！　お父様から引き継いだ桜川家を私は守らなくてはならないの！」

寿子は目を吊り上げて夫を黙らせた。婿養子の侑次郎に発言権はない。

「桜川家の女として生まれた役目を果たしなさい」

涼子は黙ったままうつむいた。外に出れば人の目を気にして息苦しく、家では孤独に襲われる。女子部のみんなといるときだけが、今の涼子にとって唯一心安らげる時間だった。

明律祭を明日に控え、ようやく完成した衣装を寅子たちが教室で見せ合っていたときだ。

「くだらないんだよ、そのフリルもこれも。なんだよ、この終わり方」

よねが脚本を机に叩きつけた。

主人公である被告人・甲子《こうこ》はカフェの女給。自分を裏切った恋人の医大生・乙蔵《おつぞう》と、二人の仲を反対していた乙蔵の家族に防虫剤入りの手作り饅頭を食べさせ、殺人と殺人未遂の罪で懲役八年を言い渡される。よねが腹を立てているのは、判決が出たあと、女子部一同がステージから客席に向かって言う次の台詞だ。

『こうなる前に、弁護士にご相談を！　我々女子部一同が弁護士となった暁には、必ず弱きご婦人方の心強い味方となります！』

「――こんなもの客に見せたら女がまた舐められる。どうせ民事訴訟を起こしても『情欲を欲した私通の関係だ』と断じられて、婚姻予約不履行はほぼ認められない。そう学んだはずだ」

寅子たちは一言もない。「女は愛情さえも、親や社会に認められなければなかったことにされる」というよねの言葉が突き刺さる。

「でも、これは先生方が考えてくださった筋書きで」と弁解する涼子をよねが遮る。

「結局男の言いなりか？　いい加減にしてくれ。アンタの時間稼ぎに、この場所を使うな。結婚から逃れられるならなんでもいいんだろ。あたしは本気で弁護士になって世の中を変えたいんだよ」

「ごめんあそばせ、よねさん、わたくしが結婚から目を背けるために勉学に励んでいるのは事実……あなたに比べれば、わたくしの志はピュアなものではございません」

そのとき、ずっと黙って聞いていた寅子が、「はて？」と口を挟んだ。

「私もそうですよ。でも動機はどうであれ、今ここに残ったみんなは一所懸命勉強して、次に進む道を探している。それだって、よねさんと同じ本気ってことじゃないかしら」

「お前らと一緒にするな。あたしの本気は」

「たとえあなたの本気のほうが勝ってるからって、誰かをけなしていいわけじゃないと思うの。目に見えないもので、どっちが上とか下とか、それこそくだらないことじゃないかしら？」

寅子に喝破《かっぱ》されたよねは、フンッと鼻を鳴らして教室を出ていった。

明律祭当日。寅子たちがチラシを配って呼び込みをしたかいもあって、午後二時の開演に合わせ、本学の学生のほか、女子部に入学希望の母娘など講堂には多くの観客が詰めかけた。

穂高や学長、寅子の晴れ舞台をカメラに収めようとやってきた優三の姿もある。

「お集まりいただき、誠にありがとうございます。明律大学女子部法科有志一同、心を込めて演じます。ご高覧いただき、婦人が法律に携わることの意味を感じていただければ幸いです」

久保田の挨拶が終わり、大きな拍手に包まれる中、寅子たち演者が勇んで位置につく。

「あの人が私を裏切ったんです！」

演技にも自然と力がこもり、被告人の女給に扮した寅子がヨヨヨと大げさに泣き崩れる。

「無念な思いは分かりました、だからと言って人に毒を盛っていいということになりませんよ」

演技過剰の寅子に対し、検事役のよねはなかなか芝居達者である。

そのとき、客席から、裁判官役の涼子にヤジが飛んできた。

「涼子様、こっち向いてぇ〜！」

「さすがオールドミス、貫禄がありますね」

客席の男性陣からどっと笑い声が起こる。ヤジを飛ばしたのは、いつぞや「魔女部」と女子部を揶揄した、小橋《こはし》とかいう法学部の男子学生とその仲間たちだ。

止まないヤジに、取材にきていた『帝都新聞』の竹中が嬉々としてカメラマンに指示を出す。学長と総務部長が、涼子を広告塔にして女子部の宣伝をしようと記者たちを呼んだのだ。

寅子と涼子の目が合い、冷静になろう、相手にしたら負けだとうなずき合って芝居を続ける。

「続いて、弁護人。何かあれば質疑を」

「はい、え〜被告人が言うように……」

弁護士役の梅子が立ち上がるのを待ち構えていたように、小橋が「母ちゃんにあんな格好されちゃ恥ずかしいよな」と横やりを入れてくる。どうしても劇の邪魔をしたいらしい。

「そう言えば後輩が、あの男みたいなやつが上野のカッフェ〜に入ってくの見たって」

「なんだよ、女給かよ」

客席がざわつく。カフェ全盛期のこのころ、女給と客との自由恋愛が問題となっていて、女給はもてはやされる反面、風紀を乱す〝不良職業婦人〟として世間の目は厳しかった。

「じゃあ、あの格好も変態向けってことか」

我慢の限界がきたよねより一瞬早く、寅子の堪忍袋の緒が切れた。

「退廷なさい!!　ここは法廷ですよ、慎みなさい！」

裁判官役の涼子が言うのならともかく、寅子は被告人役である。あちこちで失笑が起きた。

調子に乗った小橋が、絶対に言ってはならない禁句を口にした。

「どうせ誰も弁護士なんてなれねぇよ」

これが女子部一同の逆鱗に触れたのは言うまでもない。もはや劇どころではなく、被告人も検事も弁護人も一緒になって、撤回しろ、恥を知れと小橋に集中砲火を浴びせかける。

「うるせぇな、だから女は」

怒り心頭に発したよねが、舞台から飛び降りて小橋に向かっていった。

「なんなんだよ！」

慌てた小橋がよねの肩を小突き、よねが尻もちをついた。もう容赦せぬ。激高した寅子が猫の引っ掻きポーズで小橋に突進していく。飛びかかろうと跳躍した瞬間、寅子を止めに駆け寄ってきた優三とぶつかって、小橋の代わりに顔を引っ掻かれた優三が血を流しながら断末魔の叫びをあげる。あ然としている小橋の背後で、立ち上がったよねが思いきりその股間を蹴り上げた。

痛みに悶絶する小橋。劇は滅茶苦茶《めちゃくちゃ》、客席は阿鼻《あび》叫喚の地獄絵図である。

「……もうやめんか!!」

うんざりした穂高の一喝で、女子部の法廷劇は中止となってしまった。


この一件は新聞の格好のネタとなり、『魔女部大乱闘』という見出しで好き勝手に書かれたあげく、学校側からは女子部に処分が下されるという。女子部一同は当然、これに猛反発した。

「なぜ我々が罰せられるのです⁉」

久保田を筆頭に、学長と総務部長を相手に直談判する。

「とにかく今後は女性らしい振る舞いをだな」

「はて？　女性らしい振る舞いとは？」

食ってかかろうとした寅子を、よねが「何をすりゃいいんですか？」と遮った。

「暴力を振るったのはあたしです。あたしだけが、その処罰を受ければいい」

話の途中で、よねが急に足を抑えてうずくまった。激痛に顔を歪めている。

「よねさん⁉」

小橋の股間に一撃を食らわせたとき、足首をひどく捻挫してしまったらしい。よねは最後まで嫌がったが、一人ではとても歩けそうになく、みんなで家まで連れていくことになった。

寅子と香淑がよねを両側から支え、梅子は鞄持ち。涼子も心配してついてきた。お付きの玉は片手に涼子の荷物を抱え、片手で日傘を差しかけながら付き従う。

よねに言われるまま上野で電車を降りて歩いていくと、周囲はいつしか繁華街になった。寅子たちにはついぞ縁のない場所である。昼間でもどこか猥雑な雰囲気で、こわごわ進んでいく。

「……あそこだ」

バツが悪そうによねが指さしたのは、『燈台』というカフェであった。

ソファに座って物珍しげに開店前の店内を見回していると、増野《ますの》というマスターが戻ってきた。

「よねちゃんは部屋で休むって」と二階を指さす。

「……あの、よねさんは、住み込みで、働いているんですか?」

考えてみれば、寅子たちはよねのことを何も知らない。

「そうだけど……あぁ……よねちゃんが女給をしているか気になってるのか」

あまり楽しい話じゃないが、なぜよねが弁護士を目指しているのか知りたいかと言う。

「……いえ、やめておきます。よねさんの話をよねさんがいない所で、よねさんじゃない人から聞くのは違うと思うんです」

ほかの三人も次々寅子に同意する。そのとき、よねが足をかばいながら階段を降りてきた。

「聞きたきゃ教えてやる。勝手に勘ぐられたりするほうがうっとうしい」

椅子に座り、「どこにでもある、ありふれた話さ」と前置きして淡々と話し始めた。

よねは農家に生まれた五人兄弟の二女だった。働き手はもっぱら母親と子供たちで、飲んだくれの父親は妻子に暴力を振るい、上の姉は十五で東京の女郎屋に売られていった。

「だからあたしは賢くあろうとした。売られたら何をやらされるか知ってたから」

売られそうになったのは、まだ十五になる前だった。男なら身売りさせられることはない。よねは髪を短く切って誰よりも働くからと父親に訴えたが、口答えするなと殴られただけだった。

「だから、逃げた」

絵葉書を頼りに突然訪ねてきた妹を、姉は『燈台』で働けるようはからってくれた。

女給の仕事はしたくない、もう女はやめたと言うと、姉はあきれていたが、増野は面白がってよねをボーイとして雇ってくれた。

「……ボーイになって何年か経ったころだった、姉ちゃんが置屋の主に騙されているとわかった」

体を売った金をずっと誤魔化されていたのだ。取り戻す方法を調べたが、学もコネもないよねにはどうしようもない。そんな時、緒方《おがた》という中年の弁護士が力になってやると言ってきた。

「……そうなったら、藁でもなんでも摑むだろ」

その代償がなんなのか分からないほど、よねは純粋でも子供でもなかった。

「でも、よねさんのお姉さんの場合、その……」

口ごもる寅子の代わりに、よねは躊躇なくその先を続けた。

「体を売る行為は、公序良俗に反する行為であり、それに関連する契約はすべて無効と見なされるから、金銭請求などしても敗訴する場合が多い……だろ？　本来なら泣き寝入りさ」

しかし緒方は、「訴えるぞ」と無知な置屋の主を脅して金を取り戻してきた。

何も持たないよねが、唯一守ってきたものを差し出して、姉のために取り戻した金。しかし置屋を追い出された姉は、ほかに仕事もなく、すぐに男を作って行方をくらませてしまった。

やけになって床に金を叩きつけたよねの目に、客が忘れていった新聞の見出しが飛び込んできた。『明律大学女子部法科設立。婦人も弁護士になれる時代へ』――その瞬間、ずっと暗闇に閉ざされていたよねの心に、希望の光が射し込んだ。

「あたしは欲しい。今のあたしのまま、舐め腐ったやつらを叩きのめすことができる力が……。だから必死に勉強して、女子部に入ったんだ……姉ちゃんの金を使ってな」

凄絶なよねの話に打ちのめされて、みんな微動だにしない。

「……あたしにはお付きの子もいない」よねが、ぽつりと言いだす。

「日傘や荷物を持たせたりしない。おにぎりを人に施す余裕も、働かなくても留学させてくれる家族もいない。昼休みに泳いだり歌ったりもしない。大学も仕事も一日も休まず必死に食らいついてる。だから、余裕があって恵まれたやつらに腹が立つんだよ」

これ以上話すことはないと、よねは寅子たちに背を向けた。

「あの、お尋ねしたいのだけど。一日も大学を休んでいないと言ってたけど……」

ふと疑問に思い、寅子は小声で「お月のものが来たときはどうしているの？」と聞いてみた。

「別にどうもしない。血さえ漏れなきゃいいんだ」

「おなかや頭は痛くならないの？　いいなぁ。私はお月のものが始まると四日は寝込んじゃう」

「なんの話してんだよ。さっさと帰れって！」

「……帰る前に一つよろしくて？」

今度は涼子だ。戸惑っているよねの前に行き、両手でその手を取ると、

「今まで、あなたとなるべくご一緒したくないと思っておりました……お気立てに難がおありでし

よ？」

言葉は丁寧だが、つまり「性格が悪い」。香淑がすかさず「けんかはだめですよ？」と釘を刺す。

「けれども法廷劇のとき、わたくし惚れ惚れしましたの。わたくしは動けなかった。理不尽なことが起きているのに、人の目が気になって、集まった記者が怖くて、殿方に立ち向かうのが怖くて。そんな中、あなたは怒りを飲み込まず、真っすぐに、真っ先に殿方の……」と涼子はちょっとためらい、「股間を蹴り上げた。わたくしもあなたのように、周りを気にせず声をあげられるようになりたい。躊躇なく股間を」

「やめろ！　思い出させるな……股間を蹴り上げて怪我してアンタらの世話になったんだぞ」

「いいえ、わたくしも、いざというときに股間を蹴り上げられる人でありたい！」

そのとき、女給たちがぞろぞろ出勤してきた。よねに言われるまでもなく、帰る潮時だ。

「再検証、しませんか？　法廷劇の再検証」

寅子が突飛なことを言いだすのには慣れてきた一同も、「は？」と目が点になった。

寅子は不思議に思っていた。殺したい相手がいたとして、その方法に饅頭を選ぶだろうか？　そもそも、饅頭に毒など仕込めるものだろうか。

「事件についてトコトン考えて、納得いかない部分をすっきりさせる。そこまでして私たちの法廷劇は幕を下ろせるんじゃない？」

猪爪家の台所に、小豆を煮る甘い匂いが漂う。寅子に割烹着《かっぽうぎ》を渡されたよねは、しぶしぶそれを受け取った。議論ではなく、実際に毒饅頭を作って自分たちを納得させようというのである。

資料には乙蔵の好物の饅頭とだけあり、種類が分からないので、はると花江にも手伝ってもらい、片っ端から作ってみることになった。

「まずは田舎饅頭ね！」

大張り切りのはるに、花江が「お母さん、どうでしょう」と味見用の餡子《あんこ》を小皿に載せてきた。

二人はその後、表面上は以前と変わりなく仲の良い嫁姑として過ごしている。

「うん。もう少しお砂糖を入れて……そしたら器に移して冷ましてちょうだい」

「……はい」

一見平穏な嫁姑間が静かにざわついていることに、寅子は気づかない。

「……こんな手間がかかるものに、わざわざ毒を？」

餡子を皮に包みながら、寅子は首をひねった。

「手間がかかるから、でしょ？」と梅子。「裏切られて、愛が殺意に変わってしまったのね」

みんなで蒸したての饅頭を頬張る。ほくほくで、甘くて、とてもおいしい。

しかし、この中にどうやって毒を入れたのだろう。よねが言うには、確実に殺すためには、だいたい八十匁《もんめ》（三百グラム）の毒が必要らしい。

「この袋の小豆をすべて入れても八十匁はないわね」

はるが、煮る前の小豆を毒に見立てて言った。ばれないように饅頭に毒を入れるとしたら、どんなに多くても小豆十粒かそこら。それだけでは、とうてい致死量には達しない。

「つまり、甲子さんに殺意はなかったと推定せざるをえないんじゃない？」

寅子が言うと、「甲子さんに知識がなかっただけかも」と梅子が異を唱える。

それに、毒を入れること自体すでに殺意があり、実際、不運にも祖父が一人亡くなっている。

「……これではっきりしたろ。毒饅頭事件は、甲子が無知だったゆえの結果だ」

割烹着を脱ぎながら、よねが立ち上がった。無知だから乙蔵は殺せず、背負う罪は重い。甲子のしたことは惨めで愚かな行動だったと、よねは容赦なく断じた。

「この社会は女を無知で愚かなままにしておこうとする。恵まれたおめでたいアンタらも大概だが、戦いもせず現状に甘んじるやつらはもっと愚かだ」

「それは絶対に違う！」

寅子は立ち上がり、よねと正面から向き合った。

「いくら、よねさんが戦ってきて立派でも、戦わない女性たちや戦えない女性たちを愚かなんて言葉でくくって終わらせちゃ駄目。それを責めるのは、もっと駄目！　あなたの言う愚かな女性のために何ができるのか、考えて考え抜いて寄り添えなきゃ、あなたがなりたい世の中を変える弁護士にはなれないと思う。弁護士以前に、人として大切なことだと思う！　未熟な私が偉そうに何を言ってるんだって、自分でも思う。つまりね、何を言いたいかっていうと」

一息にまくしたて、グッと詰まっているよねにもう一歩歩み寄り、まっすぐ目を見る。

「法という武器を、盾を、持ちつつある私だからこそ、今日は最後まで寄り添って考え抜きたいの、甲子さんのこと！」

そのときだ。涼子が突然、「……ごめんなさい」と頭を下げた。

「みなさんに黙っていたことがございますの」

この日のために基となった実際の判例を調べ直してみたところ、学長が法廷劇用に内容を改めていたことが分かった。甲子は毒饅頭事件の前に、婚姻予約不履行を理由に損害賠償を求める民事訴訟を起こしており、乙蔵は敗訴して甲子に七千円を支払っていたという。

「じつは乙蔵の両親は一度、二人の結婚を許諾していたの。だから貞操を蹂躙《じゅうりん》し、甲子の将来を誤らせた責任はあるとして慰謝料の支払いを命じられたそうよ」

しかも甲子は女給ではなく医者で、饅頭に盛った毒は防虫剤ではなくチフス菌だというのだ。

「はて？　なんで、そんな改変を」

訝《いぶか》しむ寅子に、さもありなんという顔でよねが答える。

「医者よりも女給のほうが同情できる。民事訴訟を知らない無知な女のほうが同情を集められる。可哀想な女を弁護する優しき女子部の学生たち……そういう印象を持たせたかったんだろ」

ふざけやがって、と忌々《いまいま》しげに吐き捨てる。

「ごめんなさい……もっと早くお話しすべきでした。でも……どうしても作ってみたかったの、お饅頭を。わたくしを特別扱いなさらない、みなさんと一緒に」

申し訳なさそうにうなだれる涼子に、梅子と香淑がそっと寄り添う。

「……帰る。事件が滅茶苦茶なら、とことん考え抜いても寄り添っても意味がない。無駄な時間を過ごしただけ」

「それは違います」

よねに待ったをかけたのは、はるである。今日があったから、法廷劇に納得いかなかった寅子たちが正しいことが分かった。饅頭一個にさまざまな考えを巡らせたのも、先生たちが無意識に女を舐めていることも、饅頭作りを楽しめたのも、今日があったからだと諭す。

「少なくとも私は、娘があなたたちと学べていて良かったと思えた。これからもこうやってみなさんでいろんなことを話し合って考え抜いてちょうだい。それがきっとより良い世の中に……」

調子づいたはるの話が続く中、ふと目線を移した寅子はエッとなった。

花江が泣いている。次から次へとどうなっているのか。はるも驚いて見ている。

「ねぇ、どうしたの？　ちゃんと話してくれないと分からないから」

寅子が言うと、花江は涙を拭きながらぽつりぽつり話し始めた。

「……一人ぼっちだなぁって。みなさんが話をしているのを聞いていると『あ、私は、この輪に入れない』って思うの。私はみなさんの言う戦わない女側なんだなって、それがつらくて」

先日、寅子がみんなに花江を「兄嫁」と紹介したことにも疎外感を感じたらしい。

「トラちゃんたちみたいに優秀で強い人には、私のつらさが、寂しさが分かりっこないのよ！」

「自分で好きで選んだことだろ……恵まれてるくせに、甘えるな」

よねは子供のわがままを叱るように言うと、梅子、香淑、涼子、寅子を次々指しながら、

「この人は家事や育児をしながら学んでいる。この人は国を離れて、言葉の壁もある。この人は常に周囲に行動を見張られて自由もなく、いろんなものに縛られて生きてる。こいつは誰より授業を熱心に聞いているのに、月のものが重くて授業を休まないといけない。愛想振りまいてるからなんでも押しつけられる」

寅子はふと気なった。――――ん？　なんで私だけ「こいつ」？

「あたしから見れば、どいつもこいつも恵まれて生ぬるい、寄り添うつもりもない……けどな、これだけは言える。つらくない人間なんていていない」

「……そんなこと分かっています！」

「分かってないから甘えて泣いて弱音を吐くんだ。ここにいる誰も弱音なんて吐かないだろ」

「……はて？」

つい口を挟み、「今度はなんだよ！」とよねに睨まれる。

「みんなつらいなら、私はむしろ弱音、吐いていくべきだと思う」

「弱音を吐いたところで何も解決しないだろ」

「うん、しない。でも、せめて弱音を吐く自分を、その人を、そのまま受け入れることのできる弁護士に、居場所になりたいの」

「……わたくしも吐くわ、弱音。恵まれてるからだ、華族だからってまとめられるのが嫌！」

涼子を皮切りに、「姑の小言と存在が嫌！」な梅子、「日本語を間違えると笑われるのが嫌！」な香淑が、次々弱音を吐き出す。それに勇気づけられたのか、花江が叫ぶように言った。

「お母さんが褒めてくれないのが嫌！　どんなに家のことを頑張っても、お料理も一度も褒めてくれない！　いっつもお砂糖を足してしまう！」

はるは絶句した。たしかに花江の作った煮物を味見するたび砂糖を足すよう指示したが……それが花江を傷つけていたとは夢にも思わない。

「あぁ、お母さんの味付けは甘めだよな、丸亀の味」

いつの間にか勤め先から帰ってきていた直道が、のんびり言った。

「分かる、俺には分かるよ。お母さん、大好きな息子を取られたみたいで寂しいんだろ。でもごめん。俺は花江ちゃんの味方、花江ちゃんが一番！　だから、この家出よっかな！」

いつものごとくピント外れの直道だが、はると花江がお互いの顔色を気にして、二人の仲が悪くなるのは嫌だと、珍しくまともなことを言う。

「……私もそれは嫌。あなたたちの幸せが一番よ」

「でもあれだね。思ってることは口に出していかないとね。うん、そのほうがいい！」

なんでお前が話をまとめてんだと寅子は思わぬでもなかったが、ともあれ、直道のおかげで嫁姑間のいざこざも解決し、寅子たちも今日はこれにて解散となった。

「あの……よねさん。よねさんはそのままでいい。そのまま嫌な感じでいいから」

家の外まで見送りに出た寅子は、最後に残ったよねに言った。

「思ったの。怒り続けることも、弱音を吐くのと同じくらい大事だって……だから私たちの前では、好きなだけ、嫌な感じでいて」

よねは「……あほか」と去っていく。前にもそう言われたなと思いながら、颯爽《さっそう》と歩いていく三つ揃いの背中に、「気をつけてね、また明日ね」と寅子は大きく手を振った。

弱音や怒りを吐き合いながら、一年半後の昭和十年、寅子たちは女子部を卒業した。

「結局、残ったのは私たちだけか。みんなで弁護士になりましょうね」

あの乱闘記事が変わり者の乙女たちの心を摑み、女子部は首の皮一枚でなんとか存続することができた。当時は新聞記者を恨んだものだが、世の中、何が幸いするか分からない。

これから三年間、寅子たちは明律大学法学部で男子生徒と一緒に学ぶことになる。

この先待ち受けている地獄はどんな所だろうか。期待と不安に胸膨らませる寅子である。

第4章　屈《かが》み女に反《そ》り男？

「我らがトラコがっ！　晴れてっ！　明律大学女子部を卒業したことを祝してぇ、かんぱ〜い！」

上機嫌の直言に付き合い、家族一同、「かんぱ〜い」とグラスを交える。

「お姉ちゃん、おめでとう〜！」

弟の直明は尋常小学校の三年生になり、すっかり少年らしくなった。

食卓には赤飯をはじめ、はるが腕によりをかけたご馳走が所狭しと並んでいる。

直道が抱っこしている赤ん坊は直人《なおと》。昨年、直道夫婦は近所に引っ越し、すぐに男児を授かった。

別居はしたが、花江は毎日のように猪爪家に通い、最近ははると本当の母娘のようである。

「……ただいま、帰りました」

気まずそうに帰ってきたのは、学生服の優三だ。試験の結果は……言わずもがなである。

亡き友人の息子を絶対に弁護士にしようと半ば意地になっている直言の援助で、優三はもう一度夜学に入り直し、勉強を続けることになった。

「寅子、明日からが本当の勝負ですよ。入学前にあったことを覚えていますね？」

はるのお説教が始まる。甘味処で桂場に、「この先は優秀な男と肩を並べて戦わなければならなくなる」「泣いて逃げ出すのがオチ」と娘を見下されたことを、いまだに根に持っているのだ。

「あなたはやっと地獄の入り口に立っただけ。肝に銘じておきなさい」

「でも、あのときから地獄も変わりましたよ？　ほら、法改正だってされていますし？」

そう、昭和八年に弁護士法がついに改正され、『弁護士資格を取得できるのは男子のみ』という規定が撤廃。施行される来年には、女性も弁護士資格取得を目指すことができるようになる。

寅子たちは正式に高等試験合格を目指せることになったのである。


教室に向かう女子学生の集団を、すれ違う本科生がジロジロ見ていく。

「同級生たちもジロジロ見てくると思う？」

いよいよ今日から授業開始、男子学生と席を並べることが想像できなくて、寅子は少し不安になる。

「舐めてくるやつは黙らせるだけだろ」と、よねは相変わらずだ。

先陣を切った女子部一期生の久保田と中山は、たった二人でこの視線と戦っているのだと思うと、寅子もくじけてはいられない。

意を決して教室の扉に手をかけようとしたとき、待ち構えていたかのように中から扉が開いた。

「やぁ、ごきげんよう。みなさん、お待ちしていました」

俳優と見まごうような美男子が、爽やかに微笑んでいる。

彼の呼びかけで、教室にいた男子学生たちが五人の周りに集まってきた。

「自己紹介から始めよう。レディファーストということで、お願いできますか？」

戸惑いつつ寅子たちが先に自己紹介し、続いて男子学生の自己紹介が終わると拍手が起きた。

「僕は花岡悟《はなおかさとる》……みなさんと同じクラスだと聞いて、今日をとても楽しみにしていたんだ」

「そう、なのですか」

「本当に尊敬しているんだ、あなたたちのこと。だってあなたがたは言わば開拓者……法曹界を、いや男女平等の世を切り開いている。そうでしょ？」

尊敬。開拓者。今まで色眼鏡でしか見られなかった寅子たちが浮かれたのも無理はない。

「男女共に学べることがほかの大学にはない明律法学部の強みとなる。互いに理解尊重し合って」

そんな花岡の話を、隅っこに座っていた男子学生が「笑止！」と遮った。

「男と女が分かり合えるはずがないだろ」

このヒゲを生やした弊衣《へいい》破帽《はぼう》のバンカラ学生は轟《とどろき》太一《たいち》。ムッとして睨みつけるよねを、睨み返しながら言う。

「人類の歴史を見ればわかる。男が前に立ち国を築き、女は家庭を守るのだ」

花岡が、卑弥呼や北条政子、エリザベス女王など国を率いた女傑たちの名を上げて反論する。

「そういう女はごく僅かだ！」

花岡は寅子の風呂敷包みから、「失礼」と『六法全書』を取り出した。

「その『ごく僅かな方々』が今ここにいるのだよ。使い込まれた『六法全書』を見れば、いかに努力を重ねてきたか分かるはずだ……口を慎みたまえ」

轟はぐうの音も出ず、「……おい、なんか言ってやれ！」と後ろの席を振り向いた。

轟に隠れるように小さくなっていた男子学生が、バツが悪そうに顔を出す。法廷劇でヤジを飛ばし、よねに股間を蹴り上げられた小橋である。

「轟は昔からこうなんだ、あとでキツく言っておくよ」

轟と同郷の花岡が取りなしてくれ、小橋も法廷劇の一件を謝り、寅子たちが臨戦態勢で挑んだ本科一年目初日は、おおむね穏やかに、平和に過ぎていった。

「……殿方への偏見に満ちていたのは私のほうだった。志を同じくする仲間だっていうのに」

猛省する寅子に、よねはフンッと鼻を鳴らして言った。

「相変わらずおめでたいやつだ。すぐに化けの皮が剝がれるさ」


……という、よねの予想は大外れした。男子の後ろでは板書が見えにくかろうと、寅子たちに最前列の席を譲ってくれる気の利きよう。議論が白熱することはあれど、不愉快な冷やかしや口論は一切なし。昼休みには花岡や轟、小橋、稲垣《いながき》ら男子学生も一緒に梅子の絶品おにぎりに舌鼓を打つ。

「そうだ。今度ハイキングにでも行きませんか」

花岡が提案した。法を学ぶ学友同士、親睦を深めようというのだ。

――これのどこが地獄の入口？　むしろ楽園では？

反りの合わないよねと轟はよく言い合いをしているが、それも日常の一部になってきた。

大学生活が楽しくて仕方がない寅子だったが、一つだけ気になっていることがある。最近、ますます多忙を極めている父の直言が、なんだかいつもと様子が違うように見えるのだ。

その日の午後の講義が始まり、穂高が知的な感じの中年男性を連れて入ってきた。

「今日は民事訴訟の専門家に授業をお願いしようと。弁護士の大庭徹男《おおばてつお》くんだ」

「家内の梅子がいつもご迷惑をかけているようで」

寅子が驚いて梅子を見ると……え、なんでスンッの顔⁉

学友の夫が講師というので、教室はにわかにざわついた。

「そんな緊張しないで、こっちまで緊張してしまうよ」

徹男が冗談めかし、気詰まりだった空気がほぐれた。梅子の夫だけあって良い人そうである。

今日の講義では、民事訴訟を身近に感じられる判例を紹介していくと言う。

資産家の甲が飼っていた大型犬が、家の前を通りかかった乙という女性に怪我をさせてしまった。顔に傷を負った乙は嫁入り前で、町一番と評判の美人。乙の両親は訴えを起こした。

「さて、乙の両親はいったいいくらの慰謝料を受け取ったと思う？　きみ」

「えっと……五百円くらいでしょうか」

寅子に続いて、ほかの学生たちが「八百円」「四百円」「五十円」とさまざまな金額を答えていく中、よねは「0円」と解答した。

「そう、それだ！　慰謝料を受け取れなかった、です！」

轟が珍しくよねの意見に賛同する。

「正解は——千五百円」

学生たちは一斉にどよめいた。この当時、死亡事件でも慰謝料は五百円程度だったから、破格の金額と言っていい。これを高いと思うか安いと思うか、徹男は学生たちに問うた。

「彼女の将来を思えば、私は安すぎると思う。弁護士はただ金を取ればいいというわけではない。損害賠償は被害者を救済し、傷を癒やす」と徹男は自分の胸に手を当て、「ここの薬でもあるからだ。……ま、うちの家内なら、とれて三百円が良いところだがな！」

皆の前で妻を物笑いのタネにするとは……ほとんどの男子学生は徹男の低俗な冗談に笑っている。寅子たちは冷ややかにそれを見ていた。前言撤回、徹男への評価はただ下がりである。梅子はと言えば、ここでもスンッ、だ。

「裁判官は思い切った判決を下したとは思うが、乙は顔の傷がなければ良縁に恵まれただろう……結婚前の婦女にとって容姿というものは何より大事で」

徹男の解説に引っかかり、寅子は思わず「はて？」と遮った。

「顔に傷ができるのはつらいことではありますが、容姿が何よりも大事というのは……」

「もちろん違う。きみたちのように利発で、かつ容姿端麗な素晴らしいご婦人方には該当しない」

「つまり女は器量が悪く、すでに結婚していれば、ここまでの慰謝料をもらうに値しないということですか？」

よねがずばり切り込むも、徹男は苦笑を浮かべ、答えを濁しただけだった。

「いやぁ噂どおり、いや噂以上の優秀さだったよ。家内が女子部に行きたいと言いだしたとき、すぐ音を上げると思ったんだが、本科に進めたのは、きみたちの手助けのおかげだったんだね」

授業が終わったあとも、徹男は寅子たちにはお愛想を言い、妻を貶《おとし》めるような言い方をする。

梅子は、徹男の隣でスンッとしたままだ。どれほど梅子が優秀で素晴らしい人か、寅子たちがいくら説明しても徹男は妻を見下す発言を繰り返し、女子全員を敵に回していることにも気づかない。

「申し訳ないが、これからも家内をよろしく頼むよ。じゃあ……帰りは遅くなる」

梅子は粛々と徹男を見送ると、一転していつもの明るい笑顔に戻った。

「うちの人、若い子と話し慣れてないから、すぐ私を使うのよ。話の潤滑油に？　あははは」

梅子がいいのならいいけれど……寅子はやっぱり納得がいかない。

梅子の提案で花岡たちも誘い、甘味処でハイキングの予定を立てようということになった。

「今日は私がみなさんに奢るわ。主人の授業を真面目に受けてくれたお礼」

男女一同「やった」と盛り上がっていると、店に大学生の集団が入ってきた。

金ボタン式の詰め襟に角帽。帝大生である。

「……徹太《てった》さん、どうしてここに」

その中の一人を見て、梅子はなぜか困惑を浮かべている。

「先輩の下宿先がこの近くで……そっちこそ」

この横柄な態度の帝大生は、梅子の二十一歳になる長男であった。

こんなに大きな息子がいるとは驚きだ。その下に、十三歳と八歳の息子がいるという。

「私たちいっつも梅子さんにはよくしていただいていて、ねぇ」

花岡たちに同意を求めた寅子は、目を疑った。

――えっ、スンッ⁉

男子全員仲よく揃ってスンッの顔。男の人でもするんだと、新たな発見をした寅子である。


「それは……なるね、スンッ」

帰宅して優三に聞いてみると、明律大の法学部にいる男は全員帝大に強い憧れを持っている。高等試験の合格者のほとんどは帝大生で、帝大に行けば人生が約束される。明律生にとって帝大生は『なりたくてもなれなかった雲の上の存在』だという。

「目の前にしたら、嫉妬と羨望を感じて普通ではいられないよ……僕も帝大に入っていれば」

想像だけでも普通ではいられなくなったらしく、優三の表情がだんだん暗くなっていく。

「優三さん？」

「あ、ごめん。今のことはさておき、……聞くかぎり優しそうなやつらみたいで安心したよ」

たしかに、花岡たちは優しい。でもなぜだろう。寅子は日に日にハイキングに行きたくなくなり、憂鬱な気分のまま当日の朝を迎えてしまった。

待ち合わせ場所の甘味処の前には、すでに花岡たちがいた。思わずため息が出たが、気持ちを入れ替えて行こうとした寅子に、物陰から「トラちゃん」と香淑が手招きする。

「……破廉恥《はれんち》な話をしているから、入りにくくて」と眼鏡を触りながら言う。

聞き耳を立てると、いかに花岡が女給にもてているかで盛り上がっている。

「さすが女の扱いに長けてるやつは違うなぁ」

「Five Witches ともうまくやってるし」

「魔女五人組か！　うまいこと言うな」

稲垣と小橋がゲラゲラ笑う。寅子と香淑がムッとして聞いていると、再び花岡と女給の話になった。

「んじゃあ、その女給とはどうなったんだ？」

「どうも何も、それっきりさ……僕も暇じゃない。女ってのは優しくするとつけあがるんだ、立場をわきまえさせないと」

――はぁ⁉　いったい何様？　我慢ならず寅子が出ていこうとしたときだ。

「それはいただけないな！」

男子学生の中で一人だけ、轟は真剣に怒っている。

「花岡！　誠意がない態度はいただけない！　男として恥じぬ行動をすべきだ！」

――轟、意外と良いやつ！　そう言えば、轟は徹男の下品な冗談にも笑っていなかった。

轟のことは見直したが、親睦を深めるどころか初っ端から溝を深めてしまい、寅子はますます憂鬱になってしまった。


ハイキング日和の上天気、色とりどりの花と若葉は美しく、空気もおいしい。

しかし、山道を歩く寅子の心はどんよりとしていた。新しい靴が馴染まず、足まで痛む。

後ろから来ていた花岡が気づいて、「どうしたの？」と声をかけてきた。

靴擦れになったと言うと、花岡は自分の手拭いを口で細く裂き、寅子の足に巻いてくれた。そのうえ、寅子の手を取りエスコートしてくれる。

「足、つらかったら言って。猪爪さんくらいなら背負って登るくらいわけないからさ」

「……ありがとう」

――なんなんだ、この人は。礼を言いながらも、寅子はモヤモヤした。それに、花岡の言葉の端々に感じる、あの違和感の正体はなんなのだろう。

やがて太陽がてっぺんに昇り、見晴らしの良い小高い丘で昼食を食べることになった。

弁当係は涼子、梅子、寅子の三人。よねと香淑、男子学生たちは食べる専門だ。

「どうぞみなさんも召し上がってちょうだい、お口に合うとよろしいんですけども」

洋風の豪華な涼子の弁当を、玉がみんなに取り分ける。

寅子は煮しめの人参を切っただけで、あとははると花江が作ってくれたので味は保証付きだ。

梅子の重箱には、いつもの具入りおにぎりのほか、卵焼きやきんぴらなどが詰めてある。

「私のお弁当は……涼子様のハイカラなのと並べちゃうと、ちょっと恥ずかしいわ〜」

「とてもうまい！　なぁ、光三郎《こうざぶろう》くん！」

梅子のおにぎりを豪快に頬張りながら、轟が梅子についてきた三男の光三郎に言う。

「僕、お母さんのおにぎりが一番好き〜」

そんな光三郎を見つめる梅子が涙ぐんでいるように見えたのは気のせいだろうか。

弁当を食べ終え、寅子たちは後片付けを始めた。残ったのは花岡と轟だけで、ほかの男子学生たちと光三郎は崖のほうで相撲をとって遊んでいる。光三郎はともかく、小橋や稲垣は馬みたいに食べたくせに、手伝う気は毛頭ないらしい。料理も片付けも女がするものと思っているのだ。

そろそろ出発しようというので寅子と花岡が呼びにいくと、小橋が光三郎に何か話している。

「なぁ光三郎くん、いいな、きみのお母さんは。ご立派に跡継ぎをお産みになって、あとは家事も子育てもせず悠々自適か」

さんざん梅子のおにぎりを食べた口で、よくもそんなことを。寅子はカッとした。

「いやあ、きみのお父上は立派だよ。仕事もできて家庭も支えて、そのうえ、たいそうご婦人におもてになる」

ニヤニヤする小橋に、稲垣も下卑た笑いを浮かべながら「妾を囲ってな」と耳打ちする。

寅子は弾かれたように駆け寄り、光三郎の耳を塞いで叫んだ。

「やめて!!　そんな話、子供に聞かせないで!!」

梅子たちが何事かとこっちを見ている。やめておけよと止める花岡に、稲垣が言った。

「花岡も言ってやれよ。ご婦人に好かれることも男の格を上げるために必要ってことだよな？」

「……まぁ、そういうことで自己の価値を測る側面もあるとは思うが」

「はて？？」花岡、お前もか！

「毎日社会の荒波に揉まれて、父として夫としての役目を果たしていたら、外で少しくらい息抜きをしたほうが結果、家庭円満になることもある」

「家庭円満と思っているのは夫のほうだけ。夫の女遊びを知って幸せを感じる妻はいません。生活を盾にしぶしぶ納得させられているだけです」

いつの間にか、寅子と花岡の言い合いになる。

「家のことをほったらかしで、大学に通わせてもらっていることが、しぶしぶ納得なのか」

遠巻きに聞いていた梅子の表情が変わった。

「私たちの学びと女遊びを同列に並べないで！」

「きみたちはどこまで特別扱いを望むんだ。男と同様に勉学に励むきみたちを、僕たちは最大限敬い、尊重している。特別だと認めているだろ！」

頭に血が上った寅子は花岡を両手で突き飛ばした。今わかった。違和感の正体はこれだ。

「私たちは特別扱いされたいんじゃない！　特別だから見下さないでやっている？　自分がどれだけ傲慢か理解できないの⁉」

もう一度花岡を突き飛ばす。後ずさった花岡は近くの木の枝を掴もうとして手元が狂い、崖っぷちで足を滑らせた。花岡の体がふわっと宙に浮く。

「……うわあああああああ!!」

寅子たちが固まった一瞬のあと、花岡は叫びながら崖下に転落していった。

轟に救出された花岡はそのまま病院に運ばれ、一時間経ってもまだ手当を受けている。

待合室で顔面蒼白になっている寅子に、轟が「気に病むな」と声をかけた。

「女に突き飛ばされてよろけるあいつの鍛錬が足りんのだ。女遊びを正当化しようとするのも気に入らん！」

よね、涼子、香淑、玉もついてきた。梅子は眠ってしまった光三郎を膝枕している。

轟は、何か飲み物を持ってこようと言って立ち去った。ハイキングのときも梅子と光三郎の荷物を持ってあげたり、根はいい人なのだ。

「……あ〜あ！　とうとう知られちゃった、みんなに」

湿っぽくなった空気を吹き飛ばすように、梅子が明るく言った。

「……私ね、若い頃は自信があったの。良き妻良き母になる自信が」

突然語りだした梅子を、一同は静かに見守った。

「結婚して、すぐに長男を授かってね、嫁の鑑《かがみ》だと言われて……そのころから夫は家に帰らなくなったけれど、私には子供がいると思った……でも」

梅子はお乳をあげるだけ。徹太《てった》を大庭家の跡取りとして立派な弁護士に育て上げると言って、姑は梅子から息子を取り上げた。それでも、子供たちが立派に育つならばいいと思っていた。

「何不自由なく暮らしている。今さら夫に愛されたいとも思わない……そうやって戦うことから逃げていたら、罰が当たってしまった」

梅子を見る目。物の言い方。成長した徹太は、夫とそっくりに母親を見下すようになった。

「だから私は、明律大学に通うことを決めたの。夫と離婚するために、私は法を学んでいる。ただ離婚しても、大庭の家が子供を渡すわけがない……私は子供の親権が欲しい」

「そんなの……そんなことは、今の法律じゃ……」と、よねが口ごもる。

「そうね……民法第八百七十七条にも、子はその家に在る父の親権に服す、とあるからできないわね」

梅子は寝息を立てている光三郎の頭をなでながら、自分に言い聞かせるように続けた。

「それでも、やらないといけない。今は駄目でも、糸口を必ず見つけてみせる……長男はもう無理かもしれない。でもせめて、次男とこの子は……絶対に夫のような人間にしたくないの」

子供たちのため、梅子はたった一人で戦おうと、悲壮な決意を胸に女子部に入学したのだ。

「……どうして、もっと早くお話してくださらなかったの」

「そうですよ。何か力になれたかもしれないのに」

涼子と寅子が口々に言うと、強気だった梅子の声がふいに涙で潤んだ。

「だって……みなさんが私を好きになってくれたから。女としても、母としても何も誇れない……誰からも愛されない、こんな、嫌な女の私を……」

張り詰めた糸が切れたように梅子が嗚咽する。

「嫌な女なんかじゃない！」

ぽろぽろ涙をこぼしながら、香淑が梅子を抱きしめる。忘れない。入学式で、おどおどしていた留学生の香淑に親切にしてくれたこと。いつも誰よりも先に声をかけてくれたこと。たくさん食べる香淑に、みんなより多くおにぎりをくれること。

「梅子さんがいなきゃ、きっと私は今ここにいない。そんな梅子さんが私、大好きよ‼」

「梅子さんは心優しい、とても魅力的な良い女です！」

寅子も泣きながら太鼓判を押す。涼子、よね、そして玉も、みんな涙をこらえきれない。

「香淑さん、みんなぁ……」

梅子が号泣する。その様子を、轟が少し離れた廊下の角から見ていた。


悪夢のハイキングから、早くも三日が経とうとしていた。

花岡は足と腰の捻挫に右腕を骨折。頭にも怪我をしたため、大事をとって入院中である。

寅子は花岡を見舞おうと日参しているものの連日女給らしき先客がおり、なんとも入りづらい雰囲気。結局謝ることすらできないまま、罪悪感は日に日に増すばかりだ。

――両親を連れて謝りに行くべき？　もしかして怪我の一件で訴訟されたりする？

多忙な直言がはると一緒に映画を観にいく約束を反故《ほご》にしたとかで、両親は何やら険悪な雰囲気であり、寅子は花岡のことを切り出せないでいる。おまけに、あのハイキングで男子たちと魔女ファイブの間に明確な溝が生まれてしまい、罪悪感はさらに四割増しだ。

「今日は香淑さんの好きな塩ジャケとゴマよ。玉ちゃんも食べてね。さぁ、みなさんもどうぞ」

胸に秘めていたものを打ち明けたからか、梅子は今までに増して明るい。小橋たちに言われたことなど気にも留めていない様子で、逆におにぎりを受け取る小橋と稲垣は鼻白んでいる。

「あら、そう言えば轟さんは？」

今日、花岡が退院するので、轟は大学を休んで付き添いにいったという。

それを聞いた寅子は、弁当を開ける手を止めた。

「……私、行ってくる。やっぱり、きちんと謝りたい」


「轟の言うとおり、男と女が共に学ぶことには無理があったのかもな」

花岡はふてくされて言った。入院中は女給たちにチヤホヤされていい気になっていたが、これから教室で寅子と顔を合わせなければならない。寅子を背負って登るどころか、轟に背負われて下山した情けない姿を見られてしまった。カッコつけていたぶん、羞恥はひとしおだ。

「もう下手《したて》に出るのはヤメだ。いっそ、猪爪寅子を訴えて痛い目に遭わせたほうが」

轟が「愚か者」と花岡の額をはたく。

「思ってもないことを宣《のたま》うな。ここには俺しかいない……虚勢を張ってどうする」

長い付き合いの轟には分かっていた。花岡は本来、真面目で優しい男なのだ。

「花岡……俺はな、自分でも信じられないが、あの人たちが好きになってしまった……あの人たちは漢《おとこ》だ。俺が、漢の美徳と思っていた強さ優しさをあの人たちは持っている。俺が漢らしさと思っていたものは、そもそも漢とは無縁のものだったのかもしれんな」

「……なんの話だよ」

「上京してからのお前、日に日に男っぷりが下がっていくばかりだ。俺は非常に悲しい！」

飾り気のない親友の諫言《かんげん》は、僅かに残っていた花岡の虚勢を剝がすのに十分だった。

寅子が病院に行くとすでに花岡は退院したあとで、ベッドを整えていた看護婦さんによると、このまま大学に行くと言っていたという。さっさと謝らないから、こういう目に遭う。

慌てて大学に取って返した寅子は、きょろきょろしながら小走りで花岡を探した。

すると、本校舎の人気のない廊下に花岡がいた。困惑顔の梅子と立ち話している。

二人から少し離れた教室の扉口には轟がいた。隠れて話を聞いているようだ。迷ったが、寅子もその場に残って、こっそり見ていると、花岡が思い切ったように梅子に頭を下げた。

「先日は大変申し訳ありませんでした。大庭さんのお気持ちも息子さんの気持ちも考えない、大変失礼な言動でした」

「そんな……頭を上げてちょうだい。傷に障《さわ》るわ」

花岡は頭を上げたが、目は伏せたまま話しだした。自分も帝大に入って、東京で経験を積み、いずれは故郷の佐賀に帰って父の弁護士事務所を継ぎ、親孝行をするつもりだったと。

「……こんな人間になるはずじゃなかったのに。みなさんを尊敬しているのに、無駄に格好つけたり、将来の数少ない椅子を奪われるようで、妬ましくて恐ろしく思ってしまったり。どの自分も嫌いで、どれも偽物というか、本当の俺じゃなくて」

素直に自分をさらけ出す花岡が好ましく、梅子は優しく微笑んだ。

「ううん、どれもあなたよ。人は持っている顔は一つじゃないから……。でも、花岡さんが思う本当の自分があるなら、大切にしてね。そこに近づくよう頑張ってみなさいよ」

励ますように、花岡の肩をポンと叩く。

「……俺なんかに優しくしなくていいのに」

「そんな言い方しない！　ちゃんと謝りにきているだけで、うちの息子より、ずっと立派！」

なんだ、結局みんな良い人じゃない……寅子は花岡を見つめて微笑んだ。次は私の番だ。

——思ってることは口に出してかないとね。うん、そのほうがいい。

ふと毒饅頭事件で直道が言ったことを思い出し、寅子は険しい顔で脳内の兄を振り払った。

放課後、花岡は呼び出した寅子より先に頭を下げた。

「ハイキングを台なしにして、すまなかった」

「謝るのは私。こんな怪我をさせてごめんなさい」

寅子も頭を下げた。ようやく少しだけ胸のつかえが取れた気がする。

「轟に言われたよ、鍛錬が足りないって」

「鍛錬が足りないのは私のほうです。人に言われると、どうしても引っ張られちゃうから……ここでは……せめて私の前では、本当の花岡さんでいてほしいです！」

「……本当に腹が立つ」

花岡がハーッとため息をつく。また怒らせしまったかと寅子は焦った。

「ごめんなさい偉そうに。余計なこと言うなっていつも母にも言われているのに」

「……ただでさえ崖から落ちた日から、誰といても何をしていても猪爪くんが頭に浮かぶのに。これじゃあ、またきみのことばかり考えてしまうだろ」

思わせぶりな言葉を残して、花岡は去っていった。

――え、え、え？　今のどういう意味？？？　脳内で疑問符が大量発生する。

きみのことばかり考えてしまう……花岡の台詞を胸の中で何度も反すうする。色恋とは無縁だった寅子だが、そこはやはりお年頃、いやおうなく舞い上がってしまう。

浮かれて家に帰ってきた寅子は、ハタと足を止めた。猪爪家の前に人だかりができている。

酒屋の三河屋さんが、「寅子ちゃん、あなたの家大変だよ」と教えてくれる。

寅子が慌てて人垣をかき分けていくと、背広を着た男たちが大勢玄関先に押しかけていた。

「どうか、今日はお引き取りください！」

強面の男たちを相手に、はるが気丈に対応していた。直明は健気にも母親を守るように立ちはだかり、男たちを睨みつけている。

「……お母さん？」

寅子がそばに行くと、気丈に見えたはるの手は小さく震えていた。

「帝都銀行経理第一課長・猪爪直言を贈賄《ぞうわい》の容疑で勾留した。家宅捜索の令状だ」

扇子を持った尊大な感じの男が、片手で令状を掲げ、早くそこを退けと命令する。

検察官だ。寅子は頭が真っ白になった。お父さんが逮捕？　まさかそんなことが……。

「少しだけ待ってください。急にこんなことを言われて戸惑うのは当たり前……」

「早く退かないか!!」

頭ごなしに怒鳴りつけられ、寅子もはるも直明も縮み上がった。

そこへ、優三が帰宅してきた。はるに直明と奥に行くように言うと、

「僕はこの家の書生です。僕が家の中をご案内しますので」

冷静に検察官たちと対峙する。こんなに凜々《りり》しくて頼りになる優三は初めてだ。

「トラちゃん、従おう。令状が出ている以上、我々が検察の捜索を拒むことはできない」

検察官たちは何時間もかけて家中を捜索し、書類などを押収していった。

とくに扇子を手に持った、あの日和田《ひわだ》という検事。はるが食器などの日用品を保管している納戸まで執拗《しつよう》に物色し、きちんと整理整頓されていた棚を滅茶苦茶に荒らしていった。

検察官が玄関を出ていくと、寅子は「悔しいっ」と両手で顔を覆ってしゃがみ込んだ。

「何も言えなかった……今まで学んだことが何も出てこなくて」

「トラちゃん、悔しがるのは後回しだ。これからつらいことがたくさん起こると思う。でも一つ救いなのは、僕らが法を学んでいることだ。その、強みを最大限に、生かして、この場を乗り切ることに注力して……ごめん。僕、昔から緊張すると、腹の調子が……失礼、すぐ戻る！」

優三がおなかを押さえてバタバタと便所に走っていく。寅子は拍子抜けして、涙が引っ込んだ。

「……悔しがるのも、泣くのもあと」

これが、猪爪家と検察との戦い——その長い日々の幕開けだった。


夜には直道と花江も駆けつけ、直明と直人を寝かせたあと、大人だけで優三に話を聞く。

「今分かっているのは、お父さんが贈賄《ぞうわい》の容疑で逮捕されたということだけです」

実は数日前、直道たちの仲人だった高井理事が連行されて、行内は騒然としていたという。

そして今日、直言が検察官に取り囲まれ、連行されていった。真っ青になっている優三に気づいた直言は、「心配しなくていい！　しなくていいから!!」と笑っていたそうだ。

「予審が終わるまでに弁護士を雇わないといけません」

予審は、本格的な裁判――公判の前に行われる、予審判事が取り調べをして起訴の当否を判断する手続きのことで、この予審制度は現在では廃止されているが、弁護士の同席も傍聴もできないため、当時は予審が終わるまでどんな審判がされるのか何も分からなかった。

「無実の人間はすぐ釈放される。俺には分かる！」

直道の予想はやはり大外れして、何日経っても直言は帰ってこなかった。


直言の逮捕はほんの皮切りに過ぎず、この騒動は以後、世の中を大きく揺るがす大汚職事件――通称『共亜事件』として、世間を騒がせることになった。

帝都銀行の要人に続き、共亜紡績など関係会社の重役、大蔵省の官僚、現役大臣が連日のように逮捕された。その数、十六名。共亜紡績の株価が高騰すると分かって不正に得た利益が政財界にばらまかれたとする、贈収賄の容疑であった。不況であえぐ国民たちが、私腹を肥やすブルジョワ層・政治家・官僚への怒りを募らせていったのも当然の成り行きだった。

帝都銀行が株の取引き実務を行い、直言は高井理事らと共謀して賄賂を贈ったとされ、事件の鍵を握る人物として新聞紙上を賑わせた。その直言の娘が明律大学法学部で法律を学んでいることも公表され、猪爪家の外には連日記者が詰めかけ、家族は一歩も家から出られない。

大学を休まざるを得なくなった寅子は、心ない言葉の並ぶ記事まですべてスクラップした。

犯罪者の娘。明律の恥。退学しろ。まだ直言の罪が確定したわけではないのに、大学でどんな噂をされているか、容易に想像できた。魔女ファイブのみんなや、先輩の久保田や中山はきっと心配してくれているだろう。たぶん、花岡や轟も……。

優三が大学の同期や心当たりを当たってくれているが、いまや国民の敵となってしまった直言の弁護人を引き受けてくれそうな人はなかなか見つからない。

「お母さんは、お父さんがやったと思ってるの」

「信じたいですよ、私だって……でも弁護士も見つからないこの状況で、心構えをしておかないと……いざというときに立ち上がれなくなる」

世間の声、いつも気丈なはるの普段とは違う姿。気を抜くと、寅子までどっぷりどす黒いものの中に沈んでしまいそうだ。

夕飯の支度をしながらため息をついていると、裏手の家と接している中庭のほうからドタッと大きな物音がした。おそるおそる戸を開けると、何者かがぬっと立ち上がった。

「静かに。記者たちに勘づかれる」

花岡である。裏の家に頼んで入らせてもらったはいいが、塀から落ちてしまったと泥だらけの顔で照れ笑いする。そのとき、また一人、塀からドタドタッと誰かが落ちてきた。

「イタタタタッ」

花岡同様、泥だらけになったその人物を見て、寅子は仰天した。

「……寅子くん、ちょっとよろしいかな」

腰をさすりながら、穂高がいつものように飄々《ひょうひょう》と微笑んでいた。

第5章　朝雨は女の腕まくり？

穂高と花岡の訪問の意図を測りかねながら、寅子は急いではると優三を呼びにいった。

「すまないねぇ、花岡くん。表には記者がいるから裏から回ろうなんて私が言ったばっかりに」

寅子が用意した濡れ手拭いで泥を拭うと、穂高は居住まいを正して言った。

「……はるさん、寅子くん。私にやらせてくれないか、猪爪直言くんの弁護人を。共に直言くんを助けようじゃないか」

寅子が歓喜したのは言うまでもない。はるも感極まって手で顔を覆っている。

「どうか、よろしくお願いいたします」

はるに続き、寅子と優三も深々と頭を下げる。

「お礼ならば花岡くんに言いたまえ」

穂高も直言と寅子のことは気になっていたが、法律を学ぶ者は何にも影響されず物事を判断しなくてはならないと、今回の一件でざわつく学生たちを諭すにとどまっていた。

そんな穂高に、先生が寅子の父上の弁護をしてはどうかと、花岡が打診してきたという。

「目から鱗だったよ……まぁ刑事事件は私の専門外ではあるんだが」

穂高が味方になってくれれば、はるも寅子もこれ以上心強いことはない。

「できることはなんでもします。まずは何をすれば」

寅子にみなまで言わせず、穂高が「学生の本分は何かね？」と静かに聞く。

「大学に来なさい。きみの居場所は決して失われたりはしていないからね」

穂高の言葉は、寅子の不安を吹き消してくれた。はるも微笑んでうなずいている。

「早く明日にならないかしら」

気持ちだけ先に走りだしてしまいそうな寅子を、優三と花岡が優しく見つめていた。


ドキドキソワソワしながら久しぶりの大学に行くと、正門で花岡が寅子を待っていた。

無遠慮な視線も学業を再開できる喜びに比べればなんでもない。そして何より、みんなに会える。

寅子は意気揚々と扉を開け、「皆さん！」と教室に入っていった。

「ご心配おかけしてごめんなさい。あの、この先もご迷惑をかけることもあると思うけど」

そんな寅子に、「つくづく運のないやつだな」とよねが言った。

「はて？」

民事訴訟法の抜き打ち試験があると、みんな必死に勉強している。寅子のことはそっちのけだ。

「お前も、せいぜいあがけ」

そう言ってよねが渡してくれたのは、寅子が休んでいた間の授業ノートだ。しかも、講義ごとに筆跡が違う。ページをめくるたび、寅子の胸はじわじわと温かいもので満たされた。思っていた再会とは違ったけれど、みんなの文字が「味方だ」と言ってくれている気がする。

寅子は気づかなかったが、後方の席にいる小橋と稲垣の顔にうっすらと痣《あざ》があった。じつは昨日の放課後、寅子への心ない言葉に怒った轟が二人を殴りつけたのだ。

轟のおかげかどうか分からないけれど、こうして寅子の大学生活は無事、再開されたのだった。

一日の講義が終わり、寅子は改めて礼を言おうと花岡に声をかけた。

「あの、花岡さん。ありがとう……昨日も今日も、何もかも」

「……俺は、一刻も早く、きみは大学に戻るべきだと思っていた」

家まで迎えにいこうかとも考えたと言う。いろいろ悩んだ末、寅子が自ら大学に来るのを待ち、そのときには全力で力を貸そうと思っていたと早口でまくしたてる。

「それで毎朝、校門の前に？」

「そうでもしないときみを守れないだろ？　記者の目からきみを守るには、やはり家に迎えにいくべきなのか。そもそもきみが俺に守られたくないかもしれない……など日々考えていて、待つだけでは駄目だと気づき、穂高先生に声をかけて」

この人が女性の扱いに長けているだなんて……寅子は思わずフフッと笑ってしまった。

「ごめんなさい。不器用で、いろいろ考えすぎちゃう人なのね。本当の花岡さんは」

少しムッとしている花岡に、寅子は微笑んで言った。

「本当の花岡さん、とてもいいと思う」

そっけない返事が返ってきたけれど、まんざらでもなさそうな花岡であった。

若島《わかしま》男爵をはじめとする現職大臣の逮捕により、現・藤倉《ふじくら》内閣は総辞職に追い込まれた。

共亜事件の報道はいまだ過熱する一方で、新聞には元大審院院長で貴族院議員である水沼淳三《みずぬまじゅんざぶ》郎《ろう》の「これを機に国民が納得する政治を」というコメントが寄せられた。

暦は十月。直言が逮捕されてから四か月が経つ。その間、手紙・電報など、直言から連絡は一切ない。そろそろ予審の勾留期間は終了するはずだが……。

その朝、郵便受けから新聞を取り出した寅子は、記事を目にするなり慌てて家に駆け込んだ。

「お母さん！　これ！」

新聞記事の見出しに、『共亜事件豫審《よしん》終了』の文字が躍っていた。被告人十六名の顔写真と罪状、そして全員が裁判にかけられると書いてある。

『帝都銀行経理第一課長・猪爪直言は贈賄罪で起訴……罪を、自白した』」

「……あぁ」と、はるは両手で顔を覆った。

それでもみな望みを捨てず、帰宅を許された直言を家族総出で明るく出迎えた。

「おかえりなさい！」

穂高に付き添われて帰ってきた直言は、うつむいたまま帽子を取った。

生気のない目、げっそりとやつれた顔……。父の変わり果てた姿に、寅子は愕然《がくぜん》とした。

「……すまないっ」

自分には家に上がる資格がないとでもいうように、直言は三和土に手をついて土下座した。

「いいって、俺たちには分かってる。父さんが犯罪なんてできるはずがない」

「やったんだ。俺は、とんでもないことをしてしまった。お前たちに合わせる顔がないっ！」

歓迎の垂れ幕を作って父親の帰還を心待ちにしていた直明は泣きそうになっている。

はるが直言を立たせて寝室へ連れていったあと、残された家族は無言で居間に戻った。直言の自白のショックで、誰もがぼう然自失の状態だ。

「……先生。父は、本当に罪を犯したんでしょうか」

寅子にはとても信じられない。穂高も同じ考えだった。直言は、小心者だが正直者である。

「どうも直言くんの態度はすっきりしない……だが罪を自白している。本人が罪を犯したと言っているのに、無罪を争うことはできない。だが、家族のきみたちは違う。直言くんの口から何があったのか、謂《いわ》れなき罪を背負っているならば、そのことを聞き出してほしい。それで初公判までの私の動きも変わる」


直言から真実を聞き出す方法はなんだろう。寅子が悩んでいると、優三が部屋から数冊のノートを出してきた。

「あまり役に立たないかもしれないけれど……これ試験のために刑法をまとめていたやつ」

「ありがとう、優三さん……そうよね。まずは方法の前に、持てる手札を増やさないと」

寅子は手札を増やすべく、予審記録と調書を借り出すため、穂高と共に裁判所を訪れた。

「猪爪くん。ついでに一つ、頼まれてくれないか」

その資料を早急に書き写す必要があるが、人手がないと言う。

「ぜひ！　私にやらせてください！」

事件の流れをきちんと理解するため、そして穂高の役に立つために、寅子は右手の小指を鉛筆で真っ黒にしながら、授業以外のすべての時間を膨大な資料の筆写に費した。

女子部出身の仲間たちが、そんな寅子を黙って見ているわけがない。花岡と轟も協力を申し出て、書き写した調書をもとに、『竹もと』に集まって無罪の可能性を模索してみた。

「猪爪のお父上は共亜株取引において、帝都銀行高井理事らと共謀のうえ、株券や金品の運搬役を担い、贈賄罪に問われている」

直言は最初罪状を否認していたが、花岡の読み上げたとおり、途中からすべてを認めている。

「残念ですけれども、調書の中には自白を覆す糸口はありませんでしたね」と涼子。

「あと、できることといったら調書の事実確認か……お父上の手帳は見られるのか？」

花岡が寅子に聞く。しかし、直言の物はすべて検察に押収されてしまった。あとは、金の受け渡しがされた場所に出向いて直接確認してみるしかない。

「……ありがとう、とにかく私やってみる」

「何言ってんの、ここまできたら手伝うわよ、ね！」

よねに聞いたが、梅子は夫の徹男に直言の弁護を頼んでくれたという。だが負けが確定している弁護を引き受ける気はないと、徹男は取りつく島もなかったらしい。

「もっと頼ってよ、トラちゃん」

香淑の穏やかさと思いやりに、どれほど慰められたことか。

「安心しろ。親父をかばうために証拠を隠そうとしたら、力づくで止めてやるから」

よねらしい励ましに、クスッとなる。

みんなの気持ちがありがたくて、感謝してもしきれない寅子だった。

直言は布団に寝たきりで、食は進まず、会話もほとんどない。直明が足を怪我して帰ってきたこと、寅子が毎日遅くまで駆け回っていること――はるは手帳に日々のことを書き留めながら、もし夫の自白が事実で罪に問われたとしたら、自分にできることはなんだろうと考えていた。

猪爪家が今後どうなるか分からないが、別所帯の直道夫婦と孫に迷惑はかけられない。

「……昨日、丸亀の母から手紙が来たの。身内に犯罪者がいては困るから縁を切るって」

はるを家業の道具としか見ていなかった実家の親に未練はない。しかし、これが世間の反応なのだと、はるは改めて思い知らされた。

「だからあなたたち、猪爪から籍を抜きなさい」

戸籍などどうでもいいと直道は受け入れたが、花江は断固反対した。

「今やるべきはお父さんから真実を聞き出すため、トラちゃんの助けになることですよ」

寅子が「そのとおり！」と居間に入ってきた。友達の手を借りて頑張ってはみたが、完全に行き詰まってしまった。あとはもう、直言の口から直接、無実を引き出すしかない。

そのときふと、はるが手にしている手帳が寅子の目に入った。

「……ねぇ、お母さんの手帳も検察に取られちゃった？」

「まさか、こんなもの持っていきませんよ。ここ数年のものはすべて台所にあります」

――それだ！　寅子の頭に、ある考えが閃いた。

直言が布団でもそもそ食事をしていると、「失礼します！」と寝室の襖が勢いよく開いた。

寅子を先頭に、はる、花江、優三、直道が順繰りに入ってくる。

「今から家族会議。いえ家族裁判を始めます」

「はぁ？」

「単刀直入にお聞きします……お父さん、本当は無罪……何もやっていないんでしょう？」

「……だから、俺がやったと言っているだろう」

「じゃあ、それを証明してください。昭和九年五月四日！」

寅子は、直言の調書とはるの手帳を広げた。

「調書にはお父さんは接待を受け、株券の贈賄の件を承諾したとあるけど、その日お父さんは夕飯を家で食べて味醂干《みりんぼ》しでご飯を三杯おかわりしている」

間髪いれず優三が続ける。

「昭和九年十月七日！　お父さんは高井理事の指示で共亜紡績の株券を換金《かんきん》し、浅松《あさまつ》石油・長本《ながもと》社長に受け渡したと認めてらっしゃいますが、その日は腹痛で会社をお休みされています」

「昭和十年二月二十日。株取引のお礼で株券とお母さんにと着物を贈られて、その着物は検察官が家宅捜索で納戸から押収したとあるけれど」

寅子の続きを、はるが引き取った。

「着物は私がへそくりで買ったものです。買った日付も、へそくりのやりくりもすべて記録してあります」

優三に手伝ってもらい、寅子が調書の証言とはるの手帳の記録を突き合わせてみたところ、これ以外にも齟齬《そご》が合計十四点も見つかったのだ。

「それは……母さんがきっと間違えただけで……」

「私たちは、お母さんが結婚してから三十年毎日毎日綴ってきた、この記録を信じる！　やったと言うならば、その証拠を見せて――」

「そんなもん、あるわけないだろ!!　何もやってないんだから！」

叫ぶように言うと、「高井理事に頼まれたんだ……」と直言は頭を抱えた。

直言同様、高井も連日の厳しい取り調べで憔悴《しょうすい》しきっていた。検察は絶対に引き下がらない。自分たち下々のものが責任を取って自白すれば皆が解放され、若島大臣やお偉方に感謝される。それが家族のためでもある――取調室で、高井にそう説得されたという。

「自白はすべて嘘だ。だが罪はすべて受け入れる……裁判でも『やった』と証言する……それが会社の、お前たちのためなんだ！　すまない、すまないぃ！」

直言は頭から布団をかぶり、おいおいと泣き続けた。


翌日、寅子は法曹会館に出向いて、穂高に直言の告白を伝えた。

「それが真実ならば進む道は決まった。正々堂々と無罪を主張するとしよう」

「でも先生……刑事裁判において予審で認めた起訴事実を覆すのは、とても難しいんですよね？」

穂高は腰をかばいながら立ち上がると、寅子を伴って館内にあるラウンジに入っていった。

「……待ちくたびれましたぞ」

見るからに貫禄のある背広姿の男たちが、そこで穂高を待っていた。

「こちら、錦田《にしきだ》法律事務所の錦田くんだ。前商工大臣・若島男爵の弁護人をされている。こちらは前鉄道大臣の水戸《みと》氏の弁護人の七沼《しちぬま》くん。大蔵省前銀行局長・長久保《ながくぼ》氏の弁護人の三島《みしま》くん」

穂高に次々紹介され、寅子は訳が分からないまま頭を下げ続けた。

そんな中、一人だけくたびれた背広を着た小太りの男が、自ら手を挙げて名乗った。

「大蔵事務官・酒田《さかた》氏の弁護を担当する雲野《うんの》だ」

つまり、ここにいる全員が、共亜事件で被疑者の弁護を引き受けている弁護士なのである。

「穂高先生、何を企んでらっしゃるんですか？」

探るような目で聞く錦田に、穂高は「企みなんて、そんな……」と小さく手を振り、ここにいる彼女の父親、帝都銀行経理第一課長・猪爪直言の弁護を引き受けることになったと告げた。

「私は、依頼人の無罪を主張しようと思っている」

錦田ら弁護士は皆、困惑して顔を見合わせている。十六名の起訴決定は高井と直言の自白があったればこそで、直言が無罪を主張するとなれば弁護方針も変わってくる。それに、内閣が総辞職したこと、世間の風評含めて、無罪を勝ち取るのが困難なのは火を見るより明らかだ。

「きみらは情状《じょうじょう》酌量《しゃくりょう》による依頼人の減刑を争点にしていくつもりだろう？　そのためには誰かにその責を押しつけなくてはならないね」

と言いながら穂高が寅子を見る。寅子はハッとした。その誰かとは、直言だ。

「猪爪氏曰く、高井理事が相当な重圧から嘘の証言をさせられ、その嘘を固めるために自白を強要されたと。若島大臣を早く解放するためだと、少々冷静さに欠ける説得を延々とされたそうだよ」

弁護士たちはざわついた。雲野の表情は誰よりも険しい。

「皆もこの事件の違和感にはうすうす気づいていたはずだ。こんなことが許されていいのかね？」

穂高に痛いところを突かれた錦田たちは、ううんと唸った。

「……はて？　今の『ううん』は『そんなこと言われても予審の結果はそうそう覆せないぞ』の

「法律を学んでいる学生だと穂高が説明する。

　黙っていられなくなって、寅子は口を挟んだ。怪訝な顔をしている錦田たちに、彼女は明律大で法律を学んでいる学生だと穂高が説明する。


「唸りたくなるのももちろん分かります。今まで授業でさんざん習ってきましたから……でも、それは真実から目を背ける理由にはならないはずです！」

　雲野はニヤリとした。日々法廷で争ううちに忘れがちになる、この当たり前のことを、海千山千《うみせんやません》の弁護士たちが法律を学び始めたばかりの女子学生に教えられるとは――。

「法は強き者が弱き者を虐げるためのものじゃない。法は正しい者を守るものだって私は信じたいんです……どうかお力を貸しください！」

　まっすぐな寅子の言葉に、錦田たちは打たれたように黙り込んだ。

「我々の後に続く若者たちに、ちょっと格好つけてみるのも悪くないんじゃないのかい？」

　穂高の最後の一押しで弁護士たちは結束。老獪《ろうかい》な策士《さくし》の企みは見事、成功したのである。


　寅子は仲間たちの力を借りてそれぞれの弁護士事務所に出向き、調書を書き写して資料をまとめ、検察側の主張の矛盾を突くために調書内容の検証を続けた。

　中でも、涼子の父親が手を回し、若島大臣邸の訪問記録を入手してくれたことは大きかった。直言が大臣邸を訪れて金品を渡したとされる日、直言の訪問記録はなかったのである。

　裁判の役に立てばと、さっそく法曹会館に行き穂高と錦田に訪問記録を渡す。

　その帰り、寅子は、弁護士の取材をしていた『帝都新聞』の竹中記者に遭遇した。

「……あの！　以前、明律大学女子部に取材にきてくださった方ですよね？」

父が共亜事件の容疑者の一人だと説明する。竹中に取材してもらい、直言が瀆職《とくしょく》に手を染めた悪人だと思っている世間の目が少しでも変われればと考えたのだ。

「変わるか、そんなもん。ガキが首を突っ込んでいい事件じゃない。そんな記事が出たら、お前もどうなるか分からないぞ」

竹中には鼻であしらわれたが、そばで見ていた別の新聞記者が寅子に取材を申し入れてきた。

後日、『父の無罪を信じる女子法学生』という記事が、ある新聞の片隅に掲載された。

竹中の言うとおり、世の中は記事が出る前と何も変わらなかった。それは直言も同じで、しょぼくれたまま、証言を変えるつもりはないと言い張る。

しかし、変化もあった。新聞記事を読んだ後輩たちの呼びかけで、直言の無罪を訴える署名活動が始まったのだ。よねたちはもちろん、久保田や中山も署名を呼びかけてくれた。

署名数で裁判官の心証が変わることもあると授業で知り、寅子も署名集めに奔走した。

「ありがとう、いつも付き合ってもらって」

同行してくれる花岡に礼を言う。気づけばいつもそばにいて、陰に日向に力になってくれる。

「いいんだ……俺も頼ってもらえたほうが嬉しいから」

てらいのない花岡の言葉に、少し赤くなりながら寅子は微笑んだ。

署名してくれた法律関係の書店を出ようとしたとき、花岡が急に声を潜めた。

「……待って。さっきから、誰かがついてきている」

路上からこちらを見ている男がいる。すると、店内にいた別の男が近づいてきた。

二人とも剣呑《けんのん》な空気を漂わせている。危険を察知した花岡が、恐怖に竦《すく》んでいる寅子の手を摑んで外に飛び出した。男たちが追いかけてきて、寅子に襲いかかろうする。

そのとき、路地から竹中が現われ、男たちを押さえつけた。一緒にいたカメラマンがシャッターを切る。男たちは慌てて竹中を押しのけ、一目散に逃げていった。

「言ったろ。ガキが足突っ込んでいい事件じゃない」

その場にへたりこんだ寅子に、無知な子供を見るような目で竹中が言う。

「お前ら、どうせ共亜事件が起きたせいで内閣が総辞職したと思ってるんだろう？　逆だ。内閣を総辞職させたいやつらが、共亜事件を起こしたんだよ」

寅子も花岡も、あまりに話が桁違いで頭が追いつかない。

「俺の見立てじゃあ、検察畑出身の貴族院議員・水沼淳三郎あたりだろう……ガチガチの保守派ジジイが考えそうなことだ。この国はどんどん傾いていくぜ」と手を右に傾ける。

「目障りだから、これ以上動くな。動くと死ぬぞ」

竹中は今回の事件の暗部を嗅ぎ回っているようだ。今日居合わせたのも偶然ではないだろう。寅子と花岡はその足で法曹会館に行き、暴漢に襲われたことを穂高と錦田に報告した。脅しに屈したくはなかったが、友人にまで被害が及ぶかもしれない。あとは任せなさいという穂高と錦田に従い、その代わり危険な目に遭ったことは両親に内密にしてほしいと頼む。

心身共に不安定な父を思う健気な寅子の姿に、弁護人一同は改めて結束を固めた。

共亜事件公判の知らせが届いたのは、寅子の身動きが取れなくなった数日後のことである。

昭和十一年一月、共亜事件第一回公判当日。十六人の被告人と弁護士が一堂に会した。寅子とはるは、傍聴席で開廷を待った。竹中や笹山の姿もあったが、寅子に心の余裕はなく、柵の向こうにいる直言をただ見守っていた。

「……あとは裁判官の方々の良心を信じるしかない」

はるも「良い判事のみなさんに当たりますように」と手を合わせて祈っている。

廷丁の「起立」の号令で一同起立し、武井《たけい》裁判長と共に二人の判事が入廷してきた。

「…………終わった」

寅子は脱力したようにボソリと呟いた。はるに至っては頭を抱えてうなだれている。

判事の一人が、桂場等一郎だった。よもやこんな形で再会を果たすことになろうとは……。

二人の検察官のうち、一人は約半年前、家宅捜索に来て猪爪家を荒らしていった日和田だ。水沼の腰ぎんちゃくであることは、法曹界で知らぬ者はない。それが癖らしく閉じた扇子を片手に持ち、ポンポンと手のひらを叩いている。

「開廷します。被告人一同、起立」

直言が一番に指名され、裁判長が氏名、生年月日、住所、本籍を尋ねていく。直言は日和田をチラチラ気にしながら答えていたが、次第に青ざめ、突然、その場にうずくまった。

「お父さん！」

寅子は腰を浮かせて呼びかけた。直言の顔から血の気が引き、小刻みに体を震わせている。

桂場が被告人を医務室へ連れていくように命じ、裁判長がその回復を待って再開すると告げる。

「あんたがそんなんじゃ、また襲われるぞ、娘さん！」

廷丁に支えられて退廷する直言に、傍聴席から竹中が叫んだ。

桂場に注意されて口を閉じたが、竹中の言葉ではるが不安になったのは言うまでもない。

なぜあんなよけいなことを――！　寅子は竹中を睨みつけた。

一方、医務室のベッドに寝かされた直言も、寅子が暴漢に襲われたことを知って穂高に食ってかかっていた。

「……そんな大事なことを、親の私に隠すなんて!!」

「隠したくもなるだろ、そりゃ。今のきみに、彼女が子供たる行動をとれると思うかね？」

かつての師として直言を叱責したあと、穂高は言った。

「あとは弁護人として、きみがどちらに転んでも任せてくれ……きちんと仕事はする」

「……怖いんですよ、あいつらに逆らうのが！　また、あそこに戻るのが！」

直言は布団を握り締め、震えながら叫んだ。両手の自由を奪い、体を絞めつける革手錠。荒い毛布に潜む南京虫。しかし何より直言を苦しめたのは、日和田の扇子をパンパンと叩く音だ。あれを聞くだけで動悸が激しくなり、額に脂汗が滲んでくる。最終的に罪を認めたのも、高井の説得に応じたのではなく、あの扇子の音から逃れたかったからだ。

「情けなく思われるでしょうが、私は、私は……」

穂高は、そんな直言の肩をガシッと摑んだ。

「そんなことには絶対にさせない!!　絶対にだ！」

法廷に戻った直言は再び証言台に立ち、日和田が起訴状を朗読するのを静かに聞いている。

「被告人は、起訴事実について罪を認めますか？」

裁判長が尋ねると、直言は悲しそうにうつむいた。

「……ごめんな、トラ」

「……それは、罪を認めるということですか」と桂場が聞く。

「いえ、今のは、今まで迷惑をかけた娘への謝罪です……私は、すべて否認します」

法廷内がいっせいにざわついた。穂高がニヤリとする。竹中はしてやったり、という顔だ。

「取り調べの際、私が罪を認めれば、私だけでなく上司やほかの人間も罪が軽くなると、自白を強要されました」

「あなたね、そういう事実無根のデタラメを法廷で」

扇子で机を叩く日和田の目を見て、直言は叫んだ。

「その扇子の、やめてください！」

寅子は破顔した。小心な父が勇気を出して決断してくれた。トカゲのしっぽにも五分の魂だ。

しかし裁判の雲行きは怪しく、検察はいかなる証拠を突きつけても、自白を盾にして自分たちの矛盾を認めようとしなかった。


寅子は毎回裁判を傍聴し、初公判から早くも五か月が過ぎた。

穂高はその日、検察は自白以外の証拠検証があまりにもお粗末だと指摘したうえで言った。

「尋問による自白の強要は、人権蹂躙に当たるのではないか、そうお尋ねしたほうがよいかな。依頼人は長時間に渡り、革手錠をされて追い込まれたと」

日和田は最初、被告人の自傷防止のためと言い逃れしようとしたが、そんな事実はないと穂高は論破した。すると今度は、被告人が当時ひどく暴れたからだと言いだした。

「鮮明に覚えております。看守が安全のために自らの判断でやったまでのこと。人権蹂躙などと言われることは何もなく、何も誤った行為は」

そのとき、傍聴席の寅子が「あ！」と声をあげた。思い出したのだ。優三が刑法をまとめたノートの中にあった、監獄法のある条項を。

何かを察した穂高が席を外して寅子のもとへ来る。寅子は早口で要点を伝えた。

「……いや、失礼失礼」

裁判長に注意を受けて席に戻った穂高は、すでに勝ちを確信した顔で言い放った。

「しかし彼女は良いことを思い出させてくれた。監獄法施行規則第四十九条……『戒具《かいぐ》は典獄《てんごく》、刑務所長の命令あるに非ざれば之を使用することを得ず』。看守は暴れる依頼人を置いて取調室を離れ、所長の許可を得て革手錠を持ってきたのですか？」

「……それは」

「看守が規則を破ってまで手錠をすると？　いや、まさか……取調室にいるあなたの指示以外でそのようなことをするはずがない。そうでしょう？」

日和田は、焦りをごまかすように扇子を開きパタパタとあおぎだした。

「検察は、聞かれたことに答えるように」と桂場が詰める。

「……それは、連日大勢の取り調べをしているため、記憶が定かではなく」

「ほう、依頼人がひどく暴れていたことは鮮明に覚えていらっしゃるのに……ずいぶん都合よく忘れてしまわれるのですなぁ」

穂高がとどめを刺した。これがきっかけで世間の風向きはがらりと変わり、検察の高圧的で傲慢な捜査方法に対しての批判が高まっていったのである。


夏が過ぎ、昭和十一年十月、共亜事件の全裁判が終了した。

翌月の十二月、十六名の百回を超える公判は結審となり、今日、その判決が言い渡される。

寅子とはるは、傍聴席から武井裁判長を見つめた。互いの手をしっかりと握り合う。

「……主文、被告人らは、いずれも無罪」

法廷にどよめきが走った。記者たちが一斉に外へ駆け出していく。

直言は涙を浮かべ、寅子とはるを見た。二人も涙ぐみながら何度もうなずく。

「……検察側が提示する証拠は、自白を含めどれも信ぴょう性に乏しく、本件において、検察側が主張するままに事件の背景を組み立てんとしたことは、『あたかも水中に月影《げつえい》を掬《すく》い上げようとするかのごとし』。すなわち、本件判決は証拠不十分によるものではなく、犯罪の事実そのものが存在しないと認めるものである」

全身から力が抜けて、寅子ははるにしなだれかかった。

ロビーでは大学の仲間たちが歓声をあげ、その傍らで優三が静かに泣いていた。

判決から三日後、検察側は控訴を断念して、直言を含む十六人全員の無罪が確定。こうして、一年半に及ぶ寅子たちの戦いは終わった。

「……トラ、ありがとう。トラを明律に行かせてよかった」

寅子は直言から、最高の感謝の言葉をもらった。

おせっかいおじさんこと笹寿司の笹山は、こんなに嬉しくなる裁判はなかったと、お祝いの特上寿司を届けてくれた。陰ながら寅子を応援してくれていたに違いない。

直言ははるとの約束だった映画に改めて誘い、夫婦はようやく仲直りしたらしい。

この瞬間、やっと猪爪家の共亜事件は終わりを告げたのであった。

法曹会館のラウンジでは、穂高が桂場を相手に、何度目かの乾杯をしていた。

「いやぁ、それにしても名判決文だったねぇ。『あたかも水中に月影を掬い上げようとするかのごとし』……うん、良い。実にきみらしい」

「武井判事にお聞きになったんですか。あれを書いたのが私だと」

「聞かなくとも分かるよ～！　きみの中のロマンチシズムが、怒りが良く表れているじゃないか！　ロマンだけじゃないな。蟻一匹通さぬ、見事なまでに一分の隙もない判決文だった！　あれじゃあ控訴のしようがないだろうな」

法曹としての人生を左右するかもしれない大事件を担当することになった武井が、この清純で潔《けっ》癖《ぺき》な男に助力を求めたのは賢明だったと言えよう。

「……きみは許せなかったんだろう？　検察が力を振りかざして司法に干渉してくるのが」

水沼に何らかの圧力をかけられただろうことは、想像に難くない。

「干渉？　そんなもんじゃない。あいつらは私利私欲にまみれたきったねぇ足で踏み込んできやがったんですよ！」

顔には出ないが相当酔っぱらっているようである。「いいぞ、その調子！」と穂高が煽《あお》る。

「司法の独立の意義も分からぬクソばかどもが！　あの猪爪とかいう小娘もそうですよ。私があいつらにへいこら尻尾なんぞ振るわけないでしょ。ふざけるな！」

毎回毎回、正しい判決をと言わんばかりに傍聴席から桂場を見てくる。桂場は無表情で通したが、内心、寅子のあのまなざしに辟易《へきえき》していた。

「いいねいいねぇ！　もう一軒行っちゃう？」

翌日、穂高と桂場がひどい二日酔いになったのは言うまでもない。


年が明けた正月、寅子は『竹もと』で、来るかどうかも分からないある人を待っていた。

二時間ほど経っただろうか。待ち人が現れた。しかし、寅子を見て踵《きびす》を返す。

「待ってください！　行かないで……もう裁判は終わってるんですから」

桂場は思い直したらしく、寅子の近くの席に座って、汁粉と団子を注文した。

「……ありがとうございました。正しい選択をしてくださって……あの判決文、桂場さんがお書きになったと穂高先生からお聞きしました」

寅子は桂場の前に立ち、深くお辞儀をした。

「どうしてもお礼が言いたくて待ち伏せしてました。ごめんなさい」

「勘違いするな、別にきみのためにやったわけじゃない」

「はて？」

「誰のためでもない……私は法を司る裁判官として当然のことをした。それだけだ」

法を司る。桂場は簡単に口にするが、それがどういうものか、寅子はまだ掴めずにいる。

「……私はずっと……それこそ、ここで桂場さんとお話をしたあと、女子部に入ってから考え続けてきたんです。法律とはなんなのかって」

守るための盾や毛布。戦う武器。今回のことで、どれも違うと感じていた。

「法律は道具のように使うものじゃなくて、なんと言うか、法律自体が守るものというか……例えるならば綺麗なお水が湧き出ている場所というか」

「水源のことか？」

「私たちは、綺麗なお水に変な色を混ぜられたり汚されたりしないように守らなきゃいけない。綺麗なお水を正しい場所に導かなきゃいけない。その場合、法律改正をどう捉えるかが微妙なところなのですが……今のところ、私の中では法律の定義が、それがしっくりくると言いますか」

「……なんだ。きみは裁判官になりたいのか？」

思いもしない質問をされ、寅子はぽかんとした。

「きみのその考え方は非常に……あぁ、そうか、ご婦人は裁判官にはなれなかったね。失礼。きみ、高等試験を受けるのか？」

「あ、はい」

「そうか、私は止めたほうが良いと思うが……せいぜい頑張りたまえ」

汁粉と団子を平らげた桂場は、卓の上に金を置いて出口に向かった。

「……本当にありがとうございました！」

この会話が、寅子の未来を大きく変えることになることを、まだ知る由もない二人であった。

第6章　女の一念、岩をも通す？

高等試験司法科。毎年三千人近くが受験し、合格率五％の難関試験である。裁判官や検事、弁護士を目指す者たちにとって人生をかけたこの大勝負に、法学部最終学年になった寅子たち魔女ファイブも初めて挑戦した、のであるが……。

官報に合格者の氏名が公表されたその日、寅子、よね、涼子、香淑、梅子は教室でおにぎりをヤケ食いしていた。轟はじめクラスメイトの男子学生も大半が不合格。どんよりした教室の中で明るいのは、学力不足で受験を先延しにせざるを得なかった小橋たち数人だけだ。

筆記試験を通過して二次の口述試験に進んだのは花岡と稲垣たったの二名で、難関試験の厳しさを突きつけられる結果となった。だが、受かるまで続けると公言するよねをはじめ、寅子以外のほかの三人もここで諦めるという選択肢はない。

暗い顔でおにぎりを頬張っている寅子に、「トラちゃんは？」と梅子が聞く。

「……今夜、家族会議です」

満を持して挑んだ試験に惨敗した寅子の進退について、話し合いをすることになっているのだ。

猪爪家の居間はお白洲の様相を呈しており、お裁《さば》きを待つ寅子の隣には、同じように優三がうなだれて座っていた。お察しのとおり、優三は今年もまた試験に落ちてしまったのである。

猪爪家奉行のはるは冷え冷えとした無表情、ほかに直道と第二子を妊娠中の花江がいる。

「いやぁ〜ごめん、遅くなっちゃって」

直言がニコニコしながら帰宅してきた。共亜事件後、帝都銀行を退職した直言は『登戸《のぼりと》火工《かこう》』という会社の社長となり、発煙筒や信号弾などを作る仕事をしている。

「あなた、座ってください」

はるにぴしゃりと言われ、直言はしょぼんとして席に着く。

「寅子、あなた言っていましたよね。試験には一発で合格してみせると、自信満々に」

「するつもりだったの。試験の出来も自信があったし。お母さん、私、次こそは絶対」

「あなた、今年で二十四。大学も卒業。地獄から引き返すなら今！　優秀なあなたのお友達も全員不合格なんです。それくらい厳しい道なんです。そもそも男と女では状況がまったく違……」

はるの吟味《ぎんみ》を遮るように、直言が突然「頼む！」とその場に土下座した。

「トラに高等試験を受けさせてやってくれっ！　俺の裁判のせいで迷惑をかけた。頼むっ！」

寅子と優三も額を床にこすりつけ、直道と花江は責めるような目ではるを見る。

はるはつかの間葛藤したあと、ため息をついた。

「……言っておきますけど、タダ飯食らいを置いておく余裕はありませんからね」

寅子はパッと顔を上げた。母独特の間接的表現を言い換えると……。

「それは、卒業しても仕事を見つければ、諦めなくてもいいということでしょうか？」

「だからそう言っているでしょう！」

寅子はハハーッと平伏した。これにて一件落着。なんとか首の皮一枚繋がった寅子であった。

翌日、寅子たちは久しぶりに久保田・中山の先輩コンビと『竹もと』で再会した。

「久保田先輩、おめでとうございます」

すでに明律大学を卒業した二人も今年高等試験に挑戦。女子の受験生の中でただ一人、久保田だけが筆記試験に合格し、女子部全滅はかろうじて免れた。

「みんなはこの先どうする？　来年も受けるんだろう？」

久保田に聞かれ、後輩一同うなずく。寅子も親に許しを得たことを報告した。

先ごろ結婚した中山も来年また試験に挑戦するという。この七月に日中戦争が始まり、召集令状が来た夫に、いつ戻れるか分からないから、手に職をつけたほうがいいと助言されたそうだ。

皆で話していると、一人の青年が入ってきた。

「やっぱりここか。仕事が早く終わったから、一緒に帰ろうと思って」

香淑の兄で、出版社勤務の崔潤哲《じゅんてつ》である。寅子たちとも以前から顔見知りで、挨拶を交わす。

「みなさん、試験ご苦労様でした。女子部の時から仲良くしていただいたおかげで、妹はここまで頑張ることができました……優秀なみなさんなら、来年は必ず受かると思います」

「ありがとうございます、頑張ります」

……と、言いながらも、寅子はまだ試験の結果にモヤモヤしていた。自分で言うのもナンだが、潤哲の言葉どおり、寅子たちはみな非常に優秀だ。試験の手応えも十分だった。なのになぜ……。

だが今は、頭を切り替えて勉強あるのみである。

十月、口述試験が行われ、翌十一月に最終合格者が発表された。花岡と稲垣の名前はあったものの、そこに久保田の名前はなかった。

「……申し訳ないっ！　私の力不足だった！　完璧に試験を乗り切ったつもりだったが……」

久保田は、『竹もと』に集まった女子部の面々に深々と頭を下げた。

寅子はやはり解せない。久保田ほどの努力家が不合格だなんて、どう考えてもおかしい。

「はて？　法律が変わって制度が変わっても、見えない壁はまだあるのでしょうか」

ほかのみんなも同じように感じていたらしく、言葉に詰まっている。

そこへ、下級生の小泉《こいずみ》が女子部の仲間を引き連れてやってきた。

「先輩！　お話し中に失礼します……これを見てください！」

小泉が手に持っているのは、大学の校内新聞だ。寅子は思わず目を剝いた。

「女子部新入生募集中止！」

「……とうとう来たか」

よねたちは皆、こうなることを予期していたらしい。

そのとき、香淑が卓をどんと叩いて立ち上がった。

「너무 멋대로잖아！（勝手すぎる！）そんなこと絶対させない！」

むんずと新聞を摑み、もの凄い剣幕で店を飛び出していく。学長に直談判しようというのだ。ふだんおとなしい香淑の豹変ぶりに驚きながら、寅子たちも慌てて後に続いた。

香淑を先頭にした女子部隊が、男子学生の注目を浴びながら学内を進む。廊下を歩いていた学長と総務部長、穂高の三人を香淑が呼び止め、近くの教室で決闘さながらに対峙した。

「ここに女子部新入生募集中止と書かれているのですが、何かの間違いですよね！」

香淑は鬼気迫る形相で学長の前に新聞を置いた。

何事かと、大勢の学生たちが廊下に鈴なりになっている。その中に花岡と轟もいた。

「いいや何も間違っていない。年々入学希望者は減るばかり……赤字は膨らむ一方だ」

穂高重親も最後には納得したと聞いて、寅子は耳を疑った。

「これからどんどん増えていきます！　法改正がなされて私たちに道が開かれたばかりですよ？」

「法改正がなされて、もう二年だぞ」

総務部長は寅子たちに渋面を向けた。高等試験が難関だとしても、女子部の合格者が一人もいないという惨憺《さんたん》たる結果では大学の面目が立たないと手厳しく批判される。

自分が合格できなかったせいで、女子部が……久保田や寅子たちが自責の念に駆られて言葉を失くしている中で、香淑は一人、「納得できません！」と食い下がった。

「我々に相談もなしに、こんな大事なことを勝手に決めるのは、あんまりです！　あと一年だけ、待ってくださいませんか？　来年こそは必ず合格しますから、お願いします」

土下座までする香淑の勇気に突き動かされて、寅子も膝を折って床に手をついた。

「お願いします。来年、もし駄目ならば女子部を廃止なさってください。そのときは、私たちが将来の後輩たちに頭を下げますから！」

よね、涼子、梅子、卒業生の久保田と中山、後輩たちも一斉に土下座して懇願する。

廊下からその光景を見ていた花岡と轟はもちろん、日頃女子部をからかっている男子学生たちまでもが次々と頭を下げた。

「……水滴石穿《すいてきせきせん》」

穂高が、ぽつりと呟いた。雨垂れ石を穿《うが》つ、という意味だ。

「来年こそ、石を穿つときがくるかもしれん……。学長。今の一年生が女子部を卒業するまでは二年の猶予があります。来年の彼女たちの結果まで、我々も辛抱できませんか？」

ややあって、学長は首を縦に振った。次の募集は予定どおり取りやめるが、来年の試験で女子部の誰かが合格すれば、募集を再開すると約束してくれた。

どう転ぶにせよ、せめて彼女たちが納得できるように――事前に穂高の意見を受けた学長の判断であることを、寅子たちは知らなかった。

「ありがとうございます！　精一杯頑張ります」

香淑は涙を浮かべている。そんな友人を、寅子は感慨深く見つめていた。


「つまり女子部の将来は、トラちゃんたちにかかっているってことだ！」

数日後、ある裁判の傍聴が終わったあと、傍聴仲間の笹山に寅子は今回の経緯を話した。

「おい、その顔は……自信ねぇのかい？」

「……自信があったんです、筆記試験……受けた五人全員、かなりの手応えを感じていたのに……何が駄目だったのか、まだ分からなくて」

「まだそんな甘っちょろいことを言ってるのか」

廊下で話していた二人の会話に乱入してきたのは、桂場である。

「同じ成績の男と女がいれば、男を取る。それは至極真っ当なことだ」

「まさか！　そんなこと許されるわけが」

「前に言っただろう。穂高先生の言葉は正しいが、あまりに非現実的だと。かなりの手応えなんて言っているうちは受かりはしない。誰をも凌駕《りょうが》する成績を残さなければな」

辛辣《しんらつ》な言葉を残し、桂場は去っていった。

昭和十三年三月、明律大学を卒業した寅子は、働きながら勉強を続けていくことになった。

「本日よりよろしくお願いいたします！」

四月、寅子が門を叩いたのは、共亜事件でお世話になった雲野弁護士の事務所である。同僚には弁護士の岩居《いわい》と、事務員の常盤《ときわ》がいる。

弁護士事務所なら学びも多いだろうと心躍らせたものの、毎日の仕事は先生方のお茶汲みや小汚い事務所の掃除で、思っていた感じとはだいぶ違う。

まあそりゃそうだと、寅子は気持ちを改める。私の、そして女子部の未来のためにグッと耐えて働くのみ――そうして黙々と仕事をこなしたあとは、『竹もと』にみんなが集まって勉強会だ。

「もうあがっていいから。勉強なさいよ！」

気のいい女将《おかみ》さんが、前掛けをつけて皆にお茶を注いでいる香淑に声をかける。一緒に暮らしていた兄の潤哲が本国に帰ってしまったので、香淑は『竹もと』に住み込みで働いているのだ。

店主夫婦は寅子たち女子部の学生の良き理解者で、共亜事件の際にも快く署名してくれた。

「今日は刑法について勉強しませんか？　借りた本の中に、面白い判例を見つけて、皆さんにご意見お聞きしたくて！」

勉強会に合流した香淑は、やる気満々の明るい表情で本を開く。

と、こんな調子で、日々仕事と勉強に追われる寅子のささやかな楽しみ――それは、昼休みに日比谷公園に行くことだ。

「……良かった、今日は会えた」

背広姿の花岡が、ベンチで待っていた。職場が近いこともあり、時間が合うときは、こうしてお昼を一緒に食べている。花江は「早く花岡寅子になっちゃえばいいのに」などと煽ってくるが、結婚を逃げ道に考えているようでは高等試験など受かりっこないと寅子は己を戒める。

花岡は『司法官試補』として、裁判官になるための実務修習《しゅうしゅう》の真っ最中である。調書の写しばかりやらされているとぼやくが、それすら寅子には羨ましい。

先週からは、あの桂場判事の下についているという。

「昨年から民事事件の担当になったそうだよ……厳しくておっかないが、実に優秀な方だね」

「それは間違いないわね。でも、あれじゃない？　少し失礼というか……私、ずいぶん前に言われたの。『きみは裁判官になりたいのか？』って」

「……やっぱりすごいな、猪爪は。俺は言われたよ。『きみは裁判官向きじゃない』って……たぶん、桂場判事は猪爪に裁判官の素質があるって思ったんだろうな」

「いや、それはどうでしょう」

「ごめん……そんなこと言われても困るよな。ご婦人には弁護士の道しかないのに」

……はて。たまに感じる、のどに魚の小骨が刺さったようなこの違和感。けれど花岡と楽しくお昼を食べたくて、小骨に気づかぬふりをして曖昧に微笑む寅子だった。

その日も『竹もと』で勉強していると、乱暴に扉が開き、二人の男が入ってきた。背広を着た、強面の男たちである。二人はまっすぐ香淑のもとにくると、「おい、崔潤哲はどこにいる！」と頭ごなしに香淑を怒鳴りつけた。

「ちょっと、なんなんですか、あなたたち！」

梅子が真っ先に立ち上がった。恐怖より先に体が動き、寅子も香淑の盾になる。

「特高だ。下がってなさい」

男の一人が警察手帳を出した。特高とは特別高等警察のことで、危険思想や反政府主義者を取り締まることを目的に作られた機関である。朝鮮で治安維持法に反する労働争議があり、豊野《とよの》と馬場《ばば》というこの二人の特高は、運動に加担していたらしい潤哲の行方を探しているという。

「そんな！　何かの間違いです」

「しらばっくれるな！　どうせここに匿《かくま》ってるんだろう？　こいつらも仲間か？」

いくら警察でも、こんな横暴が許されていいわけがない。寅子たちが反抗的な態度を見せていると、女将さんに呼ばれた店主が奥から飛んできた。

「刑事さん、彼女たちにはあとでキツく言い聞かせます！　どうぞどこでもお調べください」

特高の恐ろしさは世に知れ渡っている。馬場は潤哲から届いた手紙を持ってくるよう香淑に命じ、日本語に訳して読ませたあと、奪うようにしてそれを押収した。

「何かあればすぐ知らせるように」

念を押して去ろうとした馬場が、勉強会の卓に置いてあった『六法全書』にふと目を留めた。

「まだ諦めずに続けているのか……無駄な努力と言ったろうに」

二人が店を出ていったとたん、香淑は力が抜けたようにその場にくずおれた。

みんなが慌てて香淑に駆け寄っていく。

「……ごめんなさい」

「あなたが謝ることは何もないでしょう」

涼子が慰めると、勉強の邪魔をしちゃったからと、眼鏡を触りながら健気に笑う。

「無理に笑わなくていい！」

見ていられないというように梅子が香淑を抱きしめた。

「気づいている？　あなた、何かに耐えているとき、苦しいとき、いっつも眼鏡を触る癖があるって。全部吐き出しちゃいなさい、私みたいに！」

寅子にも促され、香淑は日本に来た経緯から話しはじめた。

兄の潤哲はもともと、朝鮮総督府の支援を受けて日本の大学で法律を学んでいた。女子部設立の話を聞いて、香淑も法の知識があれば日本でも朝鮮でも重宝されるはずだと、すぐ故郷に手紙をくれたという。しかし、当の潤哲は法律の道に進まず、出版社で文芸誌の編集をしていた。

「『六法全書』より、文学のほうが心躍ると言っていました」

兄妹の平穏な毎日が一転したのは、去年の筆記試験が終わったあとのことだった。突然、豊野と馬場が家にやってきて潤哲の腕を捻り上げ、香淑ともども特高に連行された。同じ出版社に勤めていた朝鮮人が反体制思想の集会に参加して捕まり、潤哲と妹の香淑も仲間だと疑われたのだ。

結局すぐに釈放されたが、香淑が高等試験を受けて落ちたことを知ると、馬場は鼻で笑って言った。試験を受けられるのと試験に受かるのは、まったく別の話だ。朝鮮人で、しかも女で、思想犯の疑いがある兄を持つ香淑を合格させるやつはいない。受けるだけ時間と金の無駄だと……。

「そんなばかな話！　あるわけ、ないわよね？」

最後は自信なさげになった梅子に、寅子は桂場の言葉を思い出して答えた。

「……ある判事の人に言われた。同じ成績だったら当然、女ではなく男を選ぶって」

「当然だって……あほどもがっ！」

よねが怒りをたぎらせる。

特高に監視されて会社に居づらくなった潤哲は、変わっていく日本に失望して朝鮮に帰る決意をした。中国との戦争もいつまで続くか分からない。朝鮮人の立場もどうなるか。一緒に帰国しようと説得する潤哲に、香淑は言った。今は帰れない、やるべきことがあるからと――。

「……みんなの試験を見届けて、それから国に帰るつもりでした。黙っててごめんなさい」

別人のように学長に食ってかかった香淑。勉強会では人一倍意欲を燃やし、暗い表情一つ見せなかった。それもこれも全部寅子たちのため、これからの女子部の学生たちのためだったのだ。

「私は駄目だったけど、みんなは次こそ必ず受かるって、そう信じているから、だから、少しでも役に立ちたかった。でも……」

気丈に微笑むが、あとの言葉が続かない。代わりによねが、悔しそうに言った。

「今しかないぞ。朝鮮に帰るなら……今しかない」

香淑がうなずく。その目にみるみる涙があふれた。

「そうするしか、なさそうです……最後まで、応援できないでごめんなさい」

こんな思いを抱えて一年も……やるせなくて、寅子は慰めの言葉が出てこない。でも、これでお別れなんて、そんなの嫌だ。せめてすてきな場所で、楽しい気持ちになって帰ってもらいたい。

「……海。今から海、行きましょう！」


「……すてきな場所ねぇ」

砂浜に立って寒々しい海を眺めつつ、よねが言った。

「ごめんなさい、思っていた景色と違った……」

きちんと計画してくるべきだったと後悔しつつも、いつもの「はて？」が出てくる。

「考えてみると、私たちって、いっつも思ってたのと違うふうになっているなって」

入学式では寅子がよねに尻もちをつかされ、法廷劇では乱闘になり、山に登れば花岡が崖から落ちて怪我をして――いろんな出来事が次々と思い出される。

「でも、どれも最後は良いほうに流れて……今日もきっとそうなります」

香淑にとっては、みんなで冷たい海風に震えている今この瞬間も大切な思い出だ。

「そうね。こうしてずっと思い出を作っていくと思っていた……五人いや六人でね」

梅子が振り返ると、少し離れた場所で玉が寂しそうに微笑んだ。

「お聞きしそびれていたことがあるの……お国の言葉での、あなたのお名前は？」

涼子が聞くと、香淑は棒きれを拾って、砂浜に『崔香淑　최향숙』と書いた。

「『チェ・ヒャンスク』と読みます」

「……ヒャンちゃん、こう呼んでもよろしくって？」

香淑は涼子に笑顔でうなずき、最後に寅子の歌う『モン・パパ』が聴きたいと言った。

「だってトラちゃんが歌いだすと、よねさんがうるさいっていつも止めちゃうから」

六人のほかには誰もいない春の海に、寅子の歌声が流れる。楽しそうに笑い合う仲間たちの姿を心に焼き付けて、ヒャンちゃん——崔香淑は、生まれ故郷の朝鮮へと帰っていった。


香淑の思いも背負って、四人でさらに一丸となって頑張っていく……はずだったある日、涼子の父である桜川男爵が、芸者と駆け落ちして失踪したという衝撃的なニュースが雑誌に載った。

涼子は次の勉強会に姿を現さず、心配になった寅子たちは後日、桜川家を訪ねた。

「ごめんあそばせ、わざわざご足労おかけして」

応接間に現れた涼子は、明らかにやつれた様子である。

「わたくし、有馬《ありま》男爵のご子息と婚約いたしました。結婚の準備で毎日忙しくて……とても試験は受けられそうにないの。お三方のご武運をお祈り申し上げます」

寅子たちは絶句した。まさか、涼子までが去ってしまうなんて……。

だが、涼子が婿をもらわなければ桜川家は途絶え、多くの者たちが路頭に迷うことになる。

「……わたくしのワガママに皆を付き合わせられない」

涼子はつらそうに顔を伏せた。その後ろで、玉は声を立てずに泣いている。

「ワガママ？　お前がやってきたことはワガママなのか？　違うだろ！」

「……よねさんみたいに強くなりたかった」

涙を必死にこらえて微笑む涼子に、これ以上何が言えるだろう。

そこへ、酒のグラスを手にした涼子の母・寿子が、執事の岸田と部屋に入ってきた。

「あなたがた、まだあのくだらない試験に必死になっているんですって？」

泥酔しているらしく、目は虚《うつ》ろで呂律《ろれつ》も回らない。

寅子は、せめて伝えたかった。みんながどんなにまっすぐ、純粋な気持ちで頑張ってきたか。

「私たちは私たちの力だけで、皆揃って合格したい……したかったんです。だから、まだうまく心の整理がつきませんが……涼子さまと、お母さまの幸せを切に願っております」

自分の不幸を呪って泣き崩れる寿子を、涼子はただ抱きしめている。

「……ごめんなさい。わたくしには、どうしても母を見捨てることができない」

高等試験まで、あと二週間を切った日の出来事であった。


昭和十三年六月。高等試験司法科の筆記試験当日、寅子は、優三、よね、轟、中山と試験会場へ向かった。

「……梅子さんどうしたんでしょう」

そろそろ試験が始まってしまうのに、梅子はまだ姿を現さない。なんだか胸騒ぎがする。

寅子がふと見ると、おなかが痛くなったのか、優三はうつむいてため息などついている。

「……優三さん」

顔を上げた優三に変顔をしてみせると、優三はたまらず吹き出し、ハハッと笑い声をあげた。

「緊張したら、今の私の顔思い出してくださいね」

「……うん」

轟が立ち止まり、「絶対、皆で合格しような！」と一同に手を差し出す。この暑苦しい友情にもずいぶん励まされてきた。寅子と中山が轟に手を重ね、続いて優三が、よねも渋々手を重ねる。

「いくぞ、エイエイ」

「オー!」

もう何事も起こってほしくない……寅子は祈るような気持ちで二度目の試験に臨んだが、梅子はとうとう最後まで試験会場に現れなかった。


高等試験司法科は、憲法、民法、商法、刑法、民事訴訟法または刑事訴訟法の必須五科目と、哲学概論や破産法などの選択二科目の合計七科目の試験を、七日間かけて受験する。

すべての試験が終わったら梅子の家を訪ねてみようと思いながら帰宅してみると、はるが手紙を持って待ち構えていた。封筒の差出人には、『梅子』とだけ書いてある。

寅子は急いで自分の部屋に行き、荷物を置くなり着替えもせずに手紙を開いた。

『トラちゃん、心配かけてごめんなさい。試験会場に行けなくてごめんなさい……私、光三郎を連れて家を出ました。夫に離婚届を渡されました。若い女と再婚するそうです』

寅子は息を呑んだ。そんな大変なことが梅子の身に起きていたなんて……。

『すぐに荷物をまとめて家を出ました。もっと早くこうすべきだった。そうすれば長男や次男も助けられたかもしれない……自業自得です。トラちゃんたちならば立派な弁護士になれるって信じている。どうか私のような立場の女性たちを守ってあげてください。みんなにどうかよろしくお伝えください、ごめんなさい……さようなら』

知らず知らず力が入り、梅子の手紙が手の中でクシャッと潰れる。寅子は座卓に突っ伏して、言葉にならない唸り声をあげた。

理不尽な理由で、仲間がまた一人去っていく――。

寅子は涙を拭い、風呂敷包みを開いて明日の試験勉強を始めた。泣いている暇はない。合格して弁護士になることが、梅子たちのためにできるたった一つのことだ。

鼻をすすりながら勉強を続ける寅子を、はるが部屋の外からそっと見守っていた。

九月、寅子たちは見事全員、筆記試験を通過した。二次試験の口述試験までは一か月。『竹もと』に集まって過去の問題を出し合い、徹底的に答えを頭に叩き込む。

「よねさんはもう少し優しいお顔で答えたほうがいいんじゃないかしら？」

中山が忠告するも、よねは「必要なのは法知識の正確さだろ」と歯牙にもかけない。

「いや、意外と必要なことかもしれない」

今年の筆記試験を免除され、この一年ひたすら口述試験対策を続けていたという久保田が、ふと言った。昨年の口述試験は完璧に答えたつもりだったのに、不合格となった。一つ心当たりがあるとすれば、今後結婚をする予定はあるかと尋ねられ、「その質問は試験に関係ないのでは？」と答えてしまったことだという。

「……それで落とされたと？」

「分からない。ただ試験通過のために、時には自分を殺さなければいけないのかもしれない」

そして、口述試験前夜。寅子は準備も体調も万全だった、それなのに――。

「……嘘。……嘘、なんで？」

試験に向けてのストレスからか、いつもより六日も早く月経が来てしまったのである。

――神様はなんて底意地が悪いの？　それとも、多くのものを背負いすぎた私の弱さ？

絶不調で口述試験を受け、フラフラになって帰宅した寅子は、無言のまま部屋に入ると床に突っ伏して泣きじゃくった。涙が涸《か》れるまで泣き尽くし、翌日の夕方までこんこんと眠り続けた。

さすがに空腹を感じ、むくりと起き上がって階下に行くと、台所ではるが料理をしていた。

「……おなか空いたでしょ、何か食べる？」

「……具合は悪かったけれど、やりきりました。悔いはありません……ありがとうございました」

「嘘おっしゃい」

はるにはお見通しである。本当は悔いだらけ未練だらけ、この思いを断ち切れる気がしない。

「きちんと家にお金をいれて、自分で稼いだお金で何をしようと、私は何も言いませんよ……だから来年、また頑張りなさい」

出された料理は寅子の好物ばかり。ありがたくて申し訳なくて不甲斐なくて、うなだれるしかない寅子だった。


そして一か月後、女子部の行く末が決まる、結果発表の日。

寅子は襟を正し、いつになくキリリとしている優三と官報を前にした。真剣な面持ちで、指さしながら合格者の名前を確認していく。久保田、中山、轟の名前を見つけるたび心の中で歓声をあげ、同時に緊張が増す。そして………あった。あった。猪爪寅子。合格していた！

寅子の顔が歓喜に輝いたのもつかの間、合格者一覧の中に、よねと優三の名前はなかった。

「……おめでとう、トラちゃん」

優三は穏やかに微笑んでいるが、寅子の心中は複雑だった。

「今まで本当にありがとうございました……もうこれで終わりにします」

優三は晴れやかな顔で、直言とはるに頭を下げた。

「今年は寅子さんのおかげで勉強もはかどった。腹も下さず全力を出し切った」

「いや駄目だ、やっぱり惜しいよ。あとちょっとじゃないか！　ここまできてやめるだなんて！」

懸命に説得しようとする直言に、優三は「ここが潮時です」ときっぱり告げた。

「そうですか……長い間ご苦労様でした。よくここまで頑張りましたね」

はるは優三の覚悟を受け入れ、心を込めて頭を下げた。直言も落涙しながら頭を下げる。

「トラちゃんもそんな顔してないで！　すごいことを成し遂げたんだから、もっと喜ぼうよ！」

泣きそうな笑顔の優三に、寅子も無理やり微笑んだ。

働きながら一年間死ぬ気で勉強して、友と別れ、月経の痛みも乗り越えて、やっと勝ち取った景色。けれどそれは、思っていたものと全然違っていたのだった。


日本で初めて女性弁護士が誕生したニュースは、大々的に報じられた。

直言がずっと記録している寅子専用スクラップブックには、『初の婦人弁護士誕生』『高等試験で婦人三人が初合格』など華々しい新聞記事が加わった。

家族、雲野法律事務所のみんな、『竹もと』の店主夫婦、笹山、ご近所さん。寅子はどこに行っても祝われて、祝われて、祝われて、祝われて、とにかく祝われる毎日である。

花岡には、お祝いの言葉とすてきな黄色い花束をもらった。

「猪爪なら成し遂げると思っていたよ。もし駄目でも、もう一度挑戦するよう説得するつもりだった。『せっかくの才能がもったいない』『もし駄目でも、俺がいるから』って！　そのころには、俺も一人前になっているだろうからさ」

「……ありがとう、私のこと考えてくれて」

そう言いながら、寅子の脳裏をよぎるものがあった。明律大の女子部を受験すると決めたときのことだ。はるは言った。父さんは、あなたのことを心から応援してるわけじゃない、と――。

「……はて？」

なぜ急にはるの言葉を思い出すのか。この気持ちに、寅子はまだ名前を付けられないでいた。


残念ながら在学生からの合格者は出なかったけれど、三人の婦人弁護士誕生の宣伝効果は絶大だった。来年度の女子部志願者が大幅に増加することは間違いなく、穂高と学長、総務部長もご満悦のホクホク顔で、学生たちと一緒に寅子たちの合格を祝ってくれた。

五人組らしい後輩の女子学生たちが昔の自分たちと重なって見え、仲間たちに思いをはせながら花束を抱えて家に帰ってくると、表でよねが寅子を待っていた。

「来てくれてありがとう……私も会いにいこうと思っていたんだけど、ごめんなさい」

「……あたしの口述は完璧だった。先輩の言葉を借りれば、自分を曲げられなかった」

試験委員から服装を批判され、偏見をこっちに押し付けるなとたんかを切ったという。

「あたしのこと、ばかだと思うか？」

「……いいえ、試験委員に腹が立つだけ」

よねは「だよな」と少しホッとしたように表情を緩ませた。

「あたしはあたしを曲げない、曲げないで必ずいつか合格してみせる……すぐに追いつく、いや追い越すから待ってろ。……それと言うのが遅くなったが、おめでとう」

帰っていくよねの後ろ姿を見つめながら、寅子はなんとなく『モン・パパ』の鼻歌を口ずさむ。

香淑。涼子。梅子。よね。みんなとの思い出が、走馬灯のように歌に乗って流れていった。

その日、明律大学主催で盛大な祝賀会が開催され、会場は多くの招待客で賑わっていた。

上機嫌の穂高から半ば強引に連れてこられた桂場の姿もある。

「きっと寅子くんが喜ぶ。いや『どうだ受かったぞ』と勝ち誇って鼻を膨らますかな」

「……ご婦人はいいですね。たかだか試験に受かったくらいでこんなに祝福されて」

花岡と轟もやってきて、一同は特設の舞台上に目をやった。

久保田、中山と一緒に記者たちの質問を受けている寅子は、なぜか不機嫌そうな顔だ。

「中山さんのご主人は大陸に出征中でいらっしゃるとか。きっと喜ばれていることでしょう」

「……はい。私もこの国をより良くするために、良き弁護士になろうと思っております」

「すばらしい……さすが言うことが違いますね。さすが日本で一番優秀なご婦人方だ」

「はて？」

記者の言葉が引っかかり、寅子はつい口を出してしまう。

「私はずっと一番になりたくて頑張ってまいりましたが……自分がこの国で一番優秀だとは、まったく思えません」

「なるほど、謙虚でいらっしゃる」

「はて？　謙虚？　昔から私は自信過剰、負けず嫌い、ひと言多いと言われてきましたが？」

寅子の発言に記者たちがざわつきはじめた。止めたほうがいいのではと花岡は心配したが、穂高は「好きなように話させてあげなさい」と、どこ吹く風だ。

「高等試験に合格しただけで、女性の中で一番だなんて口が裂けても言えません。志半ばで諦めた友。そもそも学ぶことができなかった、その選択肢があることすら知らなかったご婦人方がいることを私は知っているんですから」

でも今、寅子ははっきり分かった。合格してからずっとモヤモヤとしていたものの答えが。

「……私たち、すごく怒っているんです。ですよね？」

同意を求められた久保田と中山が、寅子に深くうなずく。

「法改正がなされても結局、女は不利なまま。女は弁護士にはなれても裁判官や検事にはなれない。男性と同じ試験を受けているのにですよ？　女っていうだけで、できないことばっかり」

そもそもがおかしいのだ。もともとの法律が、女性を虐げているのだから。

「生い立ちや信念や格好で切り捨てられたりしない、男性か女性かでふるいにかけられない社会になることを、私は心から願います……いや、みんなでしませんか？　しましょうよ！　私はそんな社会で、何かの一番になりたい。そのために良き弁護士になるよう尽力します、困っている方を救い続けます……男女関係なく！」

寅子の長広舌に会場はシーンと静まり返った。学長と総務部長は頭を抱えている。

そのとき、桂場がブッと吹き出して笑い転げた。

「……失敬！」

「すばらしい演説だった」と穂高がニコニコしながら拍手する。

轟も大きな拍手を送ったが、花岡だけは、どうしても拍手することができなかった。

祝賀会をしらけさせた寅子の演説は当然、記事にはならなかった——一社の新聞を除いては。

『帝都新聞』には、寅子のことが鳴り物入りで取り上げられていた。なんと、竹中の記事である。

「母さん、見てごらん！　トラがこんなに大きく！」

「どうでしょう！」

新しいスーツに身を包んだ娘の晴れ姿を、直言とはるが嬉しそうに見つめる。

「百点満点すこぶるあっぱれ！　トラは何を着ても決まるなぁ〜！　よっ弁護士先生！」

「研修中も気を緩めずに。油断は禁物ですよ」

「……ええ、分かっています」

どんな地獄でも突き進んでみせる。このときの寅子は、本気でそう決意を固めていた。

第7章　女の心は猫の目?

昭和十四年春。弁護士の道を進もうとする者と弁護士の道を諦めた者が、新しい一歩を踏み出す朝である。後者の優三は銀行を辞め、直言の工場に住み込みで働くことになった。

「長い間、お世話になりました」

猪爪家を去る優三を、直言とはる、優三を兄のように慕っていた直明、そして寅子が見送る。

「トラちゃんも今日から修習だよね。ここから長いから、あんまり気張りすぎずに」

寅子を心配する優三の心を知ってか知らずか、いや確実に知らず寅子は意気揚々と言った。

「いいえ！　気張り過ぎるくらいで行きます。日本初の婦人弁護士として世の中を変えるべく、誰よりも気張る必要がありますから！」

優三はますます心配そうだが、今日から一年六か月、寅子は修習生として、雲野法律事務所で弁護士実務に必要な技術を学び、そのあと正式に弁護士資格を得ることになる。

「ここからは男とか女とか関係なく、一人の弁護士として鍛えていくから覚悟しておくように！」

「はいっ!!」

修習中とはいえ、れっきとした弁護士。お茶汲みも免除され、自分の仕事に邁進する寅子であったが……。

約三か月が経った七月、日比谷公園で弁当を食べる寅子の顔は疲れ果てていた。隣りでは、昼休みの集いに加わった轟も弁当を食べているが、同じく疲れ果てた顔である。

「……二人とも、老けこんだな」花岡が気の毒そうに言う。

「この三か月、判例の写しばかりやらされていて」

「俺もだ、昨晩は事務所に泊まった」

轟が修習を受けているのは、共亜事件で若島大臣を弁護した錦田弁護士の事務所である。一緒に配属された同期は、先輩の久保田だ。錦田は彼女が大のお気に入りで、どこに行くにも連れ回しているらしい。ちなみに中山は、横浜の事務所で頑張っていると寅子に手紙で知らせてきた。

「俺は、もう行かないと」と花岡が腕時計を見て立ち上がった。

「いけない、私も」

寅子が残りの弁当をかき込む。轟は眉をひそめているが、なりふり構っていられない。慌てたせいでほっぺたにくっついてきたご飯粒は、花岡が取ってくれた。

「頑張れよ。修習を乗り切ったらお祝いしよう」

「それを言うなら、花岡さんのお祝いが先でしょ！　残りの修習と二回目の試験が終われば、晴れて裁判官さんですもの！　盛大にお祝いしましょう！」

「……期待しちゃっていいのかな」

甘～い雰囲気の二人を、恋にとんと無縁の轟は微笑ましくも切なく見つめるのであった。

寅子が事務所に戻ると、雲野が依頼人と揉めていた。

「では、雲野先生は思想弾圧に屈しろと」

依頼人は、帝大経済学部教授の落合洋三郎《おちあいようざぶろう》。彼の著書数冊が、出版法二十七条違反『安寧秩序を妨害』する疑い——著書に書かれたファシズム批判や政治批判が社会の秩序を乱した疑いがあるとして、起訴されてしまったのだ。

「私には！　もうあなたしかいない！　頼む！」

落合の熱意に負けて、雲野は専門外の弁護を引き受けた。弁護を一歩間違えると非国民扱いされてしまうと、誰も弁護を引き受けてくれなかったらしい。

しばらく事務所に泊まり込みになると言われ、寅子は着替えを取りにいったん家へ戻った。

「雲野先生がおっしゃるには、周りへの見せしめのために逮捕されたんじゃないかって。いくら非常時だからって言論弾圧を許すわけにはいかないでしょ？」

寅子はやる気と意欲に満ちているが、日中戦争が始まって二年、兵役期間は延長され、五月にはノモンハン事件が起きて、戦時色は色濃くなるばかりであった。

ともあれ、裁判の準備が始まった。まずは落合の著書を検証するため、検察側が問題を指摘した分厚い六冊の本を、雲野、岩居の両弁護士と寅子で手分けして読み込んでいく。

次第に仕事が増えていき、同時に花岡と昼休みが合わないことも増えていった。

そして迎えた、公判第一回目。落合教授の門下生や大学関係者が裁判所に大勢駆けつけたが、『治安を乱す恐れがある』という理由で、裁判は非公開に切り替えられた。傍聴席には、特高の刑事や文部省の役人らしき人々が数人いるだけで、法廷はガランとしている。

「被告人は罪を認めますか？」

「すべて否認します……と、さんざん申し上げてますがね」

警視庁、検事局、予審と長きにわたって取り調べを受けた落合は、ふてぶてしく答えた。

心証が悪くなってしまったのではと焦ったものの、裁判長は、この裁判は六冊の著書が法律に触れているか否かを判断するもので、思想によって左右されるものではないとした。

一瞬、希望の光が差したように思われたが、公判を重ねても弁護側は検察側の主張を崩せずにいる。内容の説明を懇切丁寧にしても、検事は「疑いがある」の一点張りで埒《らち》があかないのだ。

「言った言わないの水掛け論になってしまっているな。何か別の観点があればいいのだが……」

雲野の言葉を聞いて、寅子は落合の著書ごとの要約や出版日をまとめてみることにした。何か手掛かりがあるかもしれない。去っていった仲間たちのためにも、女性弁護士第一号として、少しでも貢献して力を証明しなければ……。

資料の中に埋もれて眠り込んでいた寅子は、翌朝、雲野に肩を叩かれて起こされた。

「猪爪くん！　きみ、良いところに目を付けたね！」

六冊の著作は、いずれも初版が四年以上前に出版されている。出版法第三十三条によれば公訴の時効は一年。つまり、すでに時効が成立していて、出版法違反の罪に問うことはできない。初版と現在流布されている五版の著述に一字一句相違がないことは、すでに出版社で確認済みだ。

本の内容について争うのではなく、別の切り口で無罪を証明してみせた雲野の法廷戦術が功を奏し、一審は無罪の判決が下った。

「雲野先生は本当にすばらしいわ！　本の出版年から無罪を証明してみせるだなんて。きっと検察は控訴してくるでしょうけども、でもこれは大きな一歩だわ！」

帰宅した寅子が感激して報告するも、はるは興味なさそうに生返事するだけで、日課の手帳に『お国のために質素倹約』『百貨店がお歳暮の扱いを取り止めた。どうするか』などと書き込んでいる。母にとっては、日常のほうがよっぽど大事なのだ。

期待していた反応がなかったので、寅子は不完全燃焼である。こんなときに優三がいてくれたら……空っぽになった優三の部屋を見つめていると、電話が鳴った。

交換手に電話を繋いでもらうと、やがて聞き覚えのある声が聞こえてきた。花岡である。

「実は……合格した。修習後の二回目の試験。これで晴れて、裁判官だ」

「おめでとうございます!!」

小躍りして電話越しに拍手する。花岡は、一刻も早く寅子に伝えたくて電話したという。

「……それで、例のことなんだけど。お祝い、してくれるんだろ」

「ええ、もちろん！　どうしましょう、誰に声かけましょう。轟さんは来るとして」

「いや……できれば、二人でやらないか？」

はて？　ではなく、おやおやおやおやおや!?　の寅子である。

「どうする？　もしプロポーズされちゃったら」

数日後の仕事帰りに寅子が花岡と二人っきりで会うと聞いて、花江はニヤニヤが止まらない。二人の恋路を見守るのが、二児の子育てと家事に追われる花江のささやかな楽しみなのだ。

色気もシャレっ気もない寅子に、せめて口紅くらいしていったらとアドバイスする。

「お？　いつもと違い今日の寅子さんは紅をつけている……そういう些細なことにお気づきになりそうな気の利いた殿方なんて、ほんの一握りなんだから！」

せかせかと仕事に向かいながら、色鮮やかなワンピースにコートを羽織った華やかな女性に目が行く。それに引きかえショーウインドーに映る寅子は、化粧っ気のない顔に、いつもの地味なスーツ姿。あまりに花江がもり立てようとするので、妙に意識してしまう寅子であった。

夜なべして仕立てた新しいワンピースを着ているというのに、雲野も岩居も、目はついているのかと疑いたくなるほど反応がない。彼らは花江の言う一握りの男ではないようである。

「猪爪さん、今日はこのあと、何かお約束でも？」

事務員の常盤が声をかけてきた。さすがに女性は目ざとい。

「はい、大学の同期が一足先に修習を終えて裁判官になることが決まりまして、そのお祝いに」

「あぁそう……猪爪さんがいつも強気でいられるのは、その彼のおかげなのね」

「……はて？」

花江といい、常盤といい、悪気がないのは分かっている。けれども、なんと言うか、寅子の行動や人生に花岡を絡めすぎているというか……。常盤の机に置いてある雑誌には、『産めよ殖やせよ国の為』『なるべく早く結婚せよ』『産児報国』などの文字が躍っている。

なんとも形容しがたい心持ちのまま法曹会館のラウンジに入っていくと、すでに花岡がいた。

「ごめんなさい、待ったかしら。……なんだか、お会いするの久しぶりね」

「……その服、とても似合ってるよ」

――出た、一握りの男!!

寅子も本当はもっと気の利いた場所で祝いたかったが、店といえば『竹もと』くらいしか知らない。花岡は自分も同じようなものだと笑い、一度ここで食事をしてみたかったと言ってくれた。

「実は、私もなの！　ちょっと大人になった気分」

「もうとっくに大人だろ。身の回りでも所帯を持っている者がほとんどじゃないか？」

「そうだけどまだ半人前だし……。やめていった仲間のためにもたくさん経験を積んで、立派な弁護士になりたいわ」

今後の意気込みを語る寅子は気づかなかったが、花岡の顔から一瞬、笑みが消えた。

「とにかく今日は、ここでの初めての食事が花岡さんとで、私、嬉しいの」

「……ずるいよな、猪爪は……そういうことをさらっと言ってのけるから」

何がずるいのか、寅子は意味が分からずきょとんとした。

「実はさ、春から佐賀地裁に赴任することになった」

佐賀で長く一人暮らしをしている花岡の父は、息子の帰還を喜んでいるという。

寅子も良かったと思う反面、今後なかなか花岡と会えなくなってしまうのは寂しかった。

法曹会館を出て、夜の日比谷公園を、手が触れ合うか合わないかの微妙な距離――まさに今の二人の距離感で並んで歩く。

「駅まで送っていくよ」

「ううん、ちょっと事務所に戻ってから帰る。お互い頑張りましょうね！」

寅子はにっこりして手を差し出したが、なぜか花岡はその手を見つめたまま動かない。

「……ありがとうな、猪爪」

ややあって、花岡はようやく握手に応じた。ぎゅっと寅子の手を握り、何か言いたげな顔で、今度はなかなか手を放そうとしない。寅子が不思議そうに見ると、花岡はパッと手を放して「じゃあ、また」と笑顔になって背を向けた。

「……また！　身体に気をつけて！」

花岡が振り返らずに手を振る。寅子は、去っていく背中が見えなくなるまで見送った。


昭和十五年春、成績優秀な直明は帝大入学を目指すため、岡山にある進学校に入り、寄宿舎生活をすることになった。直言はボロボロ泣いて別れを惜しみ、はるもすすり泣きしている。年がいってから出来た子供への想いは、並々ならぬものがあるようだ。

別れもあれば、出会いもある季節である。

「えええぇ⁉　なんで、どうして、よねさんが⁉」

ある朝、出勤した寅子は目をみはった。よねが事務所の掃除をしているではないか。

「あ、もしかして高等試験に合格なさって」

「落ちた」

偶然にもカフェ『燈台』で雲野と再会し、勉強がてら時々手伝いにくることになったという。

花岡の不在で寂しくなった昼休みの集いによねが加わり、口げんかしつつも轟は再会を喜んだ。

戦況もどんどん変化していく。日本軍の重慶《じゅうけい》爆撃が続く中、九月には日独伊三国同盟が結ばれ、戦争拡大は避けられなくなっていった。

そして十月、寅子は残り半年の修習を終え、正式に弁護士資格を取得した。

弁護士と肩書きの入った名刺をもらい、胸を張って帰宅すると、花江の実家で長年働いていた女中の稲が、いとまの挨拶にきていた。ご時世もあり、田舎の新潟へ帰ることにしたそうだ。

庭では、寅子の甥の直人と直治《なおはる》兄弟が、軍艦マーチを歌いながら戦争ごっこをしている。

女学校時代から世話になった稲に、寅子は喜々として出来たての名刺を渡した。

「……寅子さん、すべては手に入らないものですよ?」

今、寅子が手にしているものは、果たして女の幸せより大事なものなのか。寅子の行く末が心配でならない――てっきり喜んでくれるものと思っていた稲の、思いがけない言葉だった。

「晴れてトラも大弁護士先生かぁ～！　すごいぞぉ、トラぁ」

大喜びの直言をよそに、先ほど稲に言われた言葉が頭の中に渦巻いていて、寅子は誇らしかった気持ちがすっかりしぼんでしまった。

「この先も気を抜かず精進なさいね」

はるにはしっかり釘を刺されたが、冷静になって考えてみれば、修習の時とさして状況に変わりはない。仕事の内容も、毎月の給与の額も、修習中とほぼ同じだ。

給料が上がらない理由は、雲野が報酬度外視で、困っている貧しい人の依頼をどんどん引き受けてしまうから。給料が上がるどころか、支払いが遅延することもしばしばである。

「で？　お前、いつ一人で依頼を受けられるんだ？」

調書を写していた寅子は、よねの言葉にハッとして顔を上げた。

「一人で依頼を受けられたら本当に一人前よね？　そうよ。しょげている暇は私にはないのよ！」

そんな寅子の声を聞きつけ、雲野がやってきた。

「そうだ、その意気だ！　次来る依頼人の弁護、担当してみるか？」

「……はいっ！」


「何が別の方だ！　女が嫌だって言え、あほ！」

今日ばかりは、よねが代わりに怒ってくれるのがありがたい。

「雲野先生も雲野先生だ！　あそこでなぜ依頼主の要望を呑むんだ、ふざけるな！」

ああ、よねさん、もっと言ってぇ……と内心思いつつ、「きっと頼りなさそうに見えたのよ、私が」と、しおらしい態度を取る。

「だから、お前は甘いんだよ！　このままじゃお前、一生法廷に立てないぞ！」

よねの予言は的中した。寅子は来る日も来る日も依頼人に断られ続け、いつしか翌年の秋になり、今度こそと期待した若い女性の依頼人にも男性に弁護をお願いしたいと断られ……寅子はとことん自信喪失してしまった。

「……先生、私ってそんなに頼りないでしょうか」

「まぁ、結婚前のご婦人に頼みたいのは弁護よりお酌だろうな。そのうち機会は来るさ。きみは優秀だから！　信頼はゆくゆく勝ち取っていけばいい」

「……弁護士であっても行き遅れた私には、信頼がないと？」

雲野は慌ててよねに助け舟を求めたが、むろん、冷たいまなざしが返ってきただけである。

「なぁにがお酌だ！　あのジジイ。弁護以外の価値観は明治のままか？」

仕事終わりに『竹もと』で、よねと轟が落ち込む寅子を励ましてくれる。

「そんな中、大変言いにくいが、致し方ない」と氷あずきを食べ終えた轟は居住まいを正した。

「ついに決まったぞ……久保田先輩が、法廷に立つ」


昭和十六年、日本で初めて婦人弁護士が法廷に立つことになった。錦田法律事務所の全面的な後押しもあり、久保田の偉業は世間でも大きな話題となっている。

裁判当日、寅子は雲野に許可をもらい、よねと轟と三人で激励と傍聴にやってきた。

法服姿で記者やカメラマンに囲まれている久保田を見るにつけ、良かったという気持ちと羨ましいという気持ちがゴチャマゼになる。

裁判が終わり、話しかけようにも、久保田はまた大勢の記者に囲まれて近寄る隙もない。

その記者の輪から、竹中とカメラマンが抜け出してきた。

「アンタらもさすがに感じてるんだろう？　世の中の流れに自分らが利用されてるって。男どもは徴兵されてどんどん戦争に行く。社会機能を維持していくためには、これから女性がさまざまな役割を担わなければならなくなる」

竹中は久保田のほうを見やり、片方の口角を上げて皮肉な笑みを浮かべた。

「お国のために輝かしく法廷デビューしたご婦人弁護士様……いやぁ絵になるねぇ」

国家総動員法が公布されて以来、国民は泥沼化する戦争に否応なく奉仕させられ、耐乏を強いられている。そんな国民の不満を抑え込み、挙国一致の総動員体制を強固にするために利用されていると言いたいのだ。しかも久保田は、結婚して懐妊中だという。弁護士、妻、母。一人三役をこなす女性は、国にとっては好都合の広告塔だ。

久保田の隣で得意げになっている錦田が、猿回しの猿のようにも見える。

こんなしょうもない記事俺は書かねぇと吐き捨て、竹中は去っていった。


寅子たちがトボトボ帰っていくと、一階のロビーに思わぬ人物がいた。

「……花岡さん？」

「なんだよ、あいつ。こっち来ているなら声かけろよ……おお〜い」

轟が大声で手を振る。花岡が驚いたように振り返った。だが、三人はそれ以上に驚いた。

花岡は、見知らぬ可憐な女性と一緒だったのである。

「……こちら、小高奈津子《おだかなつこ》さん。僕の婚約者だ」

スンッ！　としてお辞儀をしたこの女性と花岡は、父親の知人の紹介で知り合ったという。

同じ地元ですぐに意気投合し、仕事で東京に来る用事があったので、先輩たちに彼女を紹介しにきたところだ――花岡が話す馴れ初めを、寅子はなんだか絵空事のように聞いていた。

「……花岡さん、ご婚約おめでとうございます」

顔は強張っていたかもしれないが、寅子はようやく祝いの言葉を押し出した。

「……ありがとう。約束があるのでこれで失礼する」

花岡は奈津子を促し、仲むつまじそうに去っていった。

その帰り道、寅子とよねは『竹もと』に寄り、何とも言えぬ空気で団子を食べた。

「だから佐賀についていけばよかったんだ」

「私は別に……私には私のやりたいことがあるんだから！」

その言葉に嘘はないが、虚勢を張っているのもたしかだ。そこへ、女将がやってきた。

「ごめんなさいね……ご時世がら、お品書きを減らさなくちゃならなくって」

この店は自分たち夫婦の生き甲斐だから、できるだけ続けられるよう、やれることは何でもやるつもりだと言う。女将のその言葉は、寅子の胸にズドンと届いた——ちょっとした変化球で。

「……きっとしょげてるだろうなぁ、久保田さんに先を越されて」

「そんなことでいちいち気を病んでいたら、立派な弁護士先生になんてなれませんよ」

直言とはるがおのおの娘を心配しながら待っていると、寅子がしょんぼりして部屋に入ってきた——と思ったら、いきなりガバッとその場に平伏した。

「お願いします！『今さらこんなことを言って』とか『ほら見たことか』とか言われることは重々承知でお願いいたします……私の、お見合い相手を探していただけないでしょうか！」

一瞬ポカンとしたあと、「……はぁ？」と二人の声が重なる。

「……そんなに傷ついていたのか……婦人弁護士として最初に法廷に立てなかったことに」

「まぁ、今日がいろいろと、とどめの一撃ではありました」

娘バカの直言は寅子に同情し、見合い相手を探してくるから、とりあえず明日にでも事務所に辞表を出して——と最後まで言い終わらぬうちに、寅子が「はて？　辞表？」と顔を上げた。

「私、弁護士を辞める気なんてありませんよ？　……分かったんです。本当に心底くだらないと思いますが、結婚しているかしていないかということを、人間の信頼度を測る物差しとしてお使いになる方々が非常に多いということを！」

　立派な弁護士になるために、社会的な信頼度、地位を上げる手段として結婚がしたい。はるも直言も結婚の理由にあ然とするばかりだが、女将に触発された寅子は、常人では思いつかぬ結論に達したのである。

　両親に再び頭を下げながら、二人が娘の結婚相手と疑わなかったであろう花岡は、「とてもお綺麗な方と婚約」したことを告げる。

「花岡さんのご婚約はさておき……ですので……どうか私にお見合い相手を探していただけないでしょうか？　どなたでも構いませんので」

「どなたでもいいわけがありますか！　親として、寅子にとって最大限良いお方を探します」

　花岡のことは少なからず動揺していたが、はるはおくびにも出さずきっぱりと言った。

「理由はどうあれ、あなたが結婚を決意してくれたこと、親としては非常に嬉しく思います。私たちもいつまでも生きていられるわけじゃない……生涯を支え合える相手があなたにも必要です」


　そのころ、轟とよねは、法曹会館のラウンジに呼び出した花岡と対峙していた。二人とも、一方的に寅子を捨てた花岡に怒り心頭だった。

「あんな仕打ちがあるか？」

「……猪爪とは、別に将来の約束をしていたわけじゃない」

　カッとなって腰を浮かせたよねを轟が制し、弁護士らしく花岡に釈明を求めた。

「だが、もっと誠意のある伝え方があっただろう？　俺の知るお前はもっと優しい男のはずだ」

妻になる相手には、どうしても内助の功を求めてしまう――花岡はそう前置きして言った。

「猪爪に、やっと掴んだ弁護士の道を諦めて、嫁にきてほしいって言えと？　もし俺についてくると言われたら？　……大勢の人の思いを背負った彼女の夢を奪うなんて、俺にはできない」

「責任を負う勇気がないだけだろ？」

花岡の胸をグサリと刺すと、よねはさげすむような目で立ち上がった。

「一発殴ってやろうかと思っていたがやめた……どうせお前など、あいつと到底釣り合わない」

よねが去ったあと、轟は本当にそれで幸せになれるのかと花岡に迫った。

「ありがとうな、轟。でももう決めたんだ、こんな俺が言っても、何も信じてもらえないだろうが……ここから奈津子を誠心誠意愛して、何も間違わず正しい道を進むと誓うよ……ごめんな」

轟はがっくりとうなだれた。大きく世界へ羽ばたこうとする寅子を、花岡はこれまでどんな思いで見つめてきたのか……。苦しい葛藤の末に友が選んだ道ならば、受け入れるしかない。

そんな轟の肩を叩く花岡は、吹っ切れたような微笑みを浮かべていた。


「本当に男ってどいつもこいつも!!」

はるもまた、よねに負けず劣らず花岡に憤っていた。

「そこは男で一括りにしないでおくれよ」と直言が控えめに異議を申し立てる。

「ああ、腹が立つ！　あんなキザったらしい、いけ好かない若造なんかより、ずっとずっと良いお相手を見つけてみせますから！」

見合い写真も撮り、ほぼ十年ぶりとなる寅子の見合い相手探しが始まった、のであるが……。

「……こんなにも見つからないもの？　お見合い相手って」

数日と経たず、はると花江は頭を抱えてしまった。手当たり次第当たってみたが、二十五を過ぎていると、見合い相手自体が見つからないのである。

恥を忍んで、寅子はみずから雲野に頼んでみた。

「心当たりを探ってみるが……」

「ありがとうございます。それと同時に私が担当する案件もぜひ」

横で聞いていた岩居が、「同期に聞いてみるのがいいんじゃないか、山田くんとか」と言う。

「よねさんには口が裂けても頼めません。どんな罵詈雑言が飛んでくるか……どうかご内密に！」

そんなある日、はるが「寅子、見つかりましたよ！」と嬉しそうに見合い写真を持ってきた。

お相手は直言の取引先の知り合いで、四十代半ばの医師。早くに奥さんに先立たれ、後添いを探しているという。ビビビときたわけではなかったが、写真の顔は優しそうだし、お医者さんなら寅子の仕事にも理解があるかもしれない。すっかり乗り気になっていた寅子だったが――。

「……すまない、トラ！　見合いの話はナシになった！」

〝弁護士をするご婦人は、なんだか怖そう〟というのが、断りの理由だという。あまりのことに、はるもぼう然としている。

じわじわと真綿で首を絞められるような、この胸の痛み……。これがはるの言う地獄と言われれば、否定はできない寅子であった。

近所の路上には、金属類回収令のための鍋や釜が供出されているのに、寅子には誰も見合い相手を供出してくれない。すっかり自尊心を削られた寅子がやさぐれて家に帰ると、「おかえりなさい、トラちゃん」と懐かしい声が迎えてくれた。

空っぽだった玄関脇の優三の部屋に行くと、優三が一人、かしこまって寅子を待っていた。

「……トラちゃん。お見合い相手を探しているんだって」

見合いしたい理由も、見合い相手が見つからないことも、直言から話を聞いたという。

「今になって痛感しているところ。お父さんお母さんが早く見合いしろ結婚しろと言っていた意味が。でもおかしいと思わない？　男性は身の回りのお世話をしてほしくて結婚するのが許されるのに、社会的地位がほしいっていう私の理由が許されないなんて！　お見合いだって多かれ少なかれお互いの利害が一致して、一種の契約をし合うわけで」

「……トラちゃん！」

久しぶりになんでも話せる相手を得た寅子はまさに水を得た魚、調子づいてしゃべっていると、急に優三が話を遮った。もしかして優三も、寅子の結婚観に眉をひそめているのだろうか。

「………それ、僕じゃ駄目かな」

「はて？」

あまりに想定外で、すぐにはピンと来ない。

「だから、見合い、というか社会的地位を得るための結婚相手……僕じゃ駄目でしょうか⁉」

優三は、清水の舞台から飛び降りたような面持ちで返事を待っている。

「…………つまり、それは優三さんも社会的地位がほしいと？」

長考したわりにまったくもってピント外れだが、優三にとっては渡りに船である。

「……はい、そうです！　独り身でいる風当たりの強さは男女共に同じですから」

寅子は再び考えた。なるほど男性だって、結婚によって一人前とする価値観の人は少なくない。それに優三は優しいし、寅子のことも家族のこともよく知っている。これ以上の相手はいないではないか。

寅子は改めて優三の前に正座すると、キリリとした表情で手を差し出した。

「はいっ！」

仕事上の契約を交わしたかのように、優三と握手を交わす。寅子はたった今プロポーズを受けた者とは思えない、勝負に勝った感満載の凛々しい笑顔であった。

善は急げとばかり、寅子と優三は直言とはるに結婚の許しをもらいにいった。

「いや、優三くんはとてもすてきな青年だと思っているよ……でも、なぁ？」と直言が助けを求めるようにはるを見やる。

「……その手があったか」

はるはぼそりと言い、優三に正面きって尋ねた。

「寅子を嫁にもらうことの……優三さんの旨味はなんなのかしら？」

「……僕の両親はすでに他界しています。僕には家族はおりません。トラちゃんと、猪爪家の皆さんと家族になれることはこれ以上ない旨味です」

「ですって！　優三さんはもうずっと前から家族みたいなものだし。家族になるのも簡単なんじゃないかしら」

「寅子！　少し黙ってらっしゃい」

尻馬に乗る娘をたしなめ、はるは再び優三に向き直った。

「……ご存じのとおり、うちの娘はこんな感じです。とんでもない理由で結婚しようとしていることも分かっています。でも……私たちにとってはかわいい娘です。良い年をして子離れ親離れをしていない私たちですが、どうぞ家族ともども、よろしくお願いいたします」

はるが両手をついた。直言も優三に頭を下げる。優三もまた、二人に深々と頭を下げた。

「僕らなりの幸せを見つけていくことができると思っています。ね、トラちゃん」

「ええ！」

こうして寅子は優三と婚約し、月末には婚姻届を出すことになった。


婚約効果なのかどうかは定かでないが、寅子は結婚前に初めての弁護を引き受け、初めての法服を着て、初めての法廷に立つことができた。

「紙切れ一枚で、これだけ立場が良くなるなら、結婚も悪いものじゃないわね」

事務所に戻った寅子は、満足げに法服をしまいながらよねに話す。店を畳んで田舎に帰ることになった笹寿司のおじさんも、もう思い残すことはないと涙を浮かべて喜んでくれた。

「もしかして、よねさんも結婚にはやっぱり愛が必要だと思う？」

「いや、結婚自体がくだらないと思う……だが本当に社会的地位のためだけで婚姻関係が続けられるのかは疑問だな。逃げ道を手に入れると人間弱くなるもんだぞ」

「逃げ道じゃないんだって、この結婚は。私が弁護士として一人前になるために必要だっただけ」

そうこうしているうちに月末になり、二人は滞りなく入籍を済ませ、結婚式を挙げない代わりに、はるの願いで写真撮影をすることになった。

「だから言ったろ？　俺には分かってた、いずれ二人が結ばれることになるって」

直道が得意そうに話していると、晴れ着を着た寅子が花江と居間に入ってきた。

「トラちゃん、とっても綺麗でしょ〜」

岡山から久しぶりに直明も帰ってきた。直人と直治が大喜びで直明に抱きついていく。

「なんだか、みんな私の晴れ姿より嬉しそうじゃない？　お母さんもお父さんも涙ぐんじゃって」

直明は背が高くなり、土産まで買ってくるという優等生ぶりだ。

「お姉ちゃん、優三さん、結婚おめでとうございます。知らせを聞いて、とても嬉しかったです」

「まぁ、なんてできた弟なんでしょう！」

こうして寅子は、晴れて猪爪寅子改め、佐田寅子となった。


寅子の部屋で新婚生活が始まった、最初の夜。

二組の布団はかなり離れて敷いてあるが、名ばかりとはいえ夫婦である。緊張している寅子に気づいて、優三がフフッと笑った。

「トラちゃんに指一本触れたりしないから。だから安心して、ゆっくりお休みなさい」

「そうよね。でももしかして、そういう展開もあるんじゃないかって不安に……ごめんなさい」

「うん……まぁ、僕はずっと好きだったんだけどね、トラちゃんが」

「そう。おやすみな……はて？　え……え⁉」

安堵して目をつぶろうとしていた寅子は、仰天して布団から飛び起きた。

「待って、あの、ちょっと起きてもらっていいですか？　あの、今おっしゃられていたことは……私がずっと好きだったというのは、本当ですか？　……あの、いつから？」

「いつと言われると、はっきりとは言えないなぁ……でも今思えば、最初からだったような気もする。ごめん、話す気はなかったんだけど、つい口から出てしまって……」

心底驚いたが、ずっと好きだったと言われて寅子も悪い気はしない。

「……でも、なら最初から言ってくれればいいのに」

「だとしたら、断られるかなと思って」

高等試験に合格できなかった時点で、想いを告げることはないだろうと思っていたという。

「お父さんたちも僕ではお許しにならないだろうし。そもそもトラちゃんはまったく結婚する気もなさそうだったし、するなら花岡くんだろうと思っていたし。でもお父さんから話を聞いて、誰でもいいなら……当たって砕けろって」

「……そう、だったのですか」

「だからご心配なく。トラちゃんに見返りは求めないし、今までどおり『書生の優三さん』として接してくれて構わないから……じゃあ今度こそおやすみなさい」

優三はペコリと頭を下げて横になると、寅子に背を向けて眠りについた。

「……はて？」

困惑の中で寅子の結婚生活が始まった、その翌月。

日本は真珠湾を攻撃し、アメリカやイギリスと戦争を始めることになる。

第8章　女冥利《みょうり》に尽きる？

昭和十六年十月に陸相の東條英機《とうじょうひでき》が首相に就任、真珠湾攻撃により日本はアメリカ・イギリスに宣戦布告し、日中戦争から太平洋戦争へと突き進んだ。大東亜共栄圏を掲げて東南アジアに進攻した日本軍は大きな戦果を挙げ続け、翌年一月にはマニラを無血占領。ラジオが盛んに戦勝ムードを盛り上げる中、寅子は穂高に結婚の挨拶をするため、優三と共に法曹会館を訪れた。

「いやぁ〜結婚の知らせを聞いたときは驚いたよ。水臭いじゃないかぁ！」

仕事のほうはどうかと聞かれ、結婚してから立て続けに依頼があることを伝える。

「すばらしい！　婦人弁護士の先頭に立って頑張ってくれたまえよ。猪爪、じゃなくて佐田くん！お父上の工場も軍からの注文が途切れず順調と聞いているよ。何もかも順風満帆じゃないか」

穂高の言うとおり、たしかに順風満帆。寅子が望んだものはすべて手に入った……けれど、結婚から一か月。優三は婿として家族にすっかりなじんでいるが、寅子のほうは優三の『前からトラちゃんが好きだった』発言を、どう受け止めていいのかまだ分からないでいる。

「穂高先生お元気そうで良かったね。じゃあ、おやすみ、トラちゃん」

「……おやすみなさい」

今夜も優三は寅子に背を向けて眠り、相変わらず二組の布団の距離は縮まらないのであった。

そんなある日、寅子のもとに夫と離婚したいという女性の依頼人が現れた。

「私と子供たちを放っておいて、外では借金ばかり作ってきて……もう毎日つらくって」

「良い道を一緒に探していきましょう」

優しく応じる寅子を冷ややかに見ていたよねが、依頼人が帰ったあと苦言を呈してきた。

「いいのか、あんなことを言って。女側から離婚を成立させるのは至難の業だろ」

「お話ししていたら梅子さんを思い出しちゃって。どこまで何ができるか分からないけれど力になってあげたいの。もしかしたら世の中の動きが変わる小さな一歩になるかもしれないでしょ？」

「……相変わらずおめでたいやつだな」と言いつつも、よねはうっすら微笑を浮かべた。

さて準備に取りかかろうとした矢先、依頼人が突然、離婚を取り止めると言ってきた。

「じつは主人に赤紙が届きまして。私のワガママを通すご時世ではありませんから」

おめでとうございますと決まり文句を口にしながらも、「ワガママ」という言葉が腑に落ちない。

「赤紙が来ちゃあなぁ……。家族や近所の目もあるからな、本心はともかく！」

昼休み、いつものように日比谷公園で麦飯の日の丸弁当を食べながら轟が言う。

「民事の案件はどんどん減っていくかもな」とよね。

「とにかく、私たちは困っている依頼人のために誠心誠意働くのみです！」

「そのとおり！　前向きで良いぞ！　猪爪、いや佐田！」

「相変わらず、うっとうしいやつらだ」とよね。

おめでたくたって、うっとうしくたっていい。夢を諦めていった仲間のためにも、世の女性たちのためにも、自分が先頭に立ち、社会を変えていくんだと志を強くする寅子である。

その数日後、訴えられたので弁護してほしいという依頼人が現れた。質素な着物を着た、おとなしそうな感じの女性で、名前は両国満智《りょうごくまち》。妊娠中だということは、大きなおなかで分かる。そのほかに、四歳になる男の子がいるという。

半年前に歯科医の夫が病死し、彼女は子供を抱えて途方に暮れていた。そんなとき、夫の友人で同じ歯科医の神田《かんだ》から、ある提案をされた。亡夫の診療所に神田が出張医療所を作り、その借賃を支払うことで彼女たちを養うというものである。

満智を訴えたのは義理の両親、つまり満智の舅《しゅうと》と姑《しゅうとめ》で、嫁が亡き息子の友人を誘惑して妾になったと怒り、『著しき不行跡《ふぎょうせき》』を理由に子供の親権を取り上げようとしているという。

満智は義理の両親から満足に援助が得られず、仕方なく神田の提案を受けたと言っている。もともと二人は、満智の育ちが悪いという理由で息子との結婚を反対していたらしい。

布団に横になってから、名前を伏せて今回の案件を優三に話す。

「あ〜！　いつになったら、女の人ばかりがつらい思いをする世の中が終わるのかしら！」

「トラちゃん、深呼吸。決めつけて突っ走ると、思わぬヘマをするから」

「そんな？　私、突っ走ってだなんていません！」

それならばいいんだと穏やかに言い、背を向けて眠りにつく。

寅子は無言でその背中を見つめた。夫婦になってから、優三に調子を狂わされてばかりいる気がするのであった。

「裁判長、被告は亡き夫の両親から敵意を向けられ、支援も受けられず、藁をも摑む気持ちで神田医師に助けを求めたにすぎないのであります！」

寅子の熱弁が功を奏し、原告の請求は棄却。方法に難はあるが、子供を守り教育する親権を喪失させるまでの『不行跡』とは言えない、という判決が下った。

裁判が終わって寅子が満智とロビーで話していると、義父が怒りを押し殺した形相で満智に近づいてきた。

「私には、孫はいなかった。そう思うことにする。何があっても二度と顔を見せるな」

「……では、控訴されないということでしょうか？」

とっさに満智をかばいながら寅子が聞くと、義父は諦めの表情になった。

「息子は結婚後、私と疎遠になった……病に臥《ふ》せっていたのも亡くなってから知らされたくらいでね。……そもそも孫たちも、本当にうちの息子の子供かも怪しい」

義父は悪態をついて去っていったが、満智は気にするふうもなく、ケロッとしている。

事務所に戻った寅子は、ふとさっきの義父の言葉を思い出した。

「……ねぇ、よねさん。満智さんのおなかのお子さんって、いつ頃生まれるのかしら」

「あの腹の大きさだ。あとひと月もしないで生まれるんじゃないか？」

念のため亡夫の病状についての記載を読んでみると、夫は亡くなる三か月前から寝たきりで、最後のほうはほぼ昏睡状態にあったとある。そんな状態で、子供をなせるものだろうか。

何か大きな間違いを犯したかもしれない……嫌な汗が寅子の背中を伝った。

数日後、満智が菓子折を持って、改めてお礼にやってきた。最初に来たときの印象とは打って変わって、着ているものも表情もやけに明るい……違和感を感じるほどに。

「……あの、おなかのお子さんについてなんですが」

やめとけ、とよねが寅子を止める。もう裁判は終わったし、寅子は依頼人の要望を叶えただけ。けれど、真実を知りたかった。

「やだ、先生。もしかしてお気づきになってなかったの？　てっきり目をつむってくださってるのだとばかり。やっぱり女の弁護士先生って手ぬるいのね」

上の子も下の子も神田の子供だと、満智は悪びれもせずに明かした。

「先生もご存じのはずですよ？　女が生きていくためには悪知恵が必要だって……」

雲野法律事務所一同、開いた口が塞がらない。満智はクスクス笑いながら去っていった。

「……つまり、私は利用されたということ？」

ぼう然とする寅子に、雲野は「いや、これは明らかな過失、失態だ」と厳しく指摘した。自分も若い頃、調書の読み込みが足りず同じ過ちを犯したと話す。

「有罪の証拠となった自白が強要されたものであった疑いに、判決が確定してから気づいた。冤罪《えんざい》であったかもしれん、未だに悔やみ続けている。今回はまだ裁判に勝ったから良かったのかもしれない……だが、きみの失態が誰かの人生を狂わせたことを忘れてはいかんよ」

意気込みが大きかったぶん、寅子はどん底に突き落とされたような気分だった。

翌日、寅子は休みをもらった。こんな気持ちでは、どうせ仕事にならない。朝寝坊して新聞を手にボーッと座っていると、直言の工場まで書類を届けにいくよう、はるにお使いを頼まれた。

街では、国民服の男性やもんぺ姿の女性たちが、戦費調達のための貯蓄を促す集会の準備をしている。国民は勅令や法律でがんじがらめにされ、国の統制のもと窮乏生活を強いられるばかりだ。『新東亜建設』の文字も目につく。日本が唱える大陸政策遂行のための標語で、太平洋戦争もその目的実現のためとされていた。

日本の軍国主義は加速するばかりで、登戸の工場にも陸軍の軍人が出入りしている。女工や職人たちが忙しく働いている作業場を歩いていくと、直言と優三がいた。

書類を直言に渡して帰ろうとしたら、優三に引き止められた。なぜか周りを気にしつつ、寅子を工場裏の河原に連れ出す。

「持って帰って夕飯にと思っていたけど……僕らで食べちゃいましょう」

近所の人からお礼にもらったという包みを開け、おいしそうな焼いた鶏肉をコソコソと取り出す。

「おいしいものを食べたら、少しは気も晴れるよ」

「……私、そんなしょんぼりした顔していますか？」

優しく微笑む優三の顔を見たら、溜《た》め込んでいたものが一気にあふれてしまった。

「優三さんに忠告されたのに、私、突っ走ってしまってヘマをしていたの」

堰を切ったように話す寅子に、優三は何も言わずうんうんとうなずく。

「裁判には勝ったけど、彼女を守ることが本当に正しいことだったのか……」

「すべてが正しい人間はいないから。トラちゃんだって、僕と社会的地位のために結婚したろ？

ちなみに僕は、トラちゃんが受かるか諦めるかするまで、高等試験を受け続けようって決めていた。

つまり、僕はトラちゃんに自分の人生を委ねていたんだ」

「……そんな勝手に！」

「みんな良い面と悪い面を持っていて、守りたいものが、それぞれ違うというか……だから法律があると思うんだよね。トラちゃんの想いを利用しようとする人は、これからもたくさんいると思う。でも、トラちゃんにしか救えない人もたくさんいると思う、これは絶対に」

優三に促されて、寅子は焼いた鶏肉を頬張った。久しぶりのお肉は、とってもおいしい。

ガツガツと食べる寅子を、優三はいとおしそうに見つめている。

「嫌なことがあったら、またこうして二人で隠れてちょっと何かおいしいものを食べましょう。ずっと正しい人のまんまじゃ疲れちゃうから……せめて僕の前では肩の荷を下ろしてさ」

自分でも驚くほどごく自然に、寅子は優三の肩に頭をのせてもたれかかった。

人が恋に落ちるのは突然であることを、寅子はこの瞬間、学んだのである。


「優三さんはどんな弁護士になりたかったの？」

その夜、布団に横になりながら寅子が尋ねると、もし弁護士になったら、法律の本を書いて、法律を学ぶ楽しさをみんなに伝えたかったと言う。

「あら！　本なら、そのうち出せるわよ。『有名弁護士佐田寅子を育てた佐田優三の法律教本』とか、どう？」

優三が「それはいいね」とフフフと笑う。いつもと変わらぬ穏やかで優しい笑顔なのに、今夜はなぜか胸がきゅううんとしてしまう。その見慣れた背中に触れたいと思ってしまう。

自分の鼓動が聞こえそうな沈黙のあと、寅子は急に起き上がると、布団を動かして優三の布団にぴたりとくっつけ、びっくりしている優三に照れ笑いしながら言った。

「……寝ましょうか」

「……はい」

二人の婚姻関係が社会的地位のためだけではなくなり、「仲良しの書生の優三さん」が「愛する夫の優三さん」になった、記念すべき夜であった。


その年の半ばには、街は閑散として、人影もまばらになってきた。

カフェ『燈台』の店内に女給の姿はなく、かつての賑わいはない。

よねは再び高等試験に挑戦したが、残念ながら今回も不合格となった。

快進撃を続けていた日本軍はミッドウェー沖の大海戦でアメリカ軍に敗北し、これを機に戦局は一気に連合軍優位へと傾いていった。

戦局は悪化する一方だったが、昭和十八年五月、寅子の妊娠が分かって猪爪家は喜びに包まれた。

「もうあなただけの体じゃないんですから、仕事仕事じゃいけませんよ」

いつものように、はるが戒《いまし》める。

「ご心配なく。久保田先輩は妊娠中も出産後も、弁護士としてご活躍ですから」

「うん、トラちゃんのしたいようにやってみたらいいよ。僕も全力で支えるから」

「やぁだ〜！　もう急にお熱くなっちゃって！」

花江が冷やかし、久しぶりに家族に明るい笑顔があふれる。

寅子もこのときはまだ嬉しそうに笑っていたが、やがてつわりが始まった。とにかく毎日眠くてだるくて、胃の調子もよろしくない。それでも仕事は山積みだ。

そんなある日、裁判所で偶然、久保田に出くわした。話があると、『竹もと』に誘われる。通りの一角は配給所となり、米の配給のため、通帳を手に並ぶ人々の行列ができていた。

「……今度、夫の実家がある鳥取に家族で移り住むことにしたの」

久保田の言葉遣いにも驚いた。婦人らしいしゃべり方をしろと先輩たちに注意されたらしい。

「弁護士の仕事も辞めると思う。きみもこんな仕事は辞めたほうがいい」

神奈川で頑張っていると思っていた中山も、しばらく子育てに専念するそうだ。

「ずっと踏ん張ってきた。世の中を変えるんだって……でも結局、婦人弁護士なんてただ物珍しいだけで、誰も望んでいなかったんだ。毎日死ぬ気で頑張っても、事務所からも家族からもずっとうっすら失望されて『まぁこんなものか』と期待もされない……もうそれに耐えられない」

すまないと、あんなに気丈だった久保田が静かに涙する。

「……私が引き継ぎます。先輩方の想いも」

言いつつ、怒りが込み上げる。弁護士になりたくてもなれなかった仲間たちの想いを、私たちは背負っているんじゃなかったのか。同時に、もう自分しかいないのだという重圧と孤独に押し潰されそうになる。

今月末で店を閉めることになった女将が、元気でねと寂しそうに寅子を送り出してくれた。

さらに久保田と中山の想いも背負うことになった身重の寅子のもとに、よねの紹介で、麦田《むぎた》さつきという女性が弁護を引き受けてほしいとやってきた。

麦田は亡くなった夫に代わり、軍隊に納める天幕用の布地を製造する工場《こうば》を営んでいる。女手一つで頑張ってきたが、資金繰りが苦しく、このままでは家族全員路頭に迷うことになる。出来上がった製品は本来、統制会社（経済活動を統制する目的で設立された国策会社）に納めなければならないのだが、切羽《せっぱ》詰まった麦田は、とうとう闇取引の誘いに乗ってしまった。

これが警察に発覚し、麦田は摘発された。こうした統制法違反で刑事告訴される事件は、この当時多発していたのである。麦田は自分の過ちを認め、子供のために救いの手を求めていた。

「先ほどの案件、引き受けることとしました……よろしいでしょうか？」

書類に目を落としたまま、雲野から「あぁ構わんよ」と返事が返ってくる。

このころ、雲野は言論弾圧を目的として逮捕された大勢の新聞記者や編集者の弁護を引き受けていて、岩居と共に、大量の論文や新聞記事を読むことに謀殺されていた。

一方、寅子は久保田の代わりに『婦人法律相談』の連載を担当することになった。

「おい、これ以上忙しくしてどうする」

よねにあきられたが、寅子がやるしかないのだから仕方がない。

「……じゃあ、せめてきちんと食って寝ろよ。最近青っ白い顔してるぞ」

「心配ありがとう、よねさん」

妊娠したことを雲野にもよねにも言い出せないまま、寅子はますます慌ただしい日々を送ることになった。疲労と仕事は溜まる一方で、机に突っ伏してため息をつくこともしばしばだ。

さらには母校の明律大学から、穂高直々の指名で講演会の依頼まで……。

瞬く間に日々が過ぎていく。そんな中で、兄・直道の出征が決まった。

身内の壮行会には、はるがあちこち奔走し、直道のためにできるかぎりのご馳走を振舞った。

「俺には分かる……日本はこの戦争に勝って、子供たちにとって、もっともっと良い国になっていくって」

「ええ、そうね。立派に戦っていらしてね」

カラ元気を出す直道に、赤紙を手に泣き崩れたことなどなかったように花江が微笑む。国に命を捧げることは日本男児の名誉であり誇りであると、誰もが疑わなかった時代だ。

直道の頼みで、直人と直治が軍歌を歌った。直言も孫たちと一緒に歌いだす。寅子は手拍子しながら、複雑な表情でその光景を見つめていた。

国は代襲《だいしゅう》相続の相続人に胎児を含める法改正を行った。家の戸主《こしゅ》が亡くなった場合、戸主の長男がすべての財産と責任を相続する決まりだったが、その長男も亡くなってしまった場合、長男の妻が男児を妊娠中であれば、その胎児が財産を直接相続できるようにしたのである。

国が戦争によって若い世代の男性をたくさん失うことを予測しているようで……寅子はとてもじゃないけれど、このことを家族に話せなかった。

出征の日、家族は家の前で軍服に身を固めた直道を見送った。

「行って参ります」

近所の人たちも日の丸の小旗を手に集まっており、直言とはるは涙をこらえ、型どおりの言葉で息子を送り出した。

「優三くんもありがとう。トラ……俺には分かる、お前が元気な男の子を産むと」

「お兄ちゃんがそう言うなら、女の子だね」

「直人、直治……お母さんを頼んだよ」

息子たちに言い置くと、直道は花江に向き合った。生きて帰りたい。生きて帰ってきて。絶対に言葉にできない代わりに、二人は人目もはばからずお互いを抱きしめた。

「……俺、ちゃんと寝られるかな、花江ちゃんが隣にいなくて」

「……大好きよ、直道さん」

結婚して長いのに、どっちが熱々なんだか……寅子は涙ながらに二人の別れを見守った。


明律大学での講演の日、会場に向かう途中でついに寅子は倒れてしまった。溜まりに溜まった疲労と、妊娠中の貧血によるものである。

医務室で目を覚ますと、穂高が心配そうに付き添ってくれていた。講演会は穂高と、たまたま講義に来ていた桂場とで無事終わらせたと言う。一人で抱え込むには、もう限界だった。寅子は迷惑をかけたことを詫び、子供を授かったことを穂高に告げた。

「きみ、それは仕事なんてしている場合じゃないだろう。ここまで十分、きみは頑張った」

「……お言葉ですが、先生。私が今ここで立ち止まれば、婦人たちが法曹界に携わる道が途絶えることになってしまいます。だから私、せめて出産ギリギリまでは働きたいんです！　出産後もなるべく早く復帰して、世の中を変えるべく法廷に」

「そう簡単に世の中は変わらんよ。雨垂れ石を穿《うが》つ、だよ佐田くん。きみの犠牲は決して無駄にはならない。今は一度立ち止まろう。いつの日か必ず古い世を打ち砕く日が来る」

穂高の言葉とは思えない。寅子はあ然としつつ言った。

「……つまり先生は……私は石を砕けない、雨垂れの一粒でしかない。無念のまま消えていくしかない……そうお考えですか？　こうなることが分かっていて、先生は私を女子部に誘ったのですか？　私たちにこの世を変える力があると、信じてくださったのではないのですか？」

「だからだね、またきみの次の世代がきっと活躍を」

「私は、今『私の話』をしているんです！　私がこれまでどんな思いで戦ってきたか！」

「落ち着かないか。あまり大きな声を出すと、おなかの赤ん坊が驚いてしまうよ？」

「……なんじゃそりゃ」

寅子は乾いた笑いを浮かべ、ベッドを降りた。

「家族が心配しますので、これで失礼します。ご迷惑をおかけしました」

医務室の外には、桂場が立っていた。寅子と穂高の話を聞いていたらしい。

「……『ほら見たことか』って思っています？」

そう言うと、返事を待たずに去っていく。桂場が入れ替わりに中に入り、穂高を難詰した。

「今のはあんまりじゃあないですか？　中途半端に投げ出すくらいなら手を出さないほうがいい」

「きみは、さっきから何に怒っているんだね」

「……自分でもよく分かりません。ただ先生だけは、彼女を最後まで信じてあげるべきだったんじゃないですかね」

そう言い捨てると、桂場は困惑している穂高を残して医務室を後にした。

二人のやり取りを知る由もなかったが、その日、寅子は事務所に辞表を出すことを決意した。

今受けている案件が終わったら辞めようか、それとも新しい人が入ってきたら辞めようか……。辞めるにしても、仕事は山積みだ。辞表を出せば、きっと雲野たちは無責任だと失望するだろう。それに、辞めるならば、最初によねに話さなければならない。想像するだけで憂鬱になり、時間が経てば経つほど決心が鈍ってしまう。

きっかけがつかめないまま時が過ぎ、ふと昼休みの集いで話そうかと思い立つ。もしよねが怒っても、轟が何とかしてくれるかも……ええいままよと、決心して口を開こうとしたときだ。

「赤紙がきた」

サツマイモの弁当を食べながら、轟がサバサバと言った。

「法曹の道を究めたいところだが、致し方ない。佐賀に帰る！」

また仲間が一人、この世界からいなくなる。戦争という、不可抗力の理由で。

「……おめでとうございます」

「……死ぬなよ、轟」

「俺を誰だと思っているんだ。佐田、これからどんどん男は兵隊にとられる。お前の仕事がもっと増えていくぞ。じゃあまた会おう！」

元気に去っていく轟を、寅子とよねはやるせなく見送った。

「……なぁ。あたしも、やれるだけのことはするから。お前は一人じゃない」

ふいによねが言う。寅子は思った。これは神様が「辞めるな」と言っているの……？

事務所に戻ると、雲野と岩居のほかに、穂高が寅子を待っていた。

「……佐田くん、先日はすまなかった。きみの味方であるべき私が突き放すような態度をとってしまって……きみを支えていけるよう尽力するつもりだ」

まさか穂高が事務所まで詫びに来るとは思わない。寅子はためらいがちに口を開いた。

「あの穂高先生……私、まだあのことを皆さんには」

「ご懐妊のことなら、もう聞いた。おめでたい知らせなのに、隠しておくなんて水臭いじゃないか」

雲野があっけなく暴露した。よねが「は？」と寅子を見る。

寅子の仕事は雲野と岩居が引き継ぐと言う。想像では無責任だと責められるはずだったのに、女性弁護士が入ると決まったときから予想していたことだと、二人とも快く理解を示す。

よねは寅子に冷ややかな一瞥をくれ、穂高に頭を下げて事務所を出ていった。

「佐田くん。弁護士の仕事を休んで、子育てに専念することだって人生経験として必要だろう」

「そう、私もそう思うんだ。弁護士の資格は持っているのだから、いつだって仕事には復帰できるだろう。これからも法曹を目指す若きご婦人たちの範《はん》として奮闘してほしい」

雲野と穂高が口々に言う。弁護士への道はあんなに険しかったのに、逃げ道をこんなに、にこやかに優しく提示してくれるだなんて……。久保田が言っていたのは、こういうことだったのか。今まで背負ってきた荷物は、全部意味のないものだったのか。

「……お気遣い、ありがとうございます」

そう言って、頭を下げるしかない寅子であった。

カフェ『燈台』の店内では、数名の客が代用コーヒーを不味そうに飲んでいた。

寅子は久しぶりに顔を合わせる店主の増野と挨拶を交わし、よねの姿を探すと、店の一角で、中年女性に役所に提出する書類の書き方を教えていた。

「……このご時世、不真面目な商売はあがったりでさ。軍歌のレコードかけて、喫茶と街のよろず法律相談で細々と生きてるってわけ」

増野が寅子に説明してくれる。

中年女性がよねに何度も頭を下げて店を出ていくと、寅子はよねに近づいて言った。

「怒ってるわよね。黙っていたことは謝る」

人づてという最悪の形でなく、自分の口から言うべきだった。それに、麦田の案件もある。

「あと私が無責任だって言いたいんでしょ？　たった一人残った婦人弁護士なのに、それを簡単に投げ出すだなんて」

「もともとお前に期待していない。勝手に使命感に燃えて『辞めていった仲間の想いを』だなんて、くだらないと思っていた。自分一人が背負ってやってるって顔して恩着せがましいくせに、ちょっと男どもに優しくされたらほっとした顔しやがって」

そんなふうに思われていたのかと、体の芯が冷えていく。

「……じゃあ、私はどうすればよかったの？」

「心配ご無用、女の弁護士は必ずまた生まれる。だから、こっちの道には二度と戻ってくんな」

「……言われなくても、そのつもりよ」

涙をこらえてよねの前から立ち去った寅子は、事務所に戻るとその日のうちに辞表を提出した。

家に帰った寅子は、台所で夕飯を作っているはるに辞表を出したことを報告した。

「ごめんなさい……お母さんの言っていたとおり、歩いても歩いても地獄でしかなくて……。ずっと忠告してくれていたのに。私なりに頑張りました。けれども……降参です」

「……そう、着替えてらっしゃい」

心を痛めているときほど、はるはそっけない。部屋に入った寅子は、法律関係の本や書類を両手いっぱいに抱えて押し入れに突っ込み、その場で泣き崩れた。

こうして寅子の地獄の日々は幕を下ろし、そこから一歩外に出ると、淡々と静かな平穏が待っていた。優三は、寅子が仕事を辞めたことについて何も言わなかった。

家族から腫れ物でも触わるようにされていることも感じつつ、その平穏に身を委ねて埋もれていく。

――これでいいんだ。これからは誰かの想いなんて背負わず、ただ家族のために生きていこう。

そう言い聞かせているうち臨月を迎え、昭和十八年十二月、寅子は健康な女児を出産した。

――この子と優三さんのために過ごせばいいのだ……これが私の……女の幸せなのだ。

産後の肥立ちもよく、鼻歌を歌いながら、赤ん坊を抱っこして多摩川の河原を散歩する。

「気持ち良いねぇ、優未《ゆみ》ぃ」

ふっくらしてきたほっぺたを指でつついて、幸せそうに微笑む。未年に生まれたので、優三の優の字を取って、名前は優未と名付けた。

そんなある日、女子部の後輩だった小泉が、引っ越し先の登戸まで寅子を訪ねてきた。

「先輩！　ご無沙汰しております。突然申し訳ありません」

寅子が生まれ育った家は、空襲に備えて道路を広げるとかで、軍に土地を接収されてしまった。引っ越しの朝、寂しいけれどお国のためだと花江はすすり泣き、直言の工場の寮に住めるだけでも運が良かったと言いながら、はるも同様にすすり泣いた。

「実は……女子部が閉鎖されることになりました」

驚きは一瞬で、寅子は「……そう」とだけ言った。便りが間遠で心配していたが、岡山の直明も授業が停止され、学徒勤労動員により造船所で働いているらしい。

「でも、高等試験は受けるんでしょう？」

「今年は、高等試験自体が行われないらしく……」

小泉はそれを伝えたくて訪ねてきたと言い、寅子の後に続けず申し訳ないと頭を下げた。

「高等試験が再開された暁には、また必ず挑戦するつもりです」

「……あまり気負いすぎずにね」

闘志を燃やし続ける後輩の姿が、寅子には少しまぶしかった。でも大丈夫。心に蓋をして忘れる……それだけだ。家族と共に、この戦争をまずは乗り切ろう。

兵事係が優三の赤紙を届けに来たのは、そう思っていた矢先のことだった。

「そうですか、来ましたか」

優三はあくまで穏やかで、出征前にしたいことはあるかと直言に問われ、少しだけ寅子と〝お出かけ〟がしたいと答えた。

日本中に赤紙の嵐が吹き荒れている。この日がいつか来ることは、寅子も分かっていた。

深夜、寅子は起き上がって、優未に寄り添うように眠っている優三を見つめた。

――私はこの人に何をしてあげられるんだろうか、いや、何かしてあげられたんだろうか。

後悔の念が大波のように押し寄せてきて、その夜は一睡もできなかった。


翌日、寅子と優三は優未を花江に預け、二人で家を出た。と、言ってもこのご時世、出かける場所もないので、結局はいつもの河原である。

優三は持ってきた焼き芋を半分に割って、両方とも寅子に差し出した。

「全部おあがり。優未にお乳をあげないとね」

片方だって受け取れない。寅子は「ごめんなさい！」と優三に土下座した。

「私のワガママで私なんかと結婚させてしまって。普通の結婚生活を送らせてあげられなくて。あと高等試験を諦めないで続けてくださいって、ちゃんと説得しなくてごめんなさい！　あと」

「待って待って、落ち着いて深呼吸。……トラちゃん、どうしちゃったの？」

「……自分の愚かさを改めて痛感してしまって。優三さんに甘えて、子供を作って、結局優三さんは戦地に行って大好きな娘とも離れ離れになって……だから私にできるのは謝ることくらいで」

「はて？」と優三が寅子の口癖を真似る。

「ちょっと、ふざけないで！」

「トラちゃんの『はて？』は便利なんだね」

そう言って笑うと、優三も真剣な表情で寅子に向き直った。

「トラちゃんが僕にできることは、謝ることじゃないよ。トラちゃんができるのは、トラちゃんの好きに生きることです。また弁護士をしてもいい、別の仕事を始めてもいい。優未の良いお母さんでいてもいい。僕の大好きな、あの、何かに無我夢中になっているときのトラちゃんの顔をして、何かを頑張ってくれること」

寅子を見つめる優三の目が言っている。そんなきみがいとおしくてたまらない、と。

「いや、やっぱり頑張らなくてもいい。トラちゃんが後悔せず、心から人生をやりきってくれること……それが僕の望みです」

「……なんで、そんなこと言うんですか……もう会えないみたいなこと言わないでよ」

「あぁ、ごめん。そういうつもりじゃ……帰ってくるから。トラちゃんと優未のもとに、必ず」

優しく微笑む優三を見て、寅子も心から思う。あぁ好きだな、この人が……と。

出征の日も優三は優未のおむつ替えをして、「気持ち良くなったねぇ」と抱き上げた愛娘の頭の匂いを名残惜しそうに嗅いでいる。

「……優三さん。あの、これ。虎は千里を行って千里を帰る……五黄の寅生まれの私が力を込めたお守りです」

寅子が手作りの不格好なお守りを渡すと、優三は「心強いな」と嬉しそうに笑った。

出征兵士の見送りはもはや日常化していたが、優三の人柄だろう、家族や近所の人たちのほか、工場の職員たちも駆けつけてくれた。

けれど寅子はうつむいたまま、優三の顔を見ることができない。

「……トラちゃん」

呼ばれて顔を上げると、優三が変な顔をしていた。

「あれ、駄目だな。トラちゃんみたいにはいかないな。ハハハ」

「……らしくないことしちゃって」と無理に笑う。

「ごめん……あと、ありがとうねトラちゃん」

優三は家族に妻子のことを頼むと、「では、行って参ります」と頭を下げた。

「佐田優三くんの武運長久を祈ってぇ～万歳！　万歳！」

「万歳！　万歳！」

優三が笑顔で去っていく。寅子は優未をはるに託して、夫を追いかけた。

「優三さん！」

立ち止まって振り返る優三に、思いっきり変な顔をする。

優三は一瞬びっくりしたあと、思いっきり変な顔を返してきた。

寅子と最後の笑みを交わし、優三は戦地へと赴いていった。

昭和十九年冬。米軍による各地への爆撃が本格化し、日本はいよいよ窮地に追い込まれていった。

第9章　男は度胸《どきょう》、女は愛嬌《あいきょう》？

夜のしじまを切り裂くように空襲警報が鳴り響いた。

昭和二十（一九四五）年三月十日未明。米軍の大規模な爆撃により、東京の下町は炎に包まれた。一晩で約十万人もの死者を出した、東京大空襲である。寅子と花江は子供たちと疎開していて被害に遭わなかったものの、花江はこの空襲で両親を亡くした。

幸い直言とはるは無事だと知らせが来たが、東京はどうなっているのか、いつになったら帰れるのか……。決して口には出せないが、もはや日本の敗色ははっきりしていた。

不安と疲労で思考力さえも奪われていく中、七月になった。寅子は薄汚れたもんぺをはき、一歳半になった優未をおぶって黙々と畑仕事を終えると、花江と二人で疎開先の家に向かった。

「……トラ？」

ふいの声に顔を上げると、直言である。やつれ果てた娘たちを見て直言も驚いている。

わざわざ直言が疎開先にやってきたということは、悪い知らせがあるということだ。

直言はすでに涙ぐみ、言葉が出てこない。

——どっちだ？　寅子も花江も硬直したように動けないでいる。

「……直道が……」

夫の名前が出たとたん、花江が泣き崩れた。寅子はぼう然として立ち尽くすしかない。

直言と二人で花江を抱えるようにして、みすぼらしい仮住まいに帰ってきた。

ゴザの上に正座すると、直言は花江に戦死公報を渡した。【南西諸島方面にて戦死】と書いてあるだけで、どこかの島にいたのか、それとも船が沈没したのか、詳しいことは何も分からない。

花江は、部屋の隅に飾ってある直道との結婚式の写真に目をやった。その横には、寅子と優三の結婚写真も立ててある。写真の中の二組の夫婦は、どちらもとても幸せそうだ。

「……ちょっと前に手紙が来たんですよ……。炊事当番をやっていて、大変だけど面白い……花江ちゃんやお母さんの大変さが分かったよって軽口を書いてたのに……」

急な夕立で、直人と直治が「ただいま！」とずぶ濡れになって帰ってきた。

「……おじいちゃん？」

何があったかすぐに悟ったようで、二人が嗚咽している母親に駆け寄っていく。

「……お父さんは、お国のために戦ったんだよね？」

直人の問いに、大人は誰も答えることができない。

それからひと月も経たずして、日本はポツダム宣言を受諾し終戦を迎えた。

寅子たちは疎開先を離れ、窓ガラスの割れたのろのろ運転の列車に乗って上野駅に降り立った。

花の大東京は焦土と化し、上野の地下道には焼け出されて家を失った人たちや、親を亡くした戦災孤児が大勢ひしめいている。垢じみてやせ細った子供が物乞いをする姿には胸が痛んだが、今の寅子にできることは何もない。日本の敗戦をひしひしと肌で感じながら、瓦礫の中を重い足取りで歩きだす。

寅子はふと、今いる場所が繁華街だったことに気づいた。急いで見回すと、焼け焦げたビルの狭間に、カフェ『燈台』の建物がかろうじて焼け残っている。

花江に断り、寅子は小走りで『燈台』の前まで来た。よねと増野は無事でいるだろうか……。扉を開けようかどうしようか迷っていると、道端に座り込んでいた女性が声をかけてきた。

「そこの店の人なら、空襲で亡くなったそうですよ」

がっくりと肩が落ちる。もはやすべてが夢のようで、友の死にも実感が湧かなかった。

寅子たちは、焼け野原をトボトボ歩いて登戸《のぼりと》に帰ってきた。

「ただいま帰りました」

声をかけると、はるが家の奥から走り出てきた。

「みんな、大事はない？　疲れたでしょう。ゆっくり休んで」

目のふちが赤かった。遺骨すらない直道の死を一人で悼んでいたのかもしれない。

直言は工場にいた。表にボ〜ッと座っている。作業場は静かで、人っ子一人いない。

「みんなには暇を出したんだ。戦争が終わって注文が途絶えてね。いやぁ、まいっちゃうよね」

無理して明るく振る舞う父が痛々しく、寅子はかける言葉がなかった。

物資も食料もない中、珍しく魚の配給があったと、はるは精一杯のご馳走を作ってくれた。

「みんなが持って帰ってきてくれたお芋も助かるわ、明日蒸かして食べましょうね」

直言が急にゴホゴホと咳込んだ。このところ体調が悪く、横になってばかりいるという。

すっかり髪に白いものが増えた父と母を、寅子はやるせなく見つめた。

その夜、はるは孫たちと一緒に寝たいと言って、直人と直治に挟まれて横になった。

「……直人、直治。おばあちゃんには、ちゃんと分かっていますよ。二人が今まで懸命にお母さんを支えたこと。つらい思いをしても耐えたこと。よく頑張りましたね……」

疎開先で転んだと言い張っていた、直人の顔の傷に触れる。

「でも、もういいのよ。おばあちゃんの前では泣き虫弱虫で、弱音を吐いて」

「……おばあちゃん」

今までワガママ一つ言わなかった直人と直治が、はるに抱きついて堰《せき》を切ったように泣きじゃくる。父の代わりに母を守らねばと、幼い兄弟はずっと気を張ってきたのだろう。

部屋の外では、寅子と直言が話を聞いていた。はるにはかなわないと、つくづく寅子は思う。

「疎開先のやつらが、いっつもいじめてきて。お母さんには言えないし……僕には分かるんだ。トラちゃんに言うと面倒なことになるって」

直人が聞き捨てならないことを言う。直言はクスッと笑い、父ちゃんに似てきたなと、しんみりした顔で言った。

いつも見当外れだった兄の口癖を懐かしく思い出しながら、寅子もまたしんみりとうなずいた。

優三が帰ってくるまでは寅子が一家の中心となって、大人四人と子供三人を養わねばならない。工場の仕事がないので、貯金を崩し、着物や家にあるものを闇市で売って当面の生活資金にしたが、トウモロコシ粉やコウリャン粉すら値上がりする一方だ。

そんなある日、岡山の学校に行っていた直明が帰ってきた。

「え？　え!?　……直明？　直明ぃぃぃ〜〜〜!!　大きくなってぇ〜!!」

すっかり青年になった弟の姿に驚きながら、大喜びで直明の肩をバンバン叩く。

「お姉ちゃん、痛いって」

便りが途絶えて心配していたはると直言は、息子の元気な姿に安堵の涙を流した。聞けば、岡山も大空襲があり、校舎も焼けてしまって、繰り上げで卒業資格が与えられたのだという。

「花江さん……直道兄ちゃんのこと、残念です」

「……直明ちゃんは無事で本当に良かった」

花江も嬉しそうに涙ぐんでいる。

「うん。本当に良かった。明日にでも、帝大に願書を取りにいかないとね」

当然進学するものと思っていた寅子に、直明は家族のために働くと言いだした。

「……そんな。直明は帝大に行くために岡山に」

「この一年近く、ほとんど勉強なんてしていないよ……勤労動員ばかりで、空襲もあって……せっかく生き残ったんだ。直道兄ちゃんだって、きっとこうしてほしいと思う」

寅子が説得する間もなく、「すまない、直明！」と直言が電光石火の速さで頭を下げた。

「今の俺には、お前を大学に行かせてやる自信がない……だからお前の提案に甘えさせてくれ！」

「僕がこうしたいんだ。子供たちが少しでもひもじい思いをしないで済むように頑張るからさ」

立派になってと直言は涙ぐんでいるが、寅子は納得がいかない。さりとて日々の糧にも事欠く今の状況では働き手が増えることはありがたく、黙ってうつむくしかないのであった。

直言がかつての知り合いに頼み込み、マッチ作りの仕事を分けてもらうことになった。寅子と直明のほか、長年、登戸火工を支えてきた重田《しげた》の爺さんにも声をかけた。

直言は最近床に伏せていることが多く、調子が良いときは優未の子守りをしている。はると花江も繕いの仕事を始めたが、働いても働いても一向に暮らしは楽にならない。直言の言うとおり、直明の大学費用など捻出できるはずもなかった。

仕事の手を休め、昼ご飯の菜っ葉の雑炊を皆で黙々と食べる。こんなもので力が出るはずも、栄養がつくはずもない。配給は少なく、日本中の人々がおなかを空かせていた。

ラジオからは、佐世保に復員船が到着したというニュースが流れてくる。

「おなか減ったねぇ……。お父さん、どこにいるんだろうね……会いたいね……」

吐く息が白い。背中でぐずる優未に話しかけながら、寅子は鼻をすすって涙をこらえた。

無我夢中で日々を送るうちに年が明け、昭和二十一年の正月を迎えた。

「みんなのおかげで、なんとか年を越すことができた……苦労ばかりですまない」

食卓を囲む一同に、直言が頭を下げる。

「何言ってるんだよ、お父さんがマッチの仕事を見つけてきてくれたおかげじゃないか」

「……ありがとうな、直明。こうして家族そろって新年を過ごせることを幸せに思わないとな……いや、そろってはないいんだが」

この場にいない直道と優三を思い出して、慌てて言い直す。はるが「そうですよ、縁起でもない！」と直言を叱ったが、寅子は知らん顔で口をつぐんでいた。

「来年は優三さんも帰ってきて、もっとにぎやかなお正月になるわよ」

花江が、明るく微笑んで言った。

「……トラちゃん、もっと優三さんの話をしていいのよ。写真も飾っていいの」

花江は知っていたのだ。寅子が花江に遠慮して、優三の写真を飾れずにいたことを。

「私もつらくて、優しくなれなくて、ごめん。私に気を遣わないで希望を持ってちょうだいよ」

「そうだよ、優三さんはきっと帰ってくるって」

「みんなで優三くんの帰りを楽しみに毎日頑張ろう！」

直明と直言も励ましてくれる。家族の優しさが身に沁みて、寅子は目頭が熱くなった。

花江の気持ちに甘えて、こっそり取り出しては見ていた写真立てを部屋に飾る。

「……早く帰ってきてね」

穏やかに微笑んでいる写真の優三に、寅子は祈るように呟いた。


優三が帰ってこないまま時は過ぎ、季節は春になった。

『本日、東京帝国大学の入学式が行われました』

ラジオのニュースに、直明が一瞬マッチ作りの手を止めた。終戦後初となる新入生には、初めて入学を許された女子十九名が含まれるという。

直明は何も聞かなかったかのように、再び作業を始めた。

その夜、寅子が水を飲みに外に出ると、直明がいた。慌てて手に持っていたものを隠そうとする。

それは、心理学の本だった。繰り返し読んだのだろう、表紙がボロボロである。

「持っていた本を売って、岡山からの切符代にしたんだけど……これだけは売れなくてさ」

「……そんなコソコソ読まなくても」

「ずっと、みんな気にしているでしょ。僕を大学に通わせられなかったこと。でも自分で決めたことだから……眠れないとき、活字を目で追っていると落ち着く、それだけだよ」

「……ちょっと待ってて」

寅子は急いで部屋に戻り、押入れから古びた箱を出した。意を決して蓋を開ける。そこには、法律の本がぎっしり詰めてあった。穂高の著書を手に取り、再び直明のもとへ行く。

「読みやすいのを選んできた。興味あればほかにもあるから」

本を貸しただけなのに、直明は子供のように目を輝かせている。

――かわいい弟のために、娘のために、家族のために、戦地から帰ってくる優三のために。

寅子があえて目を背けてきたことに向き合うときが来たようである。


数日後、寅子は雲野法律事務所にやってきた。かつての職場を前にしたとたん、さまざまな思い出がよみがえってくる。良い思い出はほんの少し、あとはほろ苦いものばかりだ。

「佐田くん？　佐田くんじゃないか！」

扉の前で逡巡していると、昼飯でも食べに出ていたのか、雲野が外から戻ってきた。

「……ご無沙汰しております。突然お邪魔して、申し訳ありません」

事務所には岩居もいて、お茶を出してくれた。

「あのとき、辞めておいて正解だったよ。結局扱う案件も少なくなって、常盤さんにも山田くんにも辞めてもらうことになってしまってね」

雲野は相変わらず弁護料が払えない客の依頼も引き受け、米や野菜でチャラにしているという。

「で、今日はどうしたんだい？」

また弁護士として雇ってほしいとは言い出せず、寅子はすごすごと家に帰ってきた。

「お父さん、ただいま」

直言に声をかけると、少し慌てたように手に持っていた写真立てを置いた。寅子と優三が結婚したとき、家族で撮った記念写真を見ていたらしい。

「おかえり……どうだった」

寅子は首を横に振り、ほかを当たってみると明るく装った。

「優三さんが帰ってくるまで、私がこの家を支えないとね」


終戦から一年が経過し、暑さがやわらいで少しずつ木々の葉が色づきはじめた。

ラジオから『リンゴの唄』が流れる中、寅子は今日も直明と重田の爺さんとマッチ作りをしている。直言は足がよろよろして、お手洗いへ行くにもはるに付き添われるようになった。

何がこの家を支えるだ……いつでも仕事に戻れると思っていた自分の甘さに心底うんざりする。

そのとき、ガシャンと何かが倒れる音がした。

「トラちゃん、来て!!」

花江の声に驚いて駆けつけると、直言が部屋で倒れていた。直明と重田の爺さんが、医者を呼んでくると家を飛び出していく。

転倒した拍子に落ちたのか、寅子が割れた写真立てを片付けようとしていると、いきなり直言の大声が飛んできた。

「触るな！　それに触るんじゃない!!」

凄い剣幕《けんまく》だ。寅子が困惑して写真立てを見ると、裏板が外れていた。何か紙が挟まっている。

「やめろ!!　見るなぁ!!」

そう言われたら、つい見てしまうのが人間の性である。

「……え？」

その紙に書かれた文字を読んだ瞬間、寅子は石のように固まった。

【昭和二十一年五月二十三日　佐田優三氏が死亡されましたので御通知致します】

直言が半年近く写真立ての裏に隠していたものは、優三の死亡告知書だった。


直言は栄養失調のうえ肺炎が悪化しており、心音も脆弱《ぜいじゃく》で、もう長くはもたないだろうというのが医者の診立《みた》てであった。直言は今、気を失ったように眠っている。

突然知らされた優三の死。それを直言が隠していたこと。はるや直明は戸惑うばかりだが、あんな大事なものを隠すなんてと、花江は直言に対して激怒している。

寅子はしかし、スンッとした顔で夕飯の支度に立ち上がった。

「お母さんはお父さんをお願い……直明は仕事に戻って」

淡々と言って台所に向かう。花江が心配して気遣ってくれるが、一度気を緩めたら、もう二度と立ち上がれないかもしれない。寅子はスンッとしたまま、料理に取りかかった。

ひと月の間に直言はみるみる衰弱し、本人もそう遠くない死期を悟っているようだった。

寅子は黙々と目の前のことをこなした。直言とは、ほとんど会話を交わしていない。むろん、優三の件で謝罪も受けていなかった。

「……はるさん……はるさ〜ん」

その日の昼食時、少し開いた襖から、病床についている直言の声が聞こえてきた。

「……起こしてくれ……みんなに、話がある」

遺言でもするのだろうか。寅子たちは隣室の直言のもとに集まった。

「トラ。質問がある。直道が亡くなっても、花江ちゃんは猪爪家の人間でいられるんだよな？」

「……はい」

てっきり優三の件を謝罪されるものと思っていた寅子は、肩透かしを食らった気分だ。

「よかったぁ。……花江ちゃん、きみは猪爪家の人間だ。いつまでもこの家にいていい。でももし、この先に誰かよい人が現れたときは、その人と幸せになりなさい」

いつになく家長らしく、あれこれと花江の今後に心を砕く。

「……話は終わりましたか？」

寅子が聞くとコクリとうなずく。そうですかと少々刺々《とげとげ》しく言い、腰を浮かそうとしたときだ。

「終わりなわけがないでしょ？　お父さん、今する話、これじゃないです！」

抑えていた花江の怒りが爆発した。直言のしたことはとんでもなくひどいことだと言い放つ。

「優しくする必要なんてない。怒ってもいい、罵倒《ばとう》してもいい。トラちゃんはきちんと伝えるべきだよ。お父さんとは、生きているうちにお別れできるんだから！」

それは、両親と夫の死に目に会えなかった、花江の悲痛な懇願だった。

寅子は立ち上がって、直言の前にドカッと腰を下ろした。……が、余命いくばくもない父親を責め立てるのは、やはり気が引ける。どうしたものかと葛藤していると、直言が病人とは思えない力で寅子の手をガッと摑んだ。

「……ごめぇん」

直言は号泣しながら、まくし立てるように謝罪した。

「優三くんのこと、すぐ伝えられなくてごめぇん。知らせがきて、つい隠してしまった。今トラが倒れたら、うちは、我が家が駄目になると思って、そう思って言えなかった。こんなこと駄目だ。早く話さなきゃって、ずっとずっと思ってた」

はるが、「そりゃそうでしょうね」と言いながら直言の涙をハンカチで拭う。

「でも、時間が経てば経つほど話しづらくなって……トラの仕事が決まったらと思っていたけど、なかなか決まらないし」

「この期に及んでトラちゃんのせいにするんですか！」と花江が目を吊り上げる。

「落ち着いて、お父さんはそんなつもりじゃ」

「……いや、花江ちゃんの言うとおりだ。俺はこのとおり、弱い駄目な愚かな男なんだ……結局いっつもトラに頼りっぱなしで……ごめん、本当にごめぇん」

泣きながら謝る直言にほろりとして、寅子が今までの感謝を伝えようと口を開きかけたときだ。

「トラが結婚したとき、正直、優三くんかぁとは思った。もちろんトラが幸せならそれでいい。でも花岡くんがいいなぁって思っていた……だよな、はるさん」

「だよなって」と、はるは返答に困っている。

「花岡くんの下宿先を見にいったこともある。下宿先に土産を持っていったこともある。佐賀に行く知り合いに、花岡くんのご実家を見てきてもらったこともある」

「嘘！」

そんなことまで……寅子と花江はあきれ返った。はるも直明もあ然としている。

「もちろん優三くんには感謝している。優未というかわいいかわいい孫にも会わせてくれた。でも直道と花江ちゃんの結婚とは違うと言うか。だって、寅子の夫は花岡くんと思い込んでいたから、こりゃあトラは確実に幸せを勝ち取ったぞ、周りに自慢できるぞぉ～老後も安泰だぁ、なんて思ったりしちゃったもんだから」

直言はようやく、一同の鼻白んだ空気に気づいた。

「……ごめぇん、これは話すべきじゃなかった。俺はとことんまで駄目な男だぁ」

そう言った舌の根も乾かぬうちに、話すべきじゃなかった話が次々と出てくる。

「共亜事件のとき、寅子がしつこくて腹が立ったこともある。はるさんが怖くて残業って嘘ついて飲みにいったりしたこともある。直明が出来すぎる子だから、本当に俺の子なのかと疑ったこともある。花江ちゃんがどんどん強くなって嫌だなと思ったこともある。うちの家族は女が強いから、直道とこっそり寿司を食いにいってごめん」

はるたちが顔を見合わせ、寅子に「なんとかしろ」と目で訴えてくる。

「……いったん、やめてくれる？　一生分の懺悔《ざんげ》するつもり？」

「だって、お前らにこんな苦労ばっかりかけて役立たずで駄目でろくでもなくて申し訳なくて死にきれない。こんなお父さんでごめんなぁ、ごめぇん！」

「……何度もごめんって言われても……」

許せないものは許せない。きっと一生許せない。けれど寅子は、それ以上に思い出すのだ。

「お父さんだけだったよ……家族で女子部に行っていいって言ってくれたのは。女学校の先生の前でも、お見合い相手の前でも、誰の前でも……うちのトラは凄いって……どんな私になっても、ずっと私をかわいいかわいいって、いっぱい言ってくれたのはお父さんだけ」

「当たり前だろぉ！　……トラは俺の誇り、宝物なんだからぁ！」

寅子は泣きながら、ようやく直言の手をぎゅっと握り返すことができた。

満足したかのように直道の首がガクッと落ちた。はるが慌てて口元に手をやり、「……まだ。寝てるだけ」と皆に告げる。一瞬覚悟した一同は、ちょっと拍子抜けしたような顔になった。

寅子は、骨ばった父の手をそっと撫でてから布団に戻してやった。じっとその寝顔を見つめる。あきれたことに、直言はすぅすぅと気持ち良さそうに寝息を立てている。

「……すっきりした顔しちゃって」

弱くて駄目で愚かで、その何倍もいとおしかった父親は、数日後に静かに息を引き取った。


直言が亡くなっても、残された家族の生活は続く。

闇市の行列に並ぶのも、寅子と花江の大事な仕事だ。新聞売りの少年が近づいてきても、寅子は、もう見向きもしない。転んで倒れた女性がいても、見て見ぬふりで行列に並び続ける。

人が変わったような寅子を花江が心配しているのは気づいていたが、寅子は最近になって、やっとスンッとする人たちの気持ちが分かったのだ。

言いたいことも言わず、周りに流されていいように扱われても黙って耐えている。寅子は、そんな人たちに少し怒りを感じていたし、軽んじたりもしていた。けれどそれは、そうしないと生きていけないから。生きていくうえで、スンッのほうがいくらかマシだから。寅子が言いたいことを言い、やりたいことができていたのは、今までずっといろんなものに守られていたからだ。

はると花江の繕い仕事は徐々に依頼が増えてきたが、マッチの仕事には限界があった。

「……お姉ちゃん。僕、ほかに仕事を探すよ」

直明は重田の爺さんの知り合いにも頼んで、つてを探してもらっているという。猪爪家に自分より年長の男たちがいなくなった今、一日も早く一人前になろうとしているらしい。

「大人になったら、もっとお母さんやお姉ちゃんを楽にしてあげるつもりだったんだけどな……思っていたようにはいかないね。ははは」

思ったようにいかない——ぽろりと漏れた直明の本音が、寅子の頭から離れない。彼はどんな将来を思い描いていたのだろう。昔から本が好きで優秀で、帝大を出て役人になろうとしていて、それから、それから……。

外で洗濯物を干していた寅子は、考え疲れてふぅと息を吐いた。

そのとき、ふと背後に人の気配を感じた。振り返ると、復員兵らしき男が立っている。

「……あの。佐田寅子さんのお宅はこちらでしょうか」

その見知らぬ復員兵は、寅子が優三にあげたお守りを握り締めていた。

「本当は、ご遺骨を持ち帰りたかったのですが……申し訳ありません」

男は小笠原と名乗った。復員を待つ収容所の病室で、優三とベッドが隣同士だったという。

「私の病状が悪化した際、佐田さんがこれを握らせてくれたんです。このお守りには、とてつもないご利益があるから、絶対助かるって」

その後、小笠原は持ち直したが優三は亡くなって、ずっと申し訳なく思っていたという。もともと胃腸が弱い人だったから、戦地でひどい苦労をしたのかもしれない。

「……ほんの短い間でしたが、とても優しい良い男でした」

寅子は手の中にある、薄汚れてボロボロになったお守りを見つめた。そんな優三だからこそ、小笠原はわざわざこれを届けにきてくれたのだろう。

あまりに優三らしい最期で、寅子は泣きながら小さく微笑み、小笠原に深々と頭を下げた。

もしかして優三はまだ生きているのではないか――うっすらしがみついていた望みも途絶えてしまった。二歳半になったばかりの、父親のことなど何も覚えていない娘に、優三の死をどう伝えればいいのか。それにこの先、自分はどうしたらいいのか……。

分からないことばかりで、諦めて心に蓋をする。そこへはるがやってきて、寅子にいきなりお金を握らせた。かなりの金額だ。直言のカメラを売ってきたので、明日は出かけてこいという。

「いや、何言ってるの。そんな贅沢は」

「贅沢じゃない、必要なことです。あなただけじゃない。花江さんも、私もどうしようもなくなったとき、内緒で思いっきり贅沢をしました。そうするしかなかった」

花江は闇市で泣きながらカストリ焼酎を飲み、はるは黙々とおはぎを頬張ったという。

「これ以上、心が折れて粉々になる前に……ゆっくり優三さんの死と向き合いなさい」

死と向き合えと言われても、向き合ったところで何になるのだ――そう思いながら、寅子は闇市で買った焼き鳥の包みを手に、河原で佇んでいた。かつて、優三とおいしいものをこっそり食べた場所だ。いつも穏やかに微笑んでいた優三の面影を切なく思い出す。

真面目で、謙虚で、誠実な人だった。頼りないと思ったこともあったけれど、いざというときは守ってくれた。いつも寅子のことを心配して、暴走しそうになる寅子に深呼吸させてくれた。

「……一緒に分け合って食べるって言ったじゃない」

今度は、大きいほうをあげるのに。

「……必ず帰ってくるって、言ったじゃない」

出征する直前まで優未の頭の匂いを嗅いでいたほど、子煩悩《こぼんのう》だったのに。

寅子は包みを開き、悲しみと怒りがごちゃ混ぜになった感情のまま焼き鳥を貪り食べた。

今なら分かる。優三の優しさは強さだったと。あんなに広い心を持った人はいなかったと……。

そのとき、焼き鳥をくるんでいた新聞の文字が目に入った。

「……『日本国憲法』」

新聞を広げ、食い入るように条文を読む。

「……『すべて国民は、法の下に平等であつて、人種、信条、性別、社会的身分又は門地により、政治的、経済的又は社会的関係において、差別されない』……」

第十四条を声に出して読み上げながら、寅子の頬に涙が伝っていた。

——トラちゃんができるのは、トラちゃんの好きに生きることです。

ふいに現れた優三の幻影が、寅子をいとおしそうに見つめる。

——トラちゃんが後悔せず、心から人生をやりきってくれること……それが僕の望みです。

「……優三さん」

寅子は手で顔を覆い、声をあげてわんわん泣いた。泣きに泣いた。そして泣き疲れると、はぁとため息をついた。

「……帰るか」

呟いて立ち上がり、川面を眺めて思案する。こらえていたものを全部吐き出したせいか、妙に頭の中が冴えていた。自分が今したいことはなんなのか、まだよく分からない。でも……。

寅子は握りしめた新聞を見て微笑んだ。元気がみなぎり、ズンズン歩きだす。この新しい憲法の下でならば、何か見つけられるかもしれない。変わるかもしれない。そう思えてくるから不思議だ。

この日、優三との思い出が詰まったこの河原で、寅子は新しい時代に向け再出発したのである。

寅子は家に帰るなり、繕い仕事をしているはると花江に息せき切って言った。

「新しい憲法が公布されるの！　これから私たちはみんな平等なの。男も女も人種も家柄も何も関係ないの、すばらしいと思わない？」

はるも花江も呆気に取られた。今朝出ていったときとは別人のように明るい。

「女だからってもう差別されないの。女は無能力者じゃないの！　やりたいことは全部できる、女だからできないことは何も」と話している途中でハッとする。

「……そうよ、もう女だからって就けない仕事だってなくなる……そうよ、そうだわ」

「トラちゃん、一回お茶でも飲んで落ち着いて。ゆっくりもう一度イチから話してくれる？」

焼酎でもおはぎでもなく、憲法とは……やはり寅子は人とは違う。

「ゆっくりなんてしてられない。ねぇ、もう少しだけ一人の時間をもらっていいかしら！　しっかりこの憲法を噛みしめたいの。話はそのあとで！」

はるたちを残していそいそ立ち去ると、寅子は自室の押し入れにしまってあった法律の本や高等試験の合格証などを引っ張り出した。それから古いノートを開き、その横に焼き鳥の汁がついた新聞を広げ、目を輝かせて『日本国憲法』を写しはじめた。


「えー、ただ今より、家族会議を始めます！」

その夜、寅子はニコニコしながら、はると花江、そして直明に言った。

「今日お休みをいただいて、いろいろと自分が今何をしたいのか、どうしたいのかを見つめ直しました……お母さん、改めてありがとう」

はるに礼を言うと、先ほど『日本国憲法』を書き写したノートを開く。

「本当は最初から最後まで読んで聞かせたいくらいなんだけど。私の心がとくに震えた、憲法十三条十四条だけにしておくね」

三人とも要領を得ない顔をしているが、有頂天《うちょうてん》の寅子はお構いなく読み上げた。

「……ね、すばらしいでしょう」

「すばらしいの？」

花江に問われた直明が、「うん、凄いとは思うけど」と答える。

「自分には関係ないって言いたいの？　直明、この国は変わるの……私たち一人ひとりが平等で尊重されなきゃいけない」

そして、誰もが幸せにならなければ。

「私の幸せは、私の力で稼ぐこと！　自分がずっと学んできた法律の世界で！」

お金を稼いで生活が楽になれば、家族みんなの幸せが叶う。けれどあいにく、どの法律事務所も寅子を雇ってはくれない。今は仕事も少ないし収入も不安定だ。

「それでもね、もう一度法律の世界に飛び込んで、人生をやりきりたい……だから直明。あなたは、あなたの幸せのために大学に行きなさい」

「そんなお金、どこにあるんだよ」

「だから私が稼ぎます。しばらくマッチの仕事と、花江とお母さんの繕い仕事も続けてもらうことにはなるけど、私の計算だと、なんとかなります」

「僕には大学に行く理由がない。お姉ちゃんみたいに進みたい道も、やりたい仕事もないし」

「お姉ちゃんはそれしか道がなかっただけです。……大好きな勉強をして、やりたいことを見つけていくあなたを、あなたが幸せになるのを、お姉ちゃんは見たいの。直明、あなたは昔から出来た弟よ。帰ってきてくれてから、何度も何度も助けられた……でも、無理に大人ぶるあなたを見ると胸がざわざわするの」

「僕はもう大人だよ。もう二十だよ？　僕は猪爪家の男として、この家の大黒柱にならないと」

「そんなものならなくていい！　新しい憲法の話をしたでしょ⁉　男も女も平等なの。男だからって、あなたが全部背負わなくていい。そういう時代は終わったの」

するると、花江が納得いったように口を挟んだ。

「そうよね、家族みんなが柱になって支えていけばいいのよね」

「そのとおり！　さすが花江、いいことを言う！　お姉ちゃんも、これから雇ってもらうために勉強を頑張るから……直明も大学進学に向けてお勉強なさい」

少し長い沈黙のあと、直明がおずおずと口を開いた。

「……僕、勉強していいの？」

「していいじゃなくて、必死になって勉強しなさい！」

直明は静かに泣きだすと、子供っぽく「……うん」とうなずいた。

昭和二十一年十一月三日、新たな時代の憲法が、広く国民に知らされた日であった。


そしてまた時が流れ、昭和二十二年の春がきた。

くたびれているが、一張羅《いっちょうら》のツイードのスーツを身につけた寅子は、直言が遺してくれた寅子のスクラップブックや高等試験の合格証書などをまとめて風呂敷に包んだ。

「……よしっ」

気合いを入れ、遺骨代わりのお守りと写真の優三に「行ってきます」と挨拶する。

別室では、この春から晴れて帝大生となる直明がはるたちに詰襟姿をお披露目していた。少し照れた、嬉しそうな年相応の笑顔に安心する。これからは心置きなく勉強に励んでもらいたい。

玄関先で優未をはるに託し、花江から激励の言葉と風呂敷包みを受け取る。

「ありがとう……行ってきます」

不安もよぎるが、家族の期待を背負い、キリリと顔を引き締め歩きだす。

新しい日本の憲法に希望を見い出した寅子が向かう先は、空襲で被害を受けた司法省の仮庁舎として使われている法曹会館だ。懐かしい建物に足を踏み入れ、三階の人事課までやってくる。

約束なしの訪問だったので門前払いされそうになったが、どうにか中に入ることができた。

人事課の一角にある衝立の前で足を止め、気持ちを落ち着かせようとひと息つく。

この衝立の向こうにいる人事課長を、なんとしても説き伏せねばならない。

「……失礼します！」

威勢よく入っていくと、きちんと背広を着た男性が、今まさに芋を頬張ったところだった。

寅子は息を呑んだ。図らずも見知った顔だったのである。

「……きみか」

久しぶりの再会だったが、桂場はニコリともせず芋を机に置いて、「何か用かな」とむしろ迷惑そうに眉根を寄せた。

桂場の口元についた芋のカスに気を取られていた寅子は、ハッと我に返った。風呂敷包みをぎゅっと抱きしめ、鼻息荒く桂場を見据える。

「佐田寅子、昭和十三年度高等試験司法科合格！　私を、裁判官として採用してください！」

第10章　女の知恵は鼻の先？

「……なぜだ？　なぜ私がきみを採用しなければならないのか、理由を説明してみたまえ」

寅子は風呂敷包みを広げ、自分の経歴に関する書類を勝手に桂場の机に並べていった。

「高等試験に合格すれば男性は裁判官や検事、弁護士になれるのに女性は弁護士になるしかありませんでした。ですがこの国は変わります。『日本国憲法』第十四条、当然ご存じですよね？」

「当たり前だろう」と桂場がムッとして答える。

「すべての国民が平等ならば、私にも裁判官になる資格が備わることになるはずです。違いますか？　以前、桂場さんもおっしゃってくださいましたよね？　私は裁判官に向いていると」

「そんなことは言っていない」

「言ってないかもしれないけど、そのようなことはおっしゃってくださいましたよね？」

「いや断じて言っていない」

「後悔はさせません。どうか私を裁判官として雇ってください！」

二人が押し問答していると、長身の男性が寅子の後ろから颯爽と現れた。

「なになに？　二人はお友達なの？」

先ほど、寅子が人事課の入り口で止められて困っていたところを、自分の客だと偽って助けてくれた男性だ。見た目は日本人のようだが、ライアンと名乗り、西洋の映画に出てくる俳優のような身振り手振り。進駐軍の人かなと思いつつ、寅子も名乗ったのだが……。

「彼女いいよね。僕もサディのこと気に入っちゃったところなんだよね」

佐田だからサディなのか。面食らっている寅子に、さわやかに微笑んで名刺を差し出す。

「久藤頼安《くどうよりやす》……ライアンって呼んでね」

生粋の日本人ではないか。しかし呼称には強いこだわりがあるようである。

「桂場くんと同じく裁判官で、司法省に出向中。役職は民事局民法調査室主任。新しい憲法に則した法改正の仕事をしてて、オフィスはこの下の二階に」

桂場が面倒くさそうに、「取り込み中だ、帰れ」とシッシッと久藤を追い払う仕草をする。

「ねぇ、採《と》ってあげなよ。人手不足なのは事実じゃないか。憲法が変わって、民法も刑法もこの国の仕組みも何もかも作り直し。どこもかしこも、てんてこ舞いだろ？　この僕のすてきな顔に免じて、ね？　……分かるだろ、GHQが彼女を見たら大喜びだって」

あの桂場がグッと詰まり、何も言い返せずにいる。ここぞと、寅子は身を乗り出した。

「今おっしゃった『GHQが喜ぶ』というのは、婦人の解放を要請されているからですよね？」

敗戦後の日本は連合国軍最高司令官総司令部、いわゆるGHQの指導の下、敗戦処理と国家の民主化を行っていた。

「婦人の代議士も誕生しました。婦人の裁判官がいてもおかしくない。違いますか？」

「きみは一度、弁護士の道を断念しているだろ。なぜ、この世界に戻ってきた？」

「……新しい憲法の下でならば、一度は諦めた『かつてなりたかった私』に近づけるのではないかと。それに……裁判官は公務員です。父も夫も兄もこの戦争で亡くなりましたので、毎月まとまったお給料をいただける仕事に就きたいと思いました。どうか、お願いします！」

寅子は深々と頭を下げた。久藤はニヤニヤしながら、どうすると言いたげに桂場を見ている。

「……住所をここに。検討はする。今日はこれから打ち合わせで忙しい。帰れ」

久藤が寅子に片目をつぶる。ギョッとしつつも会釈し、寅子は「ありがとうございます、失礼します！」と言うと、そそくさとその場を去った。


その夜遅く、猪爪家に思いがけない訪問客があった。

「グッドイブニング、サディ」

「ライアンさん⁉」

帰り道なので、寅子が置いていった経歴書と桂場からのメッセージを届けにきたという。

「誠に残念ながら、今はご婦人の裁判官を採用することはできないそうだ……申し訳ない」

寅子が帰ったあと、桂場は久藤に言った。憲法が変わろうと、彼女を取り巻く状況は戦前と何も変わっていないし、憲法が真の意味で国民に定着するかどうかも定かでない。それに、途中で逃げ出すような人間に、『法と司法の砦』である裁判官の資格はない、とも――。

「代わりと言ってはなんだけど、きみさえよければ明日から僕の下で働いてもらうことはできないかな？　今日会ったばかりだけど、僕、きみのことを気に入ってしまったんだ」

「……ありがとうございます、嬉しいです」

その言葉とは裏腹に、寅子の顔つきは険しい。久藤は気分を害したふうもなく、「あら？　嬉しいって顔じゃあないね」とニコニコしている。

これは、『なぜ裁判官は駄目なのか納得できない、なんて口に出せない』と思っている顔である。

「寅子！　なんですか、その態度は！　ありがたいお話じゃないですか」

「そうよ、トラちゃん！　失礼よ！」

玄関の様子を窺っていたはると花江が、たまりかねて奥から出てきた。ことにはるは、人事課長が桂場だったと聞いて寅子の就職を諦めていただけに、このまま見過ごしてはいられないのである。

「ありがたいお話です……でも、だって私は裁判官になりたいって話をしにいったのに」

けっきょく口に出している。隠し事は苦手なのだ。久藤は面白そうにクスクス笑った。

「……申し訳ございません、娘が失礼な態度を取りまして」

「娘？　なんと、お母さまでしたか！　てっきり彼女のお姉さまかと」

気を良くしたはるが家に上がるよう勧めると、久藤は大げさなほど残念そうに言った。

「そうしたい気持ちは山々なのですが……ワイフが僕の帰りを待っておりますので。お美しい方々とお会いできて仕事の疲れが吹き飛びました。サディ、明日九時に。みなさん、良い夢を」

わざわざ家まで来て、少しだけど先にと給料を渡してくれ、手土産に卵まで。はるの言うとおり、良い人だとは思う……でも、「なんか胡散臭《うさんくさ》い」とは、流れ的に口に出せない寅子であった。

「サディに会うのが楽しみで、いつもより早く目が覚めてしまったよ」

翌朝、寅子と連れ立って歩きながら、久藤がニコニコする。……うん、やっぱり胡散臭い。

「桂場くんは最後まで渋っていたけれど、僕の考えていたとおり、ＧＨＱもサディを雇用することに大賛成してくれてね」

「……そうですか」

またここでも女が特別扱いされるのか。心中複雑だが、スンッと微笑んでやり過ごす。ヘマはできない。波風立てず、さっさと実力を認めさせて裁判官への道を切り開かなければ……。

「うちの課にね、なんときみの大学の同級生がいるんだよ。どこかの地裁から出向していてね」

思わずドキリとした。彼って、まさか……？　懐かしい優しげな笑顔が思い浮かぶ。

寅子は緊張しつつ、久藤に案内されて新たな職場である民事局民法調査室にやってきた。

「……ああ」と安堵と落胆が半々になった曖昧な声を漏らす。

民事局にいた大学の同級生は、小橋だった。そう、よねに股間を蹴られた、あの小橋である。

「お久しぶり……裁判官になったんだね」

「なんだその言い方……お前、俺じゃあ高等試験に受からないとでも思ってたんだろう？」

まさか、と首を横に振ったが、正直ちょっぴり思っていた。

「詳しい仕事については、ハーシーに教えてもらってね……じゃあ今日からよろしく」

小橋だからハーシーか。合点した寅子を残し、久藤は去っていった。

「……えっと、よろしくお願いします……ハーシー」

「小橋でいい……どうせお前あれだろ、花岡かなんかだと思って勝手に浮かれて勝手にがっかりしたんだろ。あ、でもあいつはほかの女と結婚したんだったな。じゃあ花岡がいても困るわけか」

そうだった。こいつは失礼垂れ流し野郎だった。あまり心を開かずにおこうと誓う寅子である。

「しかし殿様判事が連れてきたのが、まさかお前とは」

きょとんとしている寅子に、小橋が偉そうに教える。久藤は世が世なら久藤藩藩主、つまりお殿様だと。昔から変わり者で有名で、日米開戦前にアメリカの裁判所を視察に行き、アメリカのアの字も言えない戦時下でも、アメリカの裁判所は素晴らしいと吹聴していたアメリカかぶれ。それでも首が飛ばないのは、お家柄のおかげとかなんとか……。

「まぁ変わり者だからお前と波長が合うのかもな」

ムッとするも作り笑顔で、「それで仕事は何を？」と尋ねる。

「なんだよ、殿から何も聞いていないのかよ……民法親族編および相続編の法改正だよ」

小橋に渡された書類の束には『民法親族編・相続編　改正法案第六次案　昭和二十二年三月一日』とある。寅子はさっそく席に着いて読みはじめ、瞬く間にその内容にのめり込んだ。

法の下の平等をうたった日本国憲法第十四条及び第二十四条の条文に基づき、婚姻は双方の合意のみによって成立すること。配偶者の選択や、婚姻、離婚、財産や相続、住所の選定などに関しても夫婦は同等の権利を持つこと。それらにまつわる法律は、個人の尊厳と平等の権利を基本にして制定されることとなどなど、以前の法律から多くの改正が施されていた。

寅子は時間を忘れて没頭し、感動で涙ぐみながら読み切ったときには、すでに正午を過ぎていた。いつからそばにいたのだろう、久藤が「終わった？」と寅子にハンカチを差し出してきた。

「ずいぶんと変わったでしょう？　前の民法と」

「……婚姻した女性は夫の家に入り、社会的無能力者とされる……このことを知ってから悩み苦しみ、怒り続けてきました。さっきから、この喜びを分かち合いたかった人たちの顔が次々と浮かんできて。憲法に書かれていた、すべての国民は平等というのはこういうことなのかと」

よね、涼子、梅子、香淑、そして優三。女性の地位向上が図られたこの新しい民法を知ったら、皆どれほど喜ぶだろうか。

「サディ。きみ思ったより謙虚なんだね。心からそう思う？　新民法に対する不満はゼロ？」

「いや……でも物事はいっぺんに変わらなくとも、少しずつでも前進するのが大切かと」

「なんで？　余計なことを言って波風を立てたら出世できないと思ってる？　じゃあ例えば名字の問題。『夫婦は共に夫の氏《うじ》を称す。但し当事者が婚姻と同時に反対の意思を表示したる時は妻の氏を称す』。これについてはどう思う？　新憲法に則《のっと》っていると思う？」

「……妻の権利を考慮したすばらしい法改正です」

「……ふぅ〜ん……」と久藤は含みのある相づちを打ち、「実は、この草案はGHQから突き返されちゃったんだよね。GHQはご婦人が結婚することで、相手方の家に隷属し縛られる形をすべて変えろと言うんだ。夫の名字が優先になっている時点で生ぬるいと」

目から鱗が落ち、思わず「なるほど」と感心する。

「たしかに生ぬるい。でもこういう観点もある。GHQの言うとおりにすると、夫に先立たれた妻は婚姻関係がなくなるため、夫の名字を名乗ることができなくなる。きみのように夫が亡くなったからといって名字を変えたくない人もいるのに。夫の家族と『今日からは家族ではないです、バイバイ』とすることもできない人もたくさんいるだろう。そういったご婦人方の気持ちを無視して、今、GHQのいう女性解放を推し進めるのかどうか？　きみはどう思う？」

寅子が答えに詰まっていると、久藤は困らせたいわけじゃないんだと笑った。今、改善案を模索中で、さまざまな分野の大家に意見を仰いでいるが、どちらに進んでも問題が山積みだという。

「民法の施行も憲法の施行と合わせたかったんだけどねぇ……でも早急に決めないと、世の中の善悪が宙ぶらりんになっちゃうからさ」

そのとき、「Ryan!（ライアン）」と声がかかった。見ると、アメリカの軍人である。久藤と昼食の約束をしていたらしく、自分の腕時計を指でつついている。そばにいる寅子に気づき、

「Ryan, is this the person you were talking about?（ライアン、もしかして彼女が？）」

久藤から、日本初の女性弁護士が求職に来た話を聞いていたようだ。

「My name is Tomoko Sada. It's a pleasure to meet you.（佐田寅子です。はじめまして）」

女学校時代は得意科目だったが、適性語として禁じられていた英語を久しぶりに使う。

彼はアルバート・ホーナーと名乗り、握手を求めてきたが、寅子は会釈だけに止めた。

「彼とはアメリカに視察に行ったときからの知り合いでね……今はGHQのガバメントセクションにいて共に民法改正に携わっている。さっきの文句はすべて彼の口から出てきたってわけ。改めてまたディスカッションしよう……謙虚さなしのやつをさ」

久藤は寅子にウィンクして、ホーナーと流暢な英語でおしゃべりしながら去っていった。


謙虚。あれは明らかに悪い意味合いだったと、寅子は落ち込んで優未に夕飯を食べさせていた。

「明日からはもっと意見を言っていかないと……」

食卓で話を聞いていた直人と直治が、顔を見合わせてクスクス笑う。

「トラちゃんのこと謙虚って思ったことないよな～？」

はると直明も一緒になって笑っている。寅子は口を尖らせながらも、家族に笑顔が戻ったことに安堵した。けれど、花江だけは表情を強張らせ、ご馳走様でしたと台所に食器を運んでいく。

気になった寅子が追っていって訳を聞くと、花江はぽろっと涙をこぼした。

「……私は、とてもじゃないけど笑えないわ。みんな、よく平気ね……GHQって、つまりは米国人でしょう……直道さんの仇《かたき》の国の人とトラちゃんが仕事して仲良くして」

寅子だってわだかまりがないわけじゃない。けれど、生きていくのが先だ。

「ごめんなさい、今のは忘れて。トラちゃんは家族のために頑張ろうとしてくれているのに」

無理に笑うことなんてないと、寅子はそっと花江に寄り添った。戦争に負けたのだから仕方ない。そう言い聞かせながら、怒濤《どとう》のように変わっていく世の中についていくのに、誰もが必死だった。

「……明日こそ頑張るから」

優三の写真とお守りに、寅子はボソリと呟いた。


翌朝、出勤した寅子は、廊下で桂場とばったり出くわした。たちまち桂場の眉間にしわが寄る。

「そんな嫌な顔しなくても……この度は採用していただきまして誠にありがとうございました」

「採用を決めたのは久藤だ、俺は反対した」

「……だとしても、雇って良かったと思っていただけるように、少しでも皆さんのお力になれるように私も精一杯働きます。よろしくお願いいたします」

無言でしげしげと見つめてくる桂場に、「なんでしょうか?」と少々ムッとして問う。

「いや、きみもそういう薄っぺらなことを言うのだなと。わざわざ俺にそれを宣言してなんになる?　どう思われたいのかは行動で示せばいいだろう」

桂場さんって思っていたより面倒くさい人?　……とは口に出さずスンッとした笑顔で応える。

そこへ、「桂場くんじゃないか」と杖をついた優しげな老紳士が声をかけてきた。

「佐田くん、こちら東京帝大の神保衛彦《じんぼうもりひこ》教授だ……政治学の権威で私の恩師でもある」

「恩師だなんて、思ってもないことを……民事調査室はこの階だったよね」

神保には民法改正審議会の委員をしてもらっていると、桂場が寅子に説明する。

三人で民事調査室に入っていくと、神保に気づいた久藤が優雅な物腰でやってきた。

「おはようございます、神保教授。どうされましたか、こんな朝早くに」

「何って、きみ。あんなもの送っておいて。きみたちは我が国の家族観を、いや日本を破滅させる気かな？　この前の議論がまったく反映されていないじゃないか」

神保も久藤も一見にこやかだが、二人とも目が笑ってなくて怖っ……と腰が引ける寅子である。

「前回の焦点は、ＧＨＱが納得する折衷案を見つけるものだったはずですが」

「ＧＨＱの五大改革か……婦人解放、労働組合の奨励、教育制度改革、圧政撤廃、経済民主化だったかな……言いなりになればいいってものでもないと思うがね」

「そういうことではないですよ。さらなる民主化、平等な社会を作るための改正案です」

互いに一歩も引かない二人のやりとりを、桂場は淡々として聞いている。

「いいや、国民に根づく古き良き美徳が失われれば、敗戦で満身創痍《まんしんそうい》のこの国に、とどめを刺すことになりかねない。家族と家族が手を取り合う必要がある今、家制度や戸主がなくなったら大変なことになる……きみもそう思うだろ？」

神保がいきなり話を寅子に振ってきた。久藤と桂場、小橋までが寅子に注目する。

「……私は新しい憲法を目にしたときに大変感動をしました。民法の草案を見たときも同様でして」

口ごもりつつも言葉を選んで意見を述べようとしたが、神保にやんわり遮られる。

「今、国民は何もかも変化を強いられて苦しんでいる。そんな中で、民法も変わって家族の在り方さえ変わってしまったら……きみは、どうなると思う?」

寅子の脳裏に花江の涙が浮かぶ。

「混乱は、すると思います……ですが」

「まず未来ではなく、今目の前の苦しむ人を救いたいと私は思うが」

寅子にそれ以上口を挟ませず、神保は久藤に迫った。

「これが一般的な思考だよ。敗戦国であろうと、すべて西洋にかぶれなくとも、日本の国民に合った民主化もあるはずじゃないかな?」

「いやぁ、実にすばらしいです。神保教授。GHQのホーナー氏もまったくの同意見です。すべての意見・考えを漏らすことなくお聞きし、納得のいく道を探りたいと常々話しておいでです。意見交流会も開くつもりですのでぜひご協力を」

「……そうか。個人的には賛成しかねるが、やれることは協力させてもらうよ」

神保は桂場の見送りを断り、部屋を出ていった。すると、久藤がやれやれというように苦笑した。

「相変わらず、保守のお手本のようなお方だ」

「……あの、申し訳ありませんでした。神保教授に流されてしまって」

ふと視線を感じて振り向くと、桂場が寅子のほうをじっと見つめている。

「前のお前なら、すぐ『はて?』『はて?』って嚙みついて、理想論を振りかざしてただろ。一歩引くことを、やっと覚えたんだな」

さっきまでおとなしかったくせに、小橋が調子に乗って口を挟んでくる。

「私はただ、家族の顔が浮かんでしまって、実際に戸惑うだろうなと」

「なんだよ、褒めてんだから喜べよ……ですよね、桂場さん」

「……そういう捉え方もあるかもな」

なんだ、その奥歯に物が挟まったような言い方は……モヤッとしてしまう寅子であった。


ＧＨＱ側との折衝は実に二か月にわたり、その間、寅子と小橋たちは民法改正への意見を集めるため、連日のように政治団体や労働組合、市民団体など各所を飛び回ることになった。

改正案への意見はさまざまな角度に膨れ上がり、少しもまとまる気がしない。

そんなある日、寅子は穂高を見かけた。とっさに隠れたものの、逡巡したのち、穂高のほうへ歩み寄っていく。狭い法曹界、司法省で働くということは、大勢の知り合いと顔を合わすということだ。ことに穂高は神保と同じ民法改正審議会の委員をしているから、避けようがない。

「……穂高先生。ご無沙汰しております」

穂高は目をみはった。二人が顔を合わせるのは、寅子が雲野の事務所を辞めたとき以来である。

「もしや、佐田君、きみはここで」

民事局で働いていること、兄と夫が戦死し、穂高の教え子だった父の直言も亡くなったことを話すと、穂高は残念だとハンカチで目頭を押さえた。

「お役に立てることがあればおっしゃってください……では失礼します」

会釈して去りながら、スンッとしていた顔がだんだん真顔になっていく。良かった、普通に振る舞えた……これが小橋の言う大人になるということなら、自分を褒めてやりたいくらいだ。

そんな中、寅子は意見収集のため、『自立する女性の会』の会合に参加することになった。女性初の衆議院議員の一人、立花幸恵《たちばなゆきえ》が代表を務める女性だけの意見会である。

立花は憲法や民法の改正に関わっており、女性の自立を目指す市民団体のリーダーや職業婦人たちが法曹会館の会議室に勢揃いした。

「どうして男性は、封建的な家父長制にしがみつきたいのかしら」

立花が、参加した女性たちに問いかける。

「……日本の古き良き家族観、美徳が失われると」

端っこに座っていた寅子が答えると、周囲から苦笑が起こった。

「古き良きって、明治時代から始まった決まりばかりじゃない」

「女性たちを縛りつけておきたいの間違いでしょ？　自分たちの権利を手放したくないだけなのに、主語が日本って大きいのよ」

会場の女性たちから忌憚《きたん》のない意見が続々と出る。すると立花が言った。

「そもそも子供から信頼を得たり、家族の愛情を育んだりすることと法律は別問題でしょうに」

「そのとおりです！　素晴らしい！」

思わず立ち上がって拍手する寅子に、立花は一瞥をくれて言った。

「そう思うなら、あなたもお偉い先生方にビシッと言っておやりなさいよ」

いつも一歩下がってしまう自分を見透かされたようで、寅子は苦しい弁解しかできない。その後も活発な意見交換が行われ、寅子は圧倒されるばかりだった。

結局この日は意見がまとまらず、後日改めて総括した意見書を提出してもらうことになった。

民法調査室に戻ると、久藤とホーナーがいた。意見会の感想を久藤に聞かれる。

「立花さんだけでなく、あの会に集まったすべてのご婦人がたがすばらしかった。この人たちがいれば世の中は変わるんじゃないかと思えるというか」

「なんで、そんな他人事なの？　きみだって彼女たちと同じ、今、社会を変える場所に立っているじゃないか」

「……私と彼女たちを一緒に語るのは、少しおこがましいと言いますか」

謙虚でもなんでもない。一度逃げ出した自分と戦い続けてきた立花たちを一緒にすることは、寅子にはどうしてもできなかった。


日比谷公園で弁当を広げ、寅子はふぅと一息ついた。風呂敷包みの中には、板チョコが一枚入っている。先ほど、ホーナーが家族にとくれたものだ。喜ぶ子供たちの顔が浮かんで一瞬笑みがこぼれたが、すぐに消えた。ホーナーはとても良い人。でも、このチョコを渡したら、花江はまた気持ちが塞いでしまうかもしれない……。

なんだか、最近の寅子は周りの反応を気にしてばかりいる。優三は「後悔せず、心から人生をやりきってほしい」と言ったけれど、これが正解なのだろうか……。

悲しくなってうつむいていると、ふいに「猪爪？」と名前を呼ばれた。

……本当に法曹界は狭くて嫌になる。顔を上げると、そこにいたのは花岡だった。

「久しぶりだね。……隣、いいかな。弁護士に戻ったんだね。お子さんが生まれて弁護士を辞めたと聞いていたから」

……き、気まずっ！　と内心思いつつ、花岡と並んで弁当を食べる。

「……今は司法省の民事局で働いています」

判事になって召集されなかった花岡には、息子と娘が一人ずつ。一年ほど前に東京地裁勤務になり、今は経済事犯専任判事として、主に食糧管理法違反の事案を担当しているという。忙しいのか、ずいぶんやつれたようだ。

花岡の弁当が小さなふかし芋だと気づいて、寅子はさりげなく自分の弁当を隠した。今日の米は闇市で買ったものなのだ。バツの悪そうな寅子の顔を見て、花岡がフフフッと笑う。

「別に猪爪を告発したりしないよ。生きるために必要なことだ。きみは堂々としろよ」

「でも、法を犯しているのは事実ですから」

「……きみは変わらないね」

花岡も、昔と変わらぬ優しい微笑みを浮かべる。

「……そんなふうに言うのは花岡さんだけよ。みんな私が変わったって言う……自分では何も変わってないつもりだったけど、やっぱり前とは違うみたい」

「……でも前も今も、全部きみだよ。どうなりたいかは自分が選ぶしかない、本当の自分を忘れないうちに。……ま、全部梅子さんの受け売りだけどね」

学生時代を思い出して二人ともしんみりし、せめてみんな元気でいてくれればいいと願った。

「会えてよかった、また」

行こうとした花岡を引き止め、寅子はホーナーにもらった板チョコを半分に割って差し出した。

「受け取るわけにはいかないよ。それこそ、なりたい自分に反する」

「あなたにじゃなくて、お子さんたちに。それなら、いいでしょ？」

「……ありがとう、猪爪」

大事そうに板チョコをしまう、父親になった花岡の姿が微笑ましい。法曹界の狭さも悪くはない……少し前向きになった寅子は、かつての友の変化に気づけずにいたのだった。


その夜、内職をしながら、実ははると花江に花岡と再会したことを話した。

ちょっとときめいたりしたらどうしよう……な〜んて思っていたけれど、実際花岡に会ってみたら、心にさざ波さえ立たなかった。ただ懐かしさと、幸せであってほしいという気持ちだけだ。

焼けぼっくいに火がつく展開を想像していたのか、花江はちょっとつまらなそうである。が、寅子の心に住んでいるのは、今でも優三だけだ。

そのとき、玄関の戸を叩く音が響いた。「またライアンさんだったりして」と花江が冗談を言う。まさかと思いながら寅子が玄関の戸を開けると、そのまさかであった。

「夜分にすまないね……ホーナーがどうしてもきみに渡したいって」

二人はどこかで飲んできたらしく、ほろ酔い機嫌である。

「These are for the kids..... Ta-da!（これを子供たちに……タッタラ〜ンッ！）」

ホーナーが意気揚々と数枚の板チョコを取り出した。子供たちは大喜びだ。寅子の家族に板チョコ一枚は少なすぎると、わざわざこれを渡すために来てくれたらしい。

直明に促され、直人と直治と優未が「サンキュウ」と英語で礼を言う。

「You're very welcome.（こちらこそ……）」

ふいにホーナーが涙ぐんだ。猪爪家の家族団らんの様子に、つい涙腺が緩んだと言う。彼の祖父母はユダヤ人で、ドイツからアメリカに亡命したが、親族が大勢戦争の犠牲になったそうだ。

「……戦争で何も傷ついていない人なんて、いないですよね」

直明がぽろりと口にすると、久藤は「弟くんの言うとおりだね」と微笑んだ。

「Um... Thank you, for the children.（……あの、子供たちのためにありがとうございました）」

花江が片言の英語でホーナーに礼を言った。びっくりしている直治に、あなたのお母さんは女学校出なのよと、はるがちょっと自慢そうに教える。

花江の中で凝り固まっていた憎しみが、ホーナーを知って少しだけ解けたのだろう。

「Let's work together, Sadie-san, for the happiness of the children.（子供たちの幸せのためにも、一緒に頑張りましょうね、サディさん）」

「Yes, of course.（はい、もちろんです）」

ただ皆の幸せを願う人たちが、手と手を携え新しい法を作っていく。寅子はやっと、ホーナーと握手を交わすことができた。


翌日、寅子は立花から意見書と、意見書の賛同者たちの署名を受け取った。

「……あの。私も署名させていただいてもよろしいでしょうか？」

寅子がおずおず尋ねると、立花は「当たり前じゃないか」と嬉しそうに笑った。

こうして各所からの意見書がすべて出揃い、改めて民法改正審議会が開かれることになった。穂高と神保、そのほか審査委員の面々が会議室に集まり、寅子と小橋も書記兼雑用係として参加した。そこになぜか、人事課長の桂場の姿もある。

「おや、桂場くんじゃないか」

穂高が気づいて声をかけると、久藤がニッコリして言った。

「僕が呼んだんです。この会の番犬として」

絵に描いたような仏頂面の桂場を横目に見つつ、寅子は久藤にこっそり聞いてみた。

「……ライアンさんは桂場さんの弱みでも握っていらっしゃるんですか？」

「んふふ、秘密」

――恐るべき男、ライアンである。

審議会が始まった。神保はどの意見も根本を理解していないと一蹴し、自らの主張を崩さない。

「なぜ今の家族の在り方を否定する必要があるのか、我が国の文化を否定する必要があるのか……GHQには、家制度廃止を撤回させるべきでしょう」

周囲から「そのとおり」と声が上がる。対する民法改正賛成派の急先鋒は穂高だ。

「神保先生。それではGHQが、いや国民が納得しません。憲法で日本国民の平等をうたうならば、男性に権利が集中している家制度も撤廃するしかないでしょう。そもそも、この審議の場に女性が佐田くんしかいないというのが問題だと、私は思いますがね」

議論は紛糾したまま、昼の休憩時間になった。桂場が「長引きそうだな」とため息をつく。

「……あの、穂高先生と神保先生は、その……仲が悪いんですか？」

「物の見え方がまったく違う。司法にはどちらかに偏りすぎず、相反する意見・主張が必要だ」

二人が廊下で話していると、穂高が寅子を探してやってきた。何か話があるらしい。

「あれからずっと考えていて……実はね、きみに新しい仕事を見つけてきたんだ」

女性には生きにくい法曹の世界に無理していることはないと、穂高は寅子を労わった。苦しんで辞めた道に、家族を養うために仕方なく戻ってきたと思い込んでいるようだ。

「この道にきみを引きずり込み、不幸にしてしまったのは私だ……ずっと責任を感じていてね」

「……え、不幸？　私が、ですか？　……はて？」

久しぶりに口癖が出た。先ほどまで女性の平等社会のために真っ向から戦っていた穂高が、今は寅子を女だからと排除しようとする。同じ人の口から出た言葉とは思えなかった。

「先生は何も分かっていらっしゃらない。もちろん私が桂場さんの下を訪ねたのは、家族を養うという理由はあります……裏切られたと穂高先生に腹が立ったこともあります。でも私は無理に法律を学び続けたわけじゃない。好きでやったんです。好きでここにいるんです！」

言い切った自分の言葉が、ストンと腹に落ちた。

「……そうです、私は好きでここに戻ってきたんです。戦争や挫折でいろいろと変わってしまったけれど、でも好きでここに来た。それが私なんです。だからご厚意だけ受け取っておきます」

体の芯がムズムズして躍り出したいような、腹の底から声を出して歌いたいような、そんな気分だ。居ても立ってもいられず、「失礼します」と頭を下げ、寅子は二人を残してその場を去った。

寅子は弁当を持って日比谷公園にやってきた。ある意味、穂高に背中を押してもらった気がする。いつものベンチに座ったが、感情は高ぶったままだ。

「落ち着け、深呼吸、深呼吸」

優三の言葉を思い出して何度か息を吸って吐き、手帳に書き留めた憲法の文章を読んでみる。

「……『第十二条、この憲法が国民に保障する自由及び権利は、国民の不断の努力によって、これを保持しなければならない』」

寅子を取り巻く環境は今までと何も変わらない。でも、この憲法がある。寅子は、ちょっと笑顔になった。好きで戻ってきた以上、自分が自分でいるために、やれるだけ努力してみよう。

ずっと寅子の心を覆っていた暗雲が、少しずつ晴れていくのを感じていた。

午後に再開された審議会でも、議論は平行線のまま続いた。桂場はつき合いきれないという顔で、腕時計を見て退出しようとしている。意見が出尽くしたのか、議論が途絶えはじめた。

寅子は機を見て静かに手を挙げた。

「……あの。僭越《せんえつ》ながら意見を申し上げてよろしいでしょうか？」

久藤が嬉しそうに「もちろん」と促す。

寅子は立ち上がって審査委員を見回すと、一つ息を吐いてから話しだした。

「この大戦で私は夫を亡くして戦争未亡人となりました。夫だけではありません。父も兄も亡くしました……支えを失くして、いかに父や夫に守られていたかを痛感する日々です」

神保が「そうだろう、可哀想に」と憐れみの表情を浮かべて大きくうなずく。

「以前の民法で言う『家という庇護の傘の下において守られてきた』部分もたしかにあるのだと思います。しかし、今も昔もずっと思っております。個人としての尊厳を失うことで守られても、あけすけに申せば大きなお世話であると」

うんうんとうなずいて聞いていた神保の顔色が、一瞬にして変わった。

「……きみ、ずいぶんなことを言うじゃないか」

「神保先生、ご安心ください。何も怖がることはありません。先生が大切になさりたい『家族を大事にするという美風』が、おっしゃられていたとおりに私たち全員に備わっているのなら……一人ひとりの尊厳を信じ守れば、何も言わずとも美風は失われないのではないでしょうか」

「自分のことばかり主張しだしたらね、家族なんて、すぐ散り散りになるよ」

「はて？　では神保先生の息子さんが結婚して妻の氏を名乗ることにされたら、息子さんの神保先生への愛情は消えるのですか？　私は娘がもし結婚したとして、夫の名字を名乗ろうと佐田の名字を名乗ろうと、私や家族への愛が消えるとは思いません」

桂場がひそかにニヤリとする。久藤はさっきから大っぴらにニヤニヤしっぱなしだ。

「……きみは新憲法同様、理想論が過ぎる」

寅子に論破された神保が、話の矛先を変えてきた。

「理想にくらい燃えてもいいじゃないですか。私たちは多くのものを失ったんですから。憲法にあるとおり、よりよく生きようとすることに不断の努力を惜しまずにいきませんか？　皆さん」

保守派の審査委員たちが困ったように神保を見るが、神保はむっつり押し黙っている。

寅子は、かつての自分を取り戻したような気がしていた。国が大きく変わろうとしている今、多くの人にこの法律の趣旨を知ってほしい——そんな思いが日ごと強くなっていく。

その後も寅子は審議会に参加し、ただでさえわかりにくい法律の文章を、カタカナでなく口語体で記載してはどうかと審議委員会に提案した。

「民法に限らず、法律の記載を口語体にすれば法律がより身近になると思うんです。この改正案を、より多くの女性たちに読んでもらいたいですし」

昨夜、寅子ははると花江に民法の草案を見せ、意見を聞かせてほしいと頼んだ。はるの口から出たのは、内容についてではなく、「カタカナばかりで読みにくい」という言葉である。寅子は一瞬ぽかんとした。私は学がないからとはるはムクれたけれど、寅子は目を見開かされた思いで、さすがお母さんだと感心したものだ。

神保は「くだらん」と切り捨てようとしたが、これはお互いが笑顔で納得できる手段の糸口になるかもしれないと寅子は食い下がった。最後は、神保が折れた形になった。

紆余曲折を経た民法の一部を改正する法律案は昭和二十二年七月に無事国会に提出され、その後、十二月に成立。新聞に掲載された民法の条文は、すべて口語体で書かれたものであった。

「結局、神保先生のごり押しで七百三十条を新設で入れたのがなんとも残念だよ」

『直系血族及び同居の親族は、互に扶《たす》け合わなければならない』という条文である。わざわざ法律にすることかと、久藤は不服なのだ。

「でも、やっぱり私は大きな一歩だと思います」

「今日もサディは謙虚だね」

「はて？　違いますが。これからの社会はこの民法の使い方次第です。民主化はきっと進みますよ」

「……一皮剝けたね、サディ」

頼りにしているよ、というように久藤がほほ笑む。そこへ、ホーナーがやってきた。

「Ryan! Everyone, listen! The law isn't just a civil code! We still have a lot of work to do!（ライアン！　みんな！　法律は民法だけではないんだよ！　まだまだ働かなければ！）」

「イエス！　ミスター・ホーナー！」

寅子は元気よく返事をした。


夜遅くまで雇用者の書類に目を通していた桂場の部屋に、久藤がひょっこり顔を出した。迷惑そうに「帰れ」と言う桂場に、抱えていた紙包みからバーボンを出して見せる。続いてパンとイチゴジャムの瓶が現れると、桂場はあっさり籠絡《ろうらく》された。

「安心して……サディはもうこの世界から逃げ出したりしないと思うよ」

「そんなもん、分からんだろ」

「皮肉だよねぇ。たくさんの犠牲を払ったあげく戦争に負けて、そしたら憲法が変わって平等な社会に一歩近づいた。きみは水沼のじいさんがA級戦犯になって、やっと共亜事件の呪いから解放された。軍の甘い汁を吸っていたやつらは全員いなくなって、外された出世街道にきみは舞い戻った」

「……皮肉でもなんでもない……歪んだものは、いつか必ず正される。それだけだ」

「でも、きみが人事のポストを受け入れるとはねぇ。ずっと現場、法廷一筋なのかと思ってたよ」

「手法を変えただけだ、司法の独立、法の水源を守るためのな」

「水源？　前は砦とか言ってなかった？」

ムスッとしている桂場に、久藤は苦笑しつつジャムをたっぷりのせたパンを渡してやった。

第11章　女子と小人《しょうじん》は養い難し？

どうなりたいかは自分が選ぶしかない。本当の自分を忘れないうちに――梅子の受け売りだとしても、花岡のあの助言がなかったら寅子は今も後ろ向きのままだったかもしれない。一言お礼が言いたくて昼時になると日比谷公園に足を運ぶのだが、花岡はあれ以来、一度も姿を現さなかった。

今日も会えずじまいのまま民事局民法調査室に戻ってくると、何やら皆の様子がおかしい。小橋が寅子に気づいて、なぜか青ざめた顔で近づいてきた。

「……花岡が死んだぞ」

「え？」

「なんでも、餓死したらしい。あいつ、いっさい闇買いもしないで、栄養失調になって倒れて、結局そのまま……」

小橋の声が遠のいていく。頭が真っ白で、寅子はしばらく身じろぎもできなかった。

食糧管理法を担当していた判事が法を守って餓死したニュースは、法曹界だけでなく世間の人々にも大きな衝撃を与えた。家族の前では平気を装っているが、寅子にとって友人であり仲間であった花岡の死は何倍も重かった。

その日、調査室のある三階に行こうとしていると、二階の廊下から話し声が聞こえてきた。

「どうぞ、これを判事の皆さんで……闇ではなく、親戚の農家から譲り受けたものです」

覗いてみると、老人が卵を盛った籠を桂場に押しつけている。

寅子は迷うことなく二人の前に出ていった。

「ありがたく頂戴いたします！　せっかく届けてくださったんですもの」

嬉しそうに会釈して帰っていく老人に、籠を抱えたまま深く頭を下げる。

桂場はそんな寅子をじっと見つめた。花岡の顔が浮かんで桂場が躊躇した卵を、寅子はすぐに受け取った。自分より寅子のほうが、腹の底ではよほど覚悟が決まっているのかもしれない。

その後も司法の場には多くの差し入れが届けられ、花岡の件は美談のように語られていった。

「聞いたか？　昨日、花岡の香典として千円を寄託したご婦人がいたらしいぞ。……俺らに求められている『法を守る』っていうのは、こういうことなのかね」

小橋がポロリと本音を漏らす。

寅子は、まだ花岡の死を受け止め切れないでいた。忙しい昼間はともかく、夜、調査室に残ってぼんやりしていると、最後に会った日のことを思い出して知らず知らず涙がこぼれてしまう。

「あれ、サディ。まだいたの？」

ふいに久藤が顔を出した。桂場もいる。寅子は慌てて涙を拭ったが、一足遅かったらしい。

「……もうメソメソするな」

桂場が、いつもの仏頂面で言った。

「我々がアイツのためにすることは、泣くことじゃない」

同じ法に携わる者として、花岡のためにできること——寅子は一人、桂場の言葉を噛みしめた。

翌日の昼休み、寅子は弁当を持って、足が遠のいていた日比谷公園にやってきた。いつもの場所に座り、花岡が座っていた場所に心の中で語りかける。

――あの日、本当は助けてくれって心の中では言っていた？　力になれることがあった？　真面目で、不器用すぎた花岡。板チョコの半分すら、最初は受け取ろうとしなかった。人としての正しさと、司法としての正しさが乖離《かいり》していくことに、どれほど苦しんだことだろう。

「……私、何も知らないで、自分を取り繕うのに必死で……ごめんなさい」

涙で目がかすんだ。花岡が座っていた場所にそっと手を置く。

「どうしていくのが正しいのか、何も納得できていないけど……花岡さんが守ろうとしたもの、私も守っていくから………だから、どうか安らかに」

泣くのはこれが最後と決めて心から冥福を祈り、寅子は「よしっ」と弁当を食べはじめた。

昭和二十三年十月。花岡が亡くなって一年、新しい憲法に則って改革された司法制度に基づき、最高裁判所が発足してから一年半の時が経とうとしていた。

そんなある日、書類を抱えた寅子が仮庁舎の中を歩いていると、職員が声をかけてきた。

「佐田さ～ん。すぐに人事課に顔出せって桂場さんが。ずいぶん急ぎのようだったけど」

人事課に急ぎの用とはなんだろう……まさかクビ？　いやいや、自分で言うのもナンだけど、この一年半で私がよく働くことは証明できたはず……もしかして。

「とうとう裁判官に⁉」

にんまりと笑みを浮かべ、いそいそ人事課へ向かった寅子だったが……。

「本日付で家庭裁判所設立準備室に異動してもらう」

初代最高裁人事課長になった桂場の口から出てきたのは、まったく想定外の部署である。

「ＧＨＱから家庭裁判所を発足させるよう、お達しが来ているのは知っているな」

「はい、それは。少年審判所と家事審判所を合併させて、新しい裁判所を設立するんですよね」

少年審判所は大正から続く行政機関であり、非行や罪を犯してしまった少年が送られ、さまざまな手段で彼らの処遇を決める審判所である。一方、家事審判所は今年作られた司法機関で、新憲法が『法の下の平等』を保証したことで方法が変わった離婚や遺産分割などの家庭問題を取り扱う。つまり、民間の揉め事を解決する場所だ。

その二つの審判所を合併させ、「家庭裁判所」という一つの組織にしようというのである。

「来年の一月一日には、家庭裁判所の業務を必ず開始しろと言われている」

寅子は文句を言った。ただでさえ全国の裁判所が満足に機能していない中で、まったく別物の家事審判所と少年審判所をたった二か月あまりで同じ組織に編成し直すなんて無理な話だ。

「やるしかないもんはやるしかない。一月一日から新しい少年法が施行される。待ったなしだ」

久藤には無茶な要望だと愚痴った桂場だが、むろん寅子の前ではおくびにも出さない。

「それはつまり……今、私の力が必要だと？」

「どこまで自信過剰なんだ、きみは」

あきれる桂場に、家庭裁判所設立に漕ぎつけた暁には今度こそ裁判官にしてほしいと交渉する。

これまでの寅子の働きは認めざるを得ず、渋々ながら桂場は承諾した。

「話は以上。俺は忙しい。詳しい仕事は準備室室長に聞け。場所は法曹会館だ」

その準備室室長も桂場が任命した人物である。こんな無茶苦茶なプロジェクトを成功させるには、同じくらい無茶苦茶でなければ務まらないというのがその理由だ。

一方、念願の約束を取りつけた寅子は、腑に落ちない顔で外に出た。徐々に戦後復興が進み、司法省のすべての部署は法曹会館から引き上げたはず。

首を傾げながら歩いて法曹会館へ行き、準備室があるという屋上に続く階段を登っていく。

こわごわ扉を開けると、『家庭裁判所設立準備室』の看板がかかったバラック小屋が建っていた。

その前に七輪を出し、スルメを炙《あぶ》っているチョビ髭の男がいる。

「お、ちょうど良いところに来た！　きみも食べたまえ！」

寅子が困惑顔で立ち尽くしていると、バラック小屋から気弱そうな優男《やさおとこ》が飛び出してきた。

「多岐川《たきがわ》さん失礼ですよ、自己紹介もなしに」

「自己紹介だぁ？　それもそうだな！　私は家庭裁判所設立準備室室長・多岐川幸四郎《こうしろう》だ」

このチョビ髭がのちに『家庭裁判所の父』と呼ばれることになろうとは、寅子も当の本人も、まだ知る由もない。優男のほうは、室長補佐の汐見圭《しおみけい》と名乗った。

「あ、ご挨拶が遅れました。わたくし」

「待ちたまえ。自己紹介は手っ取り早く一気に済ませたい！　優秀な仲間を紹介しよう！」

多岐川がスルメを手にバラック小屋に入っていく。後ろをついていきながら、急な話で場所がなく、急きょこの屋上に準備室を建てさせてもらったのだと汐見が寅子に説明してくれる。

「諸君、ちょっといいかね！」

新しい同僚はどんな人だろうか。期待と不安で緊張しながらバラックに入っていった寅子は、若干の既視感を覚えつつ脱力した。寒そうにコートを着込んだ小橋がいる。

別の机で荷物を片づけていた男性が立ち上がり、「久しぶり」と寅子に声をかけてきた。

「稲垣さん！　お久しぶりです」

なんと、もう一人の同僚も明律大学の同窓生である。

多岐川が酒瓶を取り出し、相手を知るには名前を言い合うよりこれだと豪快に笑う。

「飲めば身体もあったまるぞ！　ここは隙間風が入ってたまらんからな！」

「悠長なこと言っていられないんですって、多岐川さん。時間がないんですよ！」

汐見が懸命に諌《いさ》めるが多岐川はどこ吹く風、寅子は『これまた癖の強いやつが上司になってしまったぞ』の顔である。

「……一緒に働きだす前に、その、学生時代はいろいろとすまなかった」

稲垣はそう言うと、寅子に頭を下げた。娘が生まれてから女子部の皆のことをよく思い出し、かつての自分の振る舞いを反省したという。小橋と違って、ずい分大人になったようだ。

「同期とこうして仕事ができること、とても嬉しく思うよ……ほら、花岡のこともあったからさ」

花岡の名前が出て三人がしみじみしていると、多岐川が急に話に割り込んできた。

「なんだ、きみたち、あのバカタレ判事と同期なのか」

汐見が慌てて止めようとするが、多岐川の無神経な言葉は止まらない。

「法律を守って餓死だなんて、そんなくだらん死に方があるか？　大バカタレ野郎だよ！」

――故人をバカ呼ばわりするなんて！　寅子はカッとして多岐川に詰め寄った。

「そんな言い方、あんまりです。撤回してください！」

「この議論は平行線だ！　けんかほど時間の無駄はない。分かり合えないことは諦める！」

多岐川がバラックを出ていくと、汐見がすまなそうに寅子に頭を下げた。

「嫌な気持ちにさせてごめんなさい。変人だけど悪人じゃないから、多岐川さんは」

汐見がいい人なのは疑いようがないが、多岐川のほうは怪しいものである。みんな無言になり、隙間風の音がビュービュー響いていっそう寒さが身にしみる。小橋同様に、新しい上司とも心の距離を保とう……そうひそかに誓う寅子であった。


裁判所で働きながらも、寅子は家に帰ると、はるや花江と一緒にマッチの仕事を続けていた。

ちなみに重田の爺さんは隠居を決意、娘と孫と共に暮らすために引っ越していった。

「家庭裁判所はね、今までの裁判所とは違うの。子供や家庭の問題って、有罪無罪って白黒つかないことばかりでしょ？　そういった問題に寄り添って最善策を探していく……そんな場所なの」

「凄いわ、トラちゃん。上司の方はともかく、新しい裁判所を作る一員に選ばれるなんて！」

花江はそう言ってくれるが、果たして本当に仕事を始められるのか今から先が思いやられる。

「寅子、最初から無理なんて言って仕事をしていたらうまくいくものもいきませんよ」

「分かっていますよ、でも」

「『でも』じゃない！　『はい』とお返事なさい！」

しぶしぶ「はぁい」と返事はしたものの、「でも」の一つも言いたくなる。

寅子の不安は的中した。数日後、両審判所の面々が準備室に集い、初めて話し合いが持たれたが、開始早々から険悪な雰囲気なのである。

「おかしいでしょ？　発足一年足らずの家事審判所と合併だなんて！」

のっけからけんか腰なのは、東京少年審判所長の壇《だん》。

「彼らは検察と一緒で行政機関でしょ？　我々の司法の独立が保たれなくなるでしょう？　家事裁判所と少年裁判所、それぞれ別で作ればいいんじゃないですか？」

苛立たしげに理論で対抗する、東京家事審判所所長の浦野《うらの》。

「いったん落ち着きましょう！　戦争が終わって国民の生活は混乱しています。だから」

汐見は両者の間を取り持とうと必死だ。

「混乱？　それは外地から数百万という人々が一気に帰ってきていることですか？　夫や親族が生死不明で、大勢のご婦人方が相続や離縁の問題で立ち往生していることですか？」

「それとも、親を亡くし引き取り手のない子供たちが街中に溢れ返っていることか？　混乱しているのは、現場の俺たちがいちばん分かってんだ！」

壇も浦野も、自分たちがいかに多くの問題を抱えているか主張するのみ。

とてもじゃないけれど、汐見の手には負えそうもない。この場をまとめるのが室長の腕の見せ所であるのに、なぜか多岐川はさっきから黙ったままだ。

多岐川のほうを見た寅子は、目を疑った。あのチョビ髭、この状況で舟漕いでる！

「こんなのメチャクチャですよ。ここまでして家庭裁判所を作る意味ってあるんでしょうか？」

浦野が放った言葉に、いつの間に目を覚ましたのか、多岐川が前のめりになって食いついた。

「もちろんあるとも！　家庭裁判所はね……愛の裁判所なんだ！」

突拍子もない言葉が飛び出してきて、寅子は思わず「愛？」と聞き返した。

「そう、愛、ＬＯＶＥ！　愛はね、この国の弱き人々を救うんだ！　諸君の愛を合わせて、この国を包み込もうじゃないか！　アハハハハ！」

その場が凍りついたのは言うまでもない。隙間風の音がビュービューと追い討ちをかける。

多岐川がこんな調子なので両者の話し合いは一向に進展しないまま、しまいにはどっちの名前が先だのなんだのという子供じみた口論になり、いたずらに月日だけが過ぎていった。


「ここんところ接待続きだったからね、今日こそは早く帰らねば。いとしの香子《きょうこ》ちゃんの元へ♪」

多岐川は鼻歌をうたいながら、汐見と一緒にいそいそと帰っていった。少しは焦ってよと、寅子は能天気な上司を冷ややかに見送った。

「……香子ちゃんって、奥様？」

「いや多岐川さんは独身のはずだけど」と稲垣。

「どうせ若い女でも囲ってんだろ？　ああいうチョビ髭のやつらはたいていスケベだ」

小橋の完全なる憶測と偏見である。

それはさておき、正月までに合併なんて不可能だと、下っ端三人の意見が一致する。

「責任とって誰かのクビが飛ぶんだろ。俺らが異動させられたのもクビ切り要員だぜ、絶対」

そんなの困る。小橋の話の途中で寅子は走りだした。今、この仕事を失うわけにはいかない。また駄目になったら、優三との約束も果たせない。花岡にだって顔向けできないではないか。

日比谷公園沿いを歩いている多岐川と汐見の姿を見つけ、寅子は全速力で駆け寄っていった。

「多岐川さん！　……あの私、まだ納得できてないんです」

さまざまな事情があることは理解している。だが、反対を押し切って少年審判所と家事審判所を無理に合併させる必要が本当にあるのか。実は多岐川も合併を諦めているのではないのか。

「私、桂場さんと約束しているんです。一月一日までに家庭裁判所の設立に漕ぎつけられたら裁判官にしてもらうって……人生かかってるんです！　諦めたくないんです」

「このバカたれ」

寅子は一瞬、きょとんとした。……今、バカって言った？

「この大ばかたれが！　なんでもっと早く言わない！　そんなモヤモヤして良い仕事ができるわけないだろう！　カァ〜〜これだから最近の若いもんは！」

「若いって、私はもう三十四歳」

「いや待て。直接納得できないと言いにくるだけ良いのか？　うん、偉いぞ！　佐田くん」

ついて来いと多岐川が今来た道を引き返す。寅子も訳がわからないままついていく。

汐見は苦笑を浮かべ、「いってらっしゃい」と二人を見送った。

多岐川が向かった先は、最高裁判所の秘書課である。

「嬉しいな。大好きな二人のサプライズ訪問」

初代最高裁秘書課長になった久藤は、優雅に紅茶を飲みながらニコニコしている。

……どういうこと？　なんでライアンさんの所に？　寅子はますます訳がわからない。

「ライアン、彼女はきみの部下だったんだろう？　きみが推薦したというから彼女には理念が叩き込まれているものとばかり！　きちんと教育してから寄越していただきたいものだね！」

多岐川は「我々が目指すファミリーコート」についてまず久藤から学べと言い、寅子を置いてさっさと帰ってしまった。

「タッキーって面白いよねぇ。……で、何があったの？」

タッキーねと思いつつ、寅子は何をするのが正しいのか分からないと正直な気持ちを打ち明けた。

「……あれは、真珠湾攻撃の一年前だったかな」

久藤がいつにない真顔で語りだした。きっと大事な話だ。寅子も居住まいを正して耳を傾ける。

「アメリカ中の裁判所を視察しに回ってね。そこでオーナーとも仲良くなった……案内された中でいちばん心打たれたのがファミリーコート、家庭裁判所さ。一歩入ると、入口には花や絵画が飾られていてね。音楽が流れて明るくて……」

日本の厳めしい裁判所とは大違い。相談受付には子供連れの女性たちが並んでいて、案内する職員も女性が大勢いて、みんな笑顔で和やかだ。裁判所にはドクターまで常駐しているんだと、久藤は目を輝かせて話し続ける。

「居心地が良くて、より健康的な生活に近づける空間で、家庭の問題と少年の問題が同じテーブルで語られている、それを見て気づかされたんだ。子供たちと家庭の問題は地続きなんだと」

「地続き……」、まさに久藤の言うとおりだ。寅子は目を洗われる思いがした。

「子供の問題はまずは家庭の側面から、逆もまた然り。そして事件だけでなく、少年や相談者の生活に目を向ける……それが社会の平和、そして未来の平和に繋がっていく」

「結果、事件が減少していく」

「そう！　裁判所本来の考え方や今までのやり方とはまったく違うから戸惑うけど、憲法が変わった今、この仕組みを真似しない手はないでしょ？　誰もが気軽に訪れることができる間口の広い裁判所。家庭裁判所は、生活に根づいた温かな愛に溢れる場所になると思うんだよ」

「……愛の裁判所ってそういうこと？」

朝鮮で刑事事件の判事をしていた多岐川は終戦後、アメリカでの話を聞かせてくれと久藤に何度もせがんできたという。

「彼ほど少年問題に熱心な人はいないよ。彼の下でなら、きっとサディも学ぶことがある。そう思って、僕はきみを推したんだ」

久藤のおかげで家庭裁判所を作る意義は納得できたものの、また新たに納得できない部分が生まれた。寅子から見ると、〝ダッキー〟が仕事熱心だとは、とても思えないのである。


帰宅すると、このところいつも帰りが遅い直明が夕飯を食べていた。

寅子も食卓につき、一緒に食事しながら仕事の話をする。

「え？　多岐川さん？　お姉ちゃんの今の上司って、あの多岐川幸四郎さんなの？」

「あのって？　何、有名な人なの」

「僕が活動している『東京少年少女保護連盟』の基はアメリカで行われているものだって知ってるよね」

直明は今、大学の仲間たちと『東京少年少女保護連盟』というグループを作り、戦争で親を亡くした子供たちと遊んだり、相談に乗ったりするボランティア活動に夢中になっている。

その手本となったのがアメリカのＢＢＳ運動（ビッグブラザーズアンドシスターズムーブメン

ト）という、非行青少年たちの保護と更生を目的とした学生によるボランティア活動である。

「それを日本に初めて取り入れた人だよ。たしか京都の少年審判所に学生たちを呼んで、関西の学生を団結させたらしいよ。非行少年たちを学生に世話させたり、審判所でバザーをやることで周りの住民の理解を得たり……非行少年たちの更生のために尽くした人なんだ」

「……人違いじゃない？」

「そうかな？　多岐川ってチョビ髭の判事なんて、そう多くいないと思うけど」

周りから聞く多岐川の印象と、自分が見た多岐川の印象のギャップは深まるばかりである。

しかし翌日、寅子は多岐川が裏で壇と浦野との話し合いを続けているということを知った。

「多岐川幸四郎を見くびってもらっちゃ困る……次回はきみも同席したまえ」

人を一面で判断してはいけないと猛省し、後日のこのこ法曹会館のラウンジについて行ってみれば家裁のかの字も出ず、三人で酒を飲んで騒いでいるだけである。

「佐田くん、ここでは仕事の話は野暮だよ」

話し合いどころか、ただの飲み会ではないか。やっぱり、直明が言う多岐川とは別人だ。

酔っぱらいのおしゃべりにつき合いきれず、寅子は廊下に出た。ラウンジからにぎやかな声が聞こえてくる。若かりし頃、淡い恋心を抱いて花岡とここで食事したことを思い出す。花岡の死から一年と数か月しか経っていないのに、贅沢はできないけれど、食べるのに困ることは少なくなり、お酒まで飲めるようになった。複雑な気持ちでラウンジに戻ると、なんと汐見が酔い潰れている。

「間違って飲んじゃったようだ。こいつ下戸なのに」

仕方なく寅子も手を貸し、汐見を支えるようにして多岐川の家までやってきた。

玄関に多岐川と汐見の表札が並んでかかっていたが、二人は一緒に住んでいるのだろうか。

「香子ちゃ〜〜ん！　ただいまぁ〜。きみのいとしの旦那さんが酔い潰れちゃいましたよぉ〜ん」

……旦那さん？　では、多岐川の「愛しの香子ちゃん」は汐見の妻ということか。

妊娠五、六か月くらいだろうか、家の奥から、おなかのふっくらした女性が出てきた。

寅子は無言のまま、しばしその顔を見つめた。

「……ヒャンちゃん？」

かつて女子部で共に学んだ香淑ではないか！

「……その名前で呼ばないで」

香淑は目をそらして冷たく言うと、汐見に飲ませる水を取りに奥へ戻っていった。

「はて？　……あ、あの今のって崔香淑《チェヒャンスク》ですよね？」

「しまったぁ！　香子ちゃんに絶対佐田くんを家に連れてくるなって言われてたのに」

今見たことは忘れてくれと、多岐川が三和土で土下座する。

ずっとずっと待ち望んでいた女子部の同志との再会は、思っていた感じと全然違ったのであった。

翌朝出勤すると、寅子を待っていたのか、バラック小屋の前に汐見がいた。

「ごめん。昨夜も、香子のこと黙っていたことも。彼女は、僕との結婚をきっかけに『香子』と日本名を名乗ることにしたんだ。香子とは」

「あ、いいんです」

香淑のことは彼女自身から聞きたい。寅子がそう言うと、汐見は悲しそうに微笑んだ。

「そう言わずに聞いてくれ……彼女から話してほしいと言われているんだ」

母国に帰っていた香淑の兄・崔潤哲が労働争議扇動の容疑で逮捕され、その事件の予審判事が多岐川だった。幸い潤哲は罪を問われず、潤哲を通じて香淑と知り合った多岐川は、朝鮮で法律を学んでいる学生たちの手伝いを彼女に頼んだ。多岐川は彼らに法律を教えており、その頃から多岐川の下にいた汐見は香淑と一緒に働くうち恋仲になり、向こうで夫婦になったという。

「日本人と結婚した彼女に周りは冷たくて……あのお兄さんも……自分にひどいことをした国の人間と結婚してほしくなかったんだろうね」

妹を日本に呼び寄せたことを潤哲が悔やんでいると、帰国前に香淑から聞いた記憶がある。

「戦争が終わって多岐川さんと僕は日本に戻ることになった。彼女は国を出て僕についてきてくれて……そのまま多岐川さんの家に居候させてもらっているんだ」

多岐川の教え子たちの手引きで、三人は命からがら朝鮮から引き揚げてきた。だが、日本に帰ったら帰ったでとやかく言う人たちがいて、香淑は家にこもるようになってしまったらしい。

「香子からの伝言……『崔香淑のことは忘れて、私のことは誰にも話さないで。トラちゃんはトラちゃんの仕事を頑張って』だそうだ」

「……私にできることは、ないんでしょうか」

「んなもんあるか！　香子ちゃんはすべて承知で汐見と結婚したんだ！」

多岐川が、昨夜の酒の匂いをプンプンさせてバラックから出てきた。

「この国に染みついている香子ちゃんへの偏見を正す力が佐田くんにあるのか？　ないだろ？　助

けてほしいかどうか分からん人間に使う時間はきみにはない。家を出てから家に帰るまでの時間は、家庭裁判所設立のために使いたまえ！　今、この日本には愛の裁判所が必要なんだ！」

一方的にまくしたて、またバラックに戻っていく。

——何、あの態度！　怒りでわなわな震えている寅子に、汐見がすまなそうに言った。

「香子も、佐田さんがお仕事を頑張ってくれることがいちばん嬉しいと思うよ」


またまた納得できないものを抱えながらも、寅子は家庭裁判所設立のために働いた。だが壇と浦野の話し合いはいつまでたっても平行線、多岐川は居眠りするためにいるようなものだ。

十一月も終わろうとしていたある日、珍しく桂場が調査室に顔を出した。

「おお、桂場～！　相変わらず辛気臭い顔してんな！」

「そちらは相変わらず間の抜けた顔ですね」

しれっと言い返すと、あとは多岐川を無視して、寅子に客人だと言う。

心当たりのないまま、寅子は桂場と仮庁舎の人事課にやってきた。

「……花岡判事の奥様の奈津子さんだ」

その顔に見覚えがあった。まだ彼女が花岡の婚約者だったころ、法曹会館で会ったことがある。

奈津子は、寅子にどうしてもお礼を言いたかったという。

「いつぞや、夫に持たせてくださったでしょ？　チョコレート」

そのおかげで久しぶりに家族が笑顔になれたと、奈津子は微笑んだ。

「夫も、あなたに何度も感謝していました。子供たちもあんなふうに優しく強く育ってほしい、なんて言って。……お互いに頑張りましょうね、子供たちのために」

会えて良かったと言って奈津子は帰っていった。花岡の死後、子供たちと佐賀に戻ったらしい。

「……家庭裁判所の設立は急務だ。家族に恵まれたご婦人ばかりではない」

奈津子を見送ったあと、唐突に桂場が言いだした。

「……分かっています。でも正論だけじゃ、皆さん納得しないいんですよ」

「何を言っている。正論に勝るものはない。正論は見栄や詭弁《きべん》が混じっていては駄目だ。純度が高ければ高いほど威力を発揮する」

「それって、私の正論は純度が低いってことですか？　……急に黙らないでくださいよ」


その夜、寅子は悄然として家に帰ってきた。腰を痛めた多岐川の代わりに壇と浦野を説得してこいと言われた寅子は、桂場の言葉を思い出し、二人に正論でぶつかってみた。この国を救いたい、弱い人たちを助けたいという思いは、みんな同じはず。ここはわだかまりを水に流し、一致団結して……という寅子の熱弁は徒労に終わった。多岐川が酒の席で寅子と桂場の取り引きを漏らしたせいで、二人に信用してもらえなかったのだ。要するに、正論の純度が足りなかったのである。

女三人でマッチ作りをしながら、「そもそも正論の純度ってなに？」花江が寅子に聞く。「想いが純粋でまっすぐで……」などと寅子が説明していると、直明が帰ってきた。

「ただいま～。ごめんね、遅くなって。仲間たちがお姉ちゃんによろしく、応援してるって。本当に意義のある仕事だ、だってさ。……お姉ちゃんは立派だよ！」

岩間から湧き出る清水のごとく澄んだ目をキラキラさせて、尊敬のまなざしを向けてくる。

「……これですよ、これ」

寅子が言うと、はると花江は大きくうなずいて理解した。

十二月に入り、『東京少年少女保護連盟』の学生たちが家庭裁判所設立準備室にやってきた。家庭裁判所に関わる人たちに自分たちの活動について聞いてほしいと直明に頼まれ、寅子が多岐川に話を通してやったのだ。壇と浦野も、そういうことならと今日は仲よく参加している。

女子のリーダーが活動実績の報告を終えると、大きな拍手が沸き上がった。

壇も浦野も感心しきりで、自分たちも子供や婦人を救うため日々奮闘していると直明に話す。

「良かった、安心しました。姉から家庭裁判所設立が難航していると聞いていたのですが、お二方とも見ている方向は一緒ということですね！」

寅子は直明を冷ややかに見やった。……だめよ、直明。その手の話はまったく聞く耳を……持ってる⁉　壇も浦野も、真剣な顔で直明の話に聞き入っているではないか。

「僕らも全国の学生が団結することで支援が広がっています。お二方の所属する組織が団結すれば、より多くの子供たちを救うことができます！　本当に素敵なことです！」

「……恥ずかしい、私たちが彼らの手本となるべきなのに」

「管轄や名前で衝突している場合じゃないですね」

寅子はあ然とした。壇も浦野も目を潤ませ、多岐川にいたっては号泣している。

「諸君のような若者たちがいるだけで日本の未来は明るい！　結局愛なんだよ、誰かを想う心！愛！　ねぇ皆さん！　今こそ一丸となりましょう！」

最後は拍手喝采の大団円となり、この日をきっかけに、少年審判所と家事審判所の合併に反対する声は減っていった。これも出来た弟のおかげだったが、自分との差はなんなのかと寅子は少々納得がいかない。彼らも折れるきっかけが必要だっただけだと、汐見が慰めてくれた。

「愛は岩をも砕くということさ！　さ、諸君、時間がない！　ここから全速力で行くぞ！」

こうして多岐川の下、寅子たちは家庭裁判所設立に向けて大きな一歩を踏み出したのだった。

とはいえ、一歩は一歩にすぎない。全国の家裁担当者を集めて会議を行えば、庁舎はどうする、人員が足りない、ほかにも問題が山積みだ。地方だけではない。東京家庭裁判所の審判廷と調停室は一時的に東京地方裁判所内の部屋を借りることができたが、肝心の家裁職員の事務所や相談所などの場所がなかなか見つからなかった。

寅子が法曹会館の支配人と交渉し、四階の宴会場を借りることができたのは、年の瀬も押し詰まった十二月三十日である。深夜帰宅して時計を見ると、もう十二時を過ぎていた。残り一日にしてなんとか場所を確保でき、もし引っ越しが終わらなくても、とりあえず体裁だけは整った。

「あの桂場って男と約束したんでしょう？　なら意地でも明日で終わらせなさい！」

猪爪家において、はるの一声は鶴の一声である。大晦日、猪爪家や直明の大学の仲間も総動員して、臨時の事務所がなんとか完成した。最後の仕上げだと言って、多岐川が一枚の絵画を壁に飾った。チョコレートを分けている大人の手と、それを受け取っている子供の手が描かれた温かいタッチの絵だ。

「桂場に頼んで買っておいてもらったのさ。花岡判事の細君の作品だよ」

奈津子が絵を描いていて個展を開いたことすら寅子は知らなかったが、弔いも兼ね有志で奈津子の絵を買おうということになったという。桂場は個人で相当数の絵を購入したらしい。

「……でも、なんで多岐川さんがこの絵を？　だって……花岡さんのことをバカって」

「あぁ、バカ中のバカ。大大大バカだ！　人間生きてこそだ！　国や法、人間が定めたもんはあっという間にひっくり返る……ひっくり返るもんのために死んじゃあならんのだ！　法律っちゅうもんはな、縛られて死ぬためにあるんじゃない！　人が幸せになるためにあるんだよ！」

寅子は何も言えなかった。多岐川の言葉一つ一つの純度が、あまりに高すぎて……。

「彼がどんなに立派だろうが、法を司る我々は彼の死を非難して怒り続けねばならん！　その戒めにこの絵を飾るんだ。人が人らしく生き続けるために、法律を司る裁判所、家庭裁判所は特にそうじゃなきゃいかん！　つまりそれが……愛の裁判所なんだよ」

折しも除夜の鐘が鳴り響く。家庭裁判所設立準備室は、これにて解散となった。


「……多岐川さんはね、自身が死刑判決を下した死刑囚の処刑を見にいったことがあるんだって。その日以来、怖くなったんだって。死刑を求刑したくないあまりに、判決を捻じ曲げてしまうかもしれないって……」

多岐川が泥酔して寝てしまったあと、汐見が寅子たちに話してくれた。

それから多岐川は凶悪事件を受け持たなくなった。どれだけ仕事を頑張っても、〝凶悪事件から逃げた自分〟が許せなくて自分を責め続けた。けれど、朝鮮から引き揚げて上野駅に降り立ったとき、思ったという。「俺が逃げずにいられるものを見つけたぞ」——と。

「子供たちを幸せにしたい。彼らのために残りの人生をすべて捧げよう。未来に種まく仕事をしよう。もう二度と逃げる自分を責めたくないからって」

「……その気持ちは、よく分かります」

「うん、多岐川さんも言ってたよ。佐田さんは自分にちょっと似ているって」

嬉しいような嬉しくないような……自分でもよく分からなくて、寅子は返事を差し控えた。

「とにかくね、仮住まいでもなんでも、少年法が改正される今日から家庭裁判所を作る必要があったんだ……それがこの国に生まれた少年たちの未来に、次の時代に必要不可欠だから」

汐見はそう言って、気持ち良さそうに眠っている多岐川を見つめた。

「僕らもさ、多岐川さんのように今を生きている人の幸せを常に考えられる裁判官でいたいよね」

それは寅子が初めて知る、多岐川の素顔だった。


「佐田くん起きろ。あけましておめでとう。夜が明けた、行くぞ」

優未の隣で眠っていた寅子は、多岐川に揺り起こされた。いつの間に着替えたのか、多岐川は久藤に借りたモーニング姿である。小橋と稲垣も起こされて、みな寝ぼけ眼をこすりながら廊下に出る。多岐川は、汐見の達筆で『東京家庭裁判所』と書かれた半紙を入り口に貼りつけて言った。

「この光景を、どうしてもきみたちと一緒に見たかったんだ」

昭和二十四年一月一日。家庭裁判所が生まれた、初めての朝。

一同は涙ぐみながら、窓から朝陽が差し込むまで『東京家庭裁判所』の文字を見つめていた。

第12章　家に女房なきは火のない炉のごとし？

家庭裁判所が開所して二日後の夕暮れ、寅子に電報が届いた。

『急用あり。今夜七時拙宅へ来られたし　多岐川』

せっかく家族とお雑煮を食べていたのに人使いが荒すぎる。しかも今夜って！

「多岐川さん、佐田です！　多岐川さ～ん？　急用というから伺ったのですが？」

息を切らして多岐川家に駆けつけ、玄関を叩くと香淑が出てきた。

「ヒャ……香子ちゃん、あけましておめでとう」

香淑は気まずそうに眼鏡を触りながらペコリと頭を下げ、なぜか寅子を庭に案内していく。

「待ちかねたぞ、佐田くん！」

多岐川が褌《ふんどし》一丁で仁王立ちしている。……はて？　いったいこの状況は……。

「明日は仕事始め。そして家庭裁判所の発足を祝う大事な記念式典が開催される！　さっ！　始めようか」

思わず「何を？」と聞き返したところへ、汐見が水の入った桶を抱えてやってきた。

「ごめんね佐田さん。急に呼び出して」

多岐川は縁起を担いでよく滝行をするのだが、この近辺には好みの滝がないと言って、代わりに庭で水行《すいぎょう》をするのが最近の日課だという。いつも多岐川に桶で水をかける役目の汐見は、今日は何か書き記してほしいことがあると別の役目を仰せつかったそうだ。

「身重の香子ちゃんに桶など持たせるわけにいかんだろう！　つまりきみは桶係というわけだ！　始めよう、いくら俺でも寒くて風邪をひく！」

「汐見さんと役目を変わっても？」

「だめだ！　彼の書は師範級の腕前だからな！　よし、行くぞぉ！　今から俺が何か月も考え抜いた家庭裁判所に必要な五大基本性格を発表する！　ほら、佐田くん！」

そんな大事なことをなぜこんな状況で？「はて？」で埋め尽くされた頭で寅子は桶を抱え上げた。


翌日、法曹会館のラウンジで家庭裁判所開所記念式典が開催され、最高裁家庭局長となった多岐川が演説を行った。

「この五性格は、とどのつまり家庭裁判所の基本理念ですな。一つ目、独立的性格！」

多岐川のそばに立った寅子が、『独立的性格』と汐見が揮毫《きごう》した半紙を掲げる。

ちなみに汐見は家庭局一課長、寅子と小橋と稲垣は家庭局事務官という肩書になった。

「地方裁判所とは独立した個別の機関であること！　東京家裁少年部の壇さん、家事部の浦野さん！　その独立性は、かつて家事審判と少年審判が分担してきたことを渾然一体の形で統合することで生み出されるのです！　さぁ、二人！　握手しましょう！」

それぞれの所長代行になった壇と浦野が、戸惑いながらも握手を交わす。

「二つ目、民主的性格！」

そのつど、寅子が半紙を掲げる。

「従来の裁判所のような冷厳な場所ではなく、親しみのある国民の裁判所であること！　ここに集まるしかめっ面の役人のようじゃいかんのです！」

多岐川の視線が向かった先は桂場である。

「三つ目、科学的性格！　米国に倣い、精神科医を常駐させるなど、事件の科学的処理に邁進すること……ここらへんはライアンのほうが詳しい！　質問は殿様判事に！」

ますますしかめっ面になっている桂場の隣で、久藤がにこやかに手を振る。

「四つ目、教育的性格！　少年審判に関与する職員は、自ら真摯な教育者としての自覚を持たなければならない！　最後に社会的性格！　家庭裁判所だけが理想を掲げても意味がない！　そうだな、汐見くん、小橋くん、稲垣くん！」

名前を呼ばれた三人が慌てて「はい！」と口を揃える。

「市区町村の役場、検察庁、警察署、そして厚生施設、子供たちにまつわる機関すべて、そのぜぇんぶと綿密な連携を保持することが絶対に必要なのです！　なぜなら家庭裁判所は人を裁くのではなく、人間と社会に愛を注ぐ存在……つまり？」

多岐川と目が合い、寅子が自信なさげに「……愛の裁判所？」と答える。

「そう！　愛の裁判所だからなのです！　この五つの性格が運用にあたりまして十二分に発揮せられんことを切に希望してやまないのであります！」

会場の大きな拍手を聞きながら、昨夜の水行が思い出されて苦笑いする寅子であった。

立食パーティーが始まってまもなく、桂場に頼まれたと言って久藤が寅子を呼びにきた。なんの用事だろうかと思いながらついていくと、会場の外の廊下に桂場と、椅子で休んでいる男性がいた。初代最高裁判所長官・星朋彦《ほしともひこ》である。むろん顔と名前は知っているが、寅子のような下っ端役人にとっては、文字どおり星のように遠い存在だ。

星はずいぶん前に裁判官から弁護士に転向したが、戦後の混乱下で多くの困難を抱えた日本の新しい司法を担うという重責をあえて引き受けた人物である。激務のせいかこのところ体調がすぐれない中、家庭裁判所は新しい司法制度の象徴だと言って、今日の式典に足を運んだのであった。

「長官、彼女が例の」

桂場が言うと、星は「穂高先生の希望の光だね」と微笑んだ。

「穂高先生も今日出席したいと言っていたんだがね……よろしく言っていたよ」

どこか悪いのだろうか。考えてみれば、穂高ももう老境にさしかかる年齢である。

「……あの、それで私に用事とは」

「きみに辞令を出すと言ったら、星長官自ら伝えたいと」

寅子は瞬時に舞い上がった。辞令！　それって？　まさかずっと待ち望んでいた！　期待で胸がはち切れそうな寅子に、星が厳かに任命する。

「佐田寅子くん……きみには、東京家庭裁判所判事補……兼、最高裁判所家庭局事務官として今日から頑張ってもらう」

思わず「……兼？」と聞き返し、まず言うことがあるだろうと桂場に叱責され慌てて深謝する。

裁判所はまだまだ人手不足なので、兼務ということらしい。裁判官に任命されたことはむろん光栄だが、桂場に「きみしかいない」と熱望されてなりたかったと言おうか……。

「申し訳ございません。昔から彼女は多岐川さんのような変わり者でして」

「いいんだよ、変わり者じゃないと裁判官は務まらない。それにきみが二足の草鞋を頼むということは、彼女がそれだけ優秀だと認めているんだろ？」

桂場は苦い顔をしているが、星は寅子を気に入ったようだ。

「話せて良かった。曲者三人に引けを取らない曲者のきみならば、きっとねじ曲がってしまった子供たちと立派に対峙してくれるだろう」

子供たちは戦争のいちばんの被害者だと、星は悲痛な表情で言った。


この頃、戦争で親を失った多くの孤児たちをどうするかが大きな社会問題となっていた。終戦から一か月後の昭和二十年九月二十日、政府は『戦災孤児等保護対策要綱』をとりまとめ、孤児たちの保護の方針を打ち出した。その内容は『個人家庭への保護委託』『養子縁組の斡旋』『集団保護』の三つである。が、その三つの方針はほぼ実行されず、戦災孤児は生きていくために働くか、犯罪に手を染めるようになった。その結果、昭和二十三年九月に『浮浪児根絶緊急対策要綱』が閣議決定。浮浪児、根絶。まるで子供たちが厄介者だと言わんばかりの扱いであった。

そんな中、寅子たちは現地の視察に訪れた。上野には今も大勢の孤児がたむろしていて、中には道端に横たわり動けない子供もいる。

と、十歳くらいの男の子が小橋にぶつかってきた。ペコリと頭を下げ、小走りに去っていく。

寅子はなんとなく少年を目で追った。手に財布を持っている。小橋の財布に違いない。

そっと追いかけて捕まえようしたとき、小橋が「やられた！」と大きな声を出した。少年が一目散に駆け出していく。「なんで大声出すの」と小橋に毒づきながら、寅子も少年を追って走りだした。

少年は街角で待機していた十六、七の少年に財布を渡し、二手に分かれて逃走した。計画的犯行である。迷ったあげく年上のほうを追うと、少年はある建物に逃げ込んだ。

寅子の足が止まる。ここは……カフェ『燈台』だ。表に出ている看板には、『轟法律事務所』とある。出来すぎた偶然に寅子は一瞬、放心した。

……いや、それどころじゃない！　我に返って扉を開けると、少年を叱る声が聞こえてきた。

「道男《みちお》！　スリだけはやめろって言っただろ！」

今度こそ足がすくんだ。声も物言いも服装も――昔のままのよねが、そこにいた。

突然現れた寅子に気づいて、よねも驚愕している。

「……よねさん……よねさん、だよね？」

涙ぐみながら近づこうとした寅子を、よねは「こっちくんな」と即座に拒絶した。

「佐田⁉　生きてたのか、良かった！　本当に良かったあぁぁ！」

よねとは正反対に大喜びで駆け寄ってきたのは轟である。戦地から生きて戻っていたのだ。

「轟さんも」と言いつつよねを見ると、出ていけと言わんばかりに寅子を睨んでいる。

再会の喜びで寅子は忘れていた。よねを裏切る形になって、縁を切られてしまったことを……。

道男という少年はしぶしぶ財布を寅子に返すと、ぷいっと店を出ていってしまった。謝罪させようとした轟に、「放っておけ、追っても無駄だ」とよねが言う。

東京大空襲の夜、マスターの増野や、この辺りの人たちはほとんど亡くなったという。『燈台』

が焼け残ったのも、腕に火傷は負ったがよねが無事だったのも、運としか言いようがない。

「……私、実は今、家庭裁判所で働いているの」

一度逃げ出した法律の道におめおめと舞い戻った寅子をどう思うか、よねの反応が怖かった。

「人手不足でね。家庭局の事務官をやりつつ……家裁で判事補を」

「判事補!? 女も裁判官になれる時代がきたか！」轟が興奮して大きな声を出す。

法律が変わって、よねは一から勉強し直さなければならない。テーブルには法律の本や書きかけの書類。焼け焦げの残る壁には、よねの字で、日本国憲法第十四条の条文が貼ってある。寅子には、よねの気持ちが痛いほど分かった。女子部の皆が喉から手が出るほど欲しかったもの。できることなら、自分たちの力で手に入れたかったもの……。

「復員して上野に着いたところで再会してな、山田には助手をしてもらっている。と、いっても実質の親分はコイツだがな！」

花岡の死を知って、轟はどれほど嘆き悲しんだか。二人が今に至った詳しい経緯はわからないが、寅子には、親友を心配した花岡が轟とよねを巡り合わせた気がしてならない。

そのとき、外から「助けて、道男兄ちゃん！」と叫ぶ声が聞こえてきた。寅子たちが外に出てみると、小橋と稲垣がさっきのスリの少年を取り押さえている。道男は、大人の男たちを相手に、怯《ひる》むどころか恫喝《どうかつ》の言葉を吐く。

寅子はおろおろしたが、よねにとっては日常の光景らしい。

「そのへんにしとけ、道男」

よねの声に振り返った小橋が、腰を抜かさんばかりに仰天した。

「なんだなんだ、今日は同窓会か？」

　この日、明律大学法学部の同級生五人が、奇しくも『燈台』で再会することになった。

「上野はずっとこんな有様だ！　この寒さでまた、どんどんガキが死んでいくぞ」

「どうせお前らもほかのお役人と同じさ！　机の上で理想をこねて、結局匙を投げる！」

　轟とよねは、寅子たちに不満を爆発させた。無理もない。浮浪児に物をやるな、浮浪児から物を買うな、浮浪児を取り締まって街から追い出せ。連れていかれ施設に押し込まれた子供たちは、食料不足でひもじさのあまり次々と脱走していく。それが現状だ。

「大人はみんなそうさ、俺らを虫ケラみたいに見てきやがって」

　スリの少年・タカシと炊き出しのすいとんを食べながら、道男が吐き捨てるように言う。

「……佐田、道男もタカシも空襲で両親を亡くした。……お前を疑っているわけじゃない。ただ頼むから子供らにこれ以上、余計な心の傷は作らんでやってほしい。それだけなんだ」

　ことに道男は親の愛情に恵まれず、空襲の中、一人で置き去りにされたらしい。轟とよねは、そんな寄る辺ない少年たちにとって、それこそ燈台のような存在なのだろう。

　よねは家庭裁判所も今までと同じだと決めつけ、「お前に何ができる」と頭から否定する。

「そう、私だけでは無理よ。でもよねさんと轟さんだけでも無理。何万人もいる孤児たち全員は救えない。だから、これから全国の家庭裁判所の職員たちが一丸となって子供たちを救っていく……私もできることはすべてやる！　もう逃げたりしないから！」

　よねは黙って寅子を睨んでいる。大口を叩くなと思っているのかもしれない。

「失敗して駄目だったときは『それ見たことか』ってどうぞばかにしてちょうだいね。でももし、ちょっとでもいいなって思ってくれたなら、私たちをもっと信じて頼ってほしい」

よねとの再会から数日も経たぬうちに警察による孤児の一斉補導が行われ、トラックの荷台いっぱいに詰め込まれた孤児たちが家庭裁判所に送られてきた。ボロボロの服を着た子供たちが列を作り、少年部の職員たちがシラミ駆除の白い粉を次から次へと振りかけていく。手伝いに駆り出された家庭局の寅子たちは、その数にあ然とした。

少年事件は、聞き取りや調査が行われてから審判を開くかどうかが決まるのだが、この人数である。処分を待つ間、行き場のない子供たちの寝泊まりする施設が圧倒的に不足していた。

寅子たちは、子供たちを預かってくれる『補導委託先』の開拓に乗り出したが、どこも自分たちが生きていくだけで精一杯で、なかなか孤児を引き受けてくれる委託先は見つからなかった。

親戚の家で厄介者扱いされて逃げてきたり、施設でひどい目に遭った子が大勢いて、寒くてひもじいはずの子供たちも、保護されるのを心底嫌がった。安心できる居場所を見つけてやりたいが、思うようにいかず、日に日に焦りは募る。

ある朝、寅子は少年部の廊下で道男とタカシを見つけた。道男は顔に痣がある。タカシの話では、みんなの迷惑だから連れていくというのはおかしいと警察官に盾突き、揉み合ったらしい。夕方になっても、道男は一人だけ廊下にぽつんと残っていた。十三歳以下の子供は児童相談所に行くので、十七歳の道男はタカシと一緒の場所には行かせてあげられない。

「……ごめんなさい。今はまだあなたの引き取り先が見つからなくて」

「今度、サツがきたら全員とっちめてやるよ。そうしたら少年刑務所だろ？　アンタの仕事も減らせるだろうし。俺が消えたら嬉しいだろ」

「ばかなこと言わないで。嬉しいわけないでしょ！」

「なに？　じゃあアンタ何してくれんの？　家にでも泊めてくれんの？」

こういうのを、売り言葉に買い言葉と言うのであろう。

「アンタ、そこまで私に心開いてくれてたのね。いいわよ、いくらでも泊めてやるから！」


「……で、私たちに相談もなく連れてきちゃったの？」

花江はあきれている。冷静になって平謝りする寅子とは対照的に、道男は直治と優未を睨んで怖がらせるわ、花江に横柄な口をきくわ、とても家に泊めてもらおうという人間の態度ではない。中学二年生の直人は、真逆の性格のせいか年齢が近いせいか、道男をあからさまに嫌悪する。直明はともかく、花江や子供たちが責めるように見てきて、寅子は身の置き所がない。

そのとき、ずっと黙っていたはるが口を開いた。

「……泊めてあげなさい。今夜だけでなく、必要なだけ、ずっといればいいわ」

寅子も家族も思ってもみなかった言葉である。が、いちばん驚いているのは道男だ。

「人生持ちつ持たれつ、助け合いですよ。お天道様はちゃんと見ていますす」

はるは不満げな孫たちを諭《さと》して立ち上がり、皆にテキパキと指示を出す。

「道男、お風呂に入りなさい。直明、いろいろ教えてあげて。花江さんはご飯の準備、直人と直治も手伝って。とりあえず着るものはお父さんの浴衣でいいわね。優未、お手伝いして」

「みんな、ごめん！　ありがとうね！」

寅子も優未と一緒についていき、はるに礼を言った。

「……あの子のような子が日本中にいるのよね。寅子から話はずっと聞いていたのに、あの子を見るまでずっとどこか他人事だった……亡くなった親御さん方は、さぞ無念でしょうね」

はるはそう言って、父親を知らずに育った優末の頭をそっとなでた。

翌朝、寅子が道男を引き取ったことを報告すると、壇と浦野に特大の雷を落とされた。

話し合いの結果、試験観察の間だけ道男を預かっていいということになったが、あれほど二人に反対されるとは思わず、寅子はすっかり落ち込んでしまった。汐見と稲垣は慰めてくれたが、あんな問題児を預かるなんてと小橋までが非難してくる。

「現実問題、一人の人間ができることに限界があるんだって」

「現実ばかり見てちゃ子供たちを救えないでしょ」

「はい！　やめだ、やめ！　きみらは根っこの考えが違う」

隠れて昼寝をしていた多岐川が、むっくり起き上がって二人の議論に終止符を打った。

「昼間、きみの家にはご婦人しかいない。そう考えると、預かったのは軽率な判断だったかもしれん。自分の身だけで収まらん善意は身内がしんどいだけだしな」

多岐川の杞憂《きゆう》だと思うが、寅子が軽率だったこと、家族に迷惑をかけていることは事実だ。

「皆さんにご心配かけてすみません。少年部を手伝って、急いで預かり先は探しますので」

「それは無理だ！　きみ明日から俺と全国の家庭裁判所を回って意見交換と現地視察をするから」

このタイミングで出張なんて……憂鬱な顔で帰ってくると、道男がはると薪を運んでいた。

「次はお風呂の沸かし方を教えますからね」

「ばあちゃん、それくらい教わんなくてもできるから」

あら、思ったより馴染んでる？　……な、わけはない。食卓で道男を睨みつける直人と直治の顔と言ったら、まるで親の仇と一緒にご飯を食べているようだ。

寅子は悩ましいため息をついた。今回ばかりは小橋の言うとおり、一人では限界がある。

「……心配しなくても、もう悪さはしねぇよ」

道男は昼間、はるの財布を盗んで逃げようとしたと悪びれもせず告白した。それをはるに見つかって、はした金を盗んで逃げるより、家の手伝いをして三食食べて温かい布団で寝るほうが得じゃないかと言われ、たしかにそうだと納得したらしい。

はるは叱ったり褒めたりして、道男にあれこれ仕事をさせているようだ。花江もはるの意を汲み道男に優しく接してくれているし、直明は授業が終わったらすぐ帰ってきてくれると言う。

行儀も手癖も悪いが、道男は女子供に暴力を振るうようには見えない。少々気がかりだったが、みんなに甘えてあとはまかせるしかない。

深夜、寅子が荷造りをしていると、外から話し声が聞こえてきた。そっと出てみると、声の主は直明と道男だ。隠れて聞き耳を立てていたはるが、寅子に気づいてシッと口に指を当てる。

「……きみの話は上野でよく耳にしていたよ。子供たちを使って集団でスリをしてるって。道男はそうやって小さい子や女の子を守ってたんだよね」

自分も道男の助けになりたい。寅子ならなんとかしてくれると、直明が話す。

「そうやって自分が良いことしたって思って、気持ちが良くなりたいだけなんじゃないの？」

道男の言い草にカチンときて、寅子は二人の前に出ていった。

「私の留守の間、けんかはやめてよ」

「家族が心配か」

「そりゃ心配です。家族も道男もね！」

「どいつもこいつも良いやつぶりやがって」

どこかへ行こうとした道男の前に、はるが立ち塞がった。

「……慣れてないのよね、誰かに優しくされることに」

道男は一瞬言葉に詰まり、フンと鼻を鳴らして去っていく。

人の好意や善意を信じられないのは、大人たちがした戦争に巻き込まれてたくさんひどい目に遭ってきたんだろうと、はるは痛ましそうに道男の消えた先を見つめた。

「……出張から帰ってきたら、必ず道男に合った預かり先を見つけるから」

大人たちの会話を物陰で聞いていた道男は、捨てられた子犬のような寂しげな目をしていた。


翌日から、寅子は多岐川と二人で全国の家庭裁判所を訪ねて回った。

「少年院も観護所もいっぱいで、すぐ脱走してきてしまうんですよ」

「東京には人がたくさんいるじゃないですか？　委託先を融通してはもらえませんかね？」

「正直に申し上げれば、福祉活動は裁判所の仕事ではないのでは？」

「家裁の五性格、でしたっけ？　今の日本じゃ、どれも無理がありますよ」

一丸となって子供たちを救うはずが、各地の職員から出てくるのは文句や愚痴ばかりだ。よねにあんな大口を叩いておいて……。意気消沈する寅子に、「……滝だな」と多岐川が言う。

「その辛気臭さを吹き飛ばすには滝行だ！」

「え、絶対に嫌です」

「ならば自分で吹き飛ばせ！　そんな顔の大人に子供が助けを求めるか！　子供たちはばかじゃない。手を差し伸べてくれる相手、心を開く相手をちゃ〜んと見極めているんだ！」

多岐川の言葉は、滝行よりもはるかに寅子の雑念を吹き飛ばしてくれた。険しい顔ばかりしていないで、道男にも笑顔で向き合っていこう——心機一転、寅子は出張から帰ってきた。

ところが、当の道男が家から姿を消していた。あろうことか道男が花江に言い寄り、そこに居合わせた直人と殴り合いになって家を飛び出したという。

「追いかけたんだけど見失ってしまって……寅子、ごめんなさい。花江さんも、ごめんなさい」

はるは責任を感じてうなだれている。油断した僕のせいだと直明も肩を落とす。花江は平気だと言うけれど、道男に手を摑まれたというから、さぞ怖い思いをしたに違いない。

「……本当にごめんなさい」

元はと言えば寅子のせいだ。それに、多岐川の忠告を軽く流してしまったことが悔やまれる。

そんな寅子たちに、花江は思案顔で言った。

「……みんなが心配している感じと、ちょっと違うの。道男くんね、すごく苦しそうだったのよ」

直道の代わりになれないかと言われたときは驚いたが、親子ほど年の離れた道男が、花江の親切を勘違いしたとは思えない。かといって花江をからかったり、妙な気を起こしたようにも見えなかった。それどころか、必死に懇願しているような……。

「何か、言葉にできない訴えたいことがあったんだと思う」

道男も気がかりだが、寅子と花江は、いつになく気落ちしているはるの様子も心配だった。


忙しい仕事の合い間を縫って、寅子は道男を探し回った。轟法律事務所にも足を運んだが、よねからけんもほろろに追い返され、道男の消息が摑めないまま十日が過ぎた。

はるはあれ以来、ずっと元気がない。今日も煮物を作りながらため息をついている。

「お母さんは十分やってましたよ。子供たちと変わらぬように道男くんと接していて、すごいと思いました。トラちゃんの仕事の役に立とうとしていたんですよね？」

元気づけようとした花江の言葉に、はるは小さくかぶりを振った。

「……そんな立派なものじゃないのよ」

直道が生まれたとき、道男も名前の候補だった。だから、放っておけなかったのだと言う。

「とにかく、何かしてあげたかったの。勝手に息子と重ねたのは私なのに……」

騒ぎに駆けつけたとき、はるは直人の言葉だけで道男に疑いの目を向けてしまった。後悔でずっと胸がしくしくする。もう一度会えたら、今度こそ道男を道男として受け入れてやりたい……。

「……よしできた。優未、おやつにしましょう」

煮物を作り終え、吊るした干し柿を取ろうとしたはるは、突然胸を押さえてくずおれた。

はるが倒れたと知らせを受け、寅子は取るものも取りあえず自宅に帰ってきた。

「お母さんは⁉　お医者さまはなんて」

「心臓の発作じゃないかって……脈が弱くて、夜が越せるか分からないって」

そんな……。花江の目からとめどなく溢れる涙を、寅子はぼんやり見つめた。

「……寅子、帰ったの？」

か細い声がして我に返る。はるは自室の布団で横になっていた。直明が枕元で泣きながら母の手を握り、直人と直治、優未もしゃくりあげて布団を取り囲んでいる。

直明と場所を代わり、寅子ははるの手を握りしめた。

「お母さん……ちょっと待って、こんなの急すぎる」

「……ごめんなさいね。お父さんの分も、あと十年は頑張ってみんなを支えるつもりだったんだけどねぇ……でも愛する子供たちと自慢のお嫁さんと宝物の孫たちに囲まれて、何も悔いは……」

はるはそこで言いよどみ、それきり黙り込んだ。花江がハッとして寅子を見る。

「……道男くん。トラちゃん、道男くんを探して！」

寅子が問うように目を向けると、はるは微かにうなずいた。


轟法律事務所に駆け込むなり、寅子はよねに詰め寄った。

「お願い！　道男がどこにいるか心当たりを教えて！　本当は知ってるんでしょ！」

そのとき、店の奥から轟と道男が炊き出しの鍋を抱えて出てきた。文字どおり燈台下暗しだ。

寅子に気づくと、道男はすぐまた奥に引っ込んでしまった。

「道男！　待って！　話を聞いて」

道男を追いかけようとした寅子の前に、よねが盾になって立ちはだかる。寅子は構わずよねの肩越しに叫んだ。

「お母さんが危ないの！　死ぬ前に道男に会いたいって言ってるの！　だから」

「……そんなこと言うわけないだろ、ばあちゃんが……！　とっ捕まえて締め上げる気だろ！」

若いくせにこの分からず屋！　寅子はだんだん腹が立ってきた。

「んなしょうもない嘘つくか！　あなたには人の心ってものがないの？　いいから一緒に来て！」

「自分で分かってんだよ！　俺はどこにいても邪魔者なんだよ、戦争なんて始まるずっと前から！　どうせアンタら大人は、都合が悪いと俺から逃げたり捨てたりするんだよ」

「私の家族から逃げたのは道男でしょうが！　いい？　誰でも失敗はするの、大人もアンタも！　でも真っ当な大人はね、一度や二度の失敗で子供の手を離さないの、離せないの！　関わったらずっと心配なの！　そういうもんなの！」

「……かっこつけんなよ、母親のために迎えにきただけのくせに」

「だったら何？　お母さんはね、私が出会ってきた中でいちばん真っ当で優しい人なの！　だから今あんたのことが気になって仕方ないの！　このままじゃ死ぬときに絶対悔いが残っちゃう！」

そんなことはさせない。仕事も立場も抜きにした、ただの佐田寅子として頭を下げる。

「会ってくれたなら、そのあとは道男の好きにすればいい。だからお願い！　ずっとずっと心配ばかりかけてきたの、最後の願いくらい叶えてあげたい！　だから！」

寅子は頭を下げ続けた。しばらく無言の時間が過ぎ、道男が静かに姿を現した。

「……これで行かなきゃ俺、虫けら以下だよな」

「お母さん、道男きたよ！」

寅子が道男を連れて部屋に入っていくと、はるは直明の手を借りてゆっくり起き上がった。

それだけでも息が乱れるのに、はるは背筋をしゃんとして、まっすぐに道男を見た。

「道男……こっちいらっしゃい」

道男が気まずそうな顔で横に座る。はるはその頬にそっと触れ、戸惑っている道男を優しく抱きしめた。

「……ん、これでいい」

「……何がだよ」

「あなたにしてあげたかったこと……ここまでよく一人で生き抜いたね、会えてよかった……」

ぎりぎりまで我慢していたかのように、道男の双眸《そうぼう》からどっと涙が溢れ出た。

寅子たちも泣きながら、そんな二人を静かに見守っている。

「………ばあちゃん、死ぬなよ……じゃあ、また俺、一人じゃん」

「……それは、この先の道男次第。……すべてを突っぱねてちゃだめよ」

道男はもう言葉にならず、うつむいたままはるのそばで泣き続けた。

泣き疲れた子供たちは部屋の外で眠り、寅子と花江がはるのそばに付き添った。

直言と直道の写真を取ってくれとはるが言い、それをぎゅっと抱きかかえて目をつぶる。

まるで逝く準備が整ったと言わんばかりだ。

「……ヤダ!!　ヤダヤダ、死んじゃヤダ！」

寅子は駄々をこねるように泣き叫んだ。はるが驚いて目を開ける。

「お願い、いなくならないで！　ずっとそばにいてよ！　お母さんがいなかったら、私」

「何を子供みたいに。いつも好き勝手飛び回ってたのはアナタじゃない」

はるは青白い顔でうっすらと微笑んだ。

「寅子、花江さん……お母さんね、悔いはないの。いろいろあった人生だったけど、悔いは何一つない……二人にならこの家を任せられる……あとのことは、よろしく頼むわね」

「ヤァダァ〜!!」

「寅子、『はい』と言いなさい。『はい』と」

いつも母の言葉に従ってきたけれど、寅子は首を横に振り、はるの布団に突っ伏した。子供のように泣きじゃくる娘をいとおしそうに見つめ、はるはそっとまぶたを閉じた。

その夜更け、猪爪家の大黒柱であったはるは、ついに帰らぬ人となった。


はるは茶毘《だび》に付され、小さな骨壺に収まって家に帰ってきた。

「……お母さん、おかえり。お花がいっぱいですごいでしょ」

仏壇の前に置いた白木の箱に語りかける。桂場や久藤、多岐川、穂高からも供花が届けられた。色とりどりの花に囲まれて、はるもきっと喜んでいるだろう。

そのとき突然、道男が花江の前に来て両手をついた。

「花江ちゃん！　ごめん！　この前のこと、ずっと謝らなきゃいけないって思ってたけど、ずっと言えてなくて……ごめんなさい！　………俺さ、ばかみたいだけどさ、猪爪家の人になりたいって思っちゃったんだよね。俺の父ちゃんも母ちゃんもロクデナシだったからさ……。だから花江ちゃんの大事な人の代わりになれたらって……でも俺がなりたいのは直人や直治、優未なんだよな……そんなこと無理なのに」

しどろもどろになりながら白状する。ずっと虚勢を張ってきた道男が本心を吐露するのは、さぞ勇気がいったろう。

「……産んであげることはできないけど、でも、もうおおむね同じようなもんよ」

寅子は言った。花江もうなずき、道男に優しく微笑みかける。

「うん、同じようなもんね……これから先はもっとそうなっていく……それじゃだめかな？」

道男は嬉しそうにかぶりを振った。

直明が寅子と花江を気遣い、子供たちを連れて部屋を出ていく。

「……トラちゃん……私たち、誰も甘えられる人、いなくなっちゃったね」花江がぽつりと言った。

心細さで泣きそうになるけれど、きっとみんなが天国から二人を見守っていてくれるだろう。


道男の処分を決定する日が近づき、調査官との面接が繰り返し行われる中、寅子は道男を引き取るべきか悩んでいた。保護者代わりになれば、経済的に大学は無理でも、仕事なら探せるかもしれない。不安そうな道男の姿を見るにつけ、悩みは深まるばかりだ。

嫌がられるのを承知でよねに相談に行くと、関わりがあったところでしょせんは他人、生ぬるい理想を掲げている時点で胡散臭いと辛辣な答えが返ってきた。

けれど、切り捨てられて諦める苦しさを、寅子たち女性は幾度も味わってきた。生ぬるい理想でも、今できるいちばんを探したい。そう訴える寅子に、よねは冷ややかな一瞥をくれて言った。

「いつ、いなくなるかわからんやつの言葉は届かない」

「……そうか、そうよね。ごめんなさい……もう一度、自分でできることを考えてみる」

悲しかったが、困ったときだけ手を貸してもらおうなんて虫が良すぎたのだ。

面接のため、今日も道男は家裁の少年部に向かう。

「……ごめんなさい。結局私、何も力になれてない、何もできてない」

「お天道様はちゃんと見てる！　ばあちゃん言ってただろ？　お天道様だけじゃない、俺もずっと見てた……だからしょぼくれんなよ！」

逆に道男から励まされたとき、「家庭裁判所の事件は傍聴できないの？」と聞き覚えのある声が聞こえてきた。女子部時代に裁判所で知り合った、笹寿司のおせっかいおじさん笹山である。

戦時中は田舎に帰っていたが、また店を再開するらしい。寅子がここぞと道男の話をすると、住み込みで働いてほしいと言う。笹山なら安心だ。道男に意向を聞くと、一も二もなく同意した。

「道男、笹山さんの元で懸命に働くのよ……調査官はちゃんと見てくれる。良い意見書を判事に出してくれるはずだからね」

「はい。一人前になったらさ、いちばんにみんなに寿司ご馳走するから！」

道男の嬉しそうな笑顔を見て、寅子も久しぶりに明るい気持ちになった。

その夜、寅子は花江と一緒に、はるの日記代わりだった手帳を焚き火で燃やすことにした。

何冊もの手帳は、そのまま何十年もの猪爪家の歴史である。けれど、それがはるの遺言だった。

「せめてこれだけは……これ以外は捨てててって言ってたもんね」

今年の手帳を抜き取った花江が、ページをめくって「……あら？」と笑いだした。

「お母さんらしい……今後十年の貯蓄計画だわ。子供らのために、貯蓄・節約だって」

子供たちの学費の貯蓄額や、新聞で調べた裁判官の給料、ボーナスの額まで記してある。

寅子は苦笑した。はるの字で、『寅子ならこのあたりまでいけるはず』と書いてあった。

「……ずいぶん期待されちゃって、自慢の娘ね」と花江が泣き笑いしながら言う。

「そんなことない。迷惑と心配ばっかりかけて……でも、私のお母さんがお母さんで良かった！」

寅子ははるとの思い出を振り返りながら、残りの手帳を一冊一冊火にくべていった。


その後の試験観察の結果、道男に不処分の審判が下った。多岐川は大得意だ。

「結局ね、愛なんだよ！　愛が理想を超えて、奇跡を起こすわけだよ！」

しかし、家裁の少年部には日々大勢の子供たちが送られてくる。寅子が家庭局のメンバーと手伝いに行くと、その中に施設を逃げ出したタカシがいた。

「安心しろ、ここの人たちは力になってくれる」

タカシに付き添っているのは轟だ。寅子に気づき、メモを差し出す。

「委託先として協力してくれそうな店だそうだ。山田から預かってきた」

「……そう、よねさんが……」

暗いだけだった行く先に少し光が見えた気がしたが、戦争が招いた保護者不在の子供たちにまつわる問題は、この先二十年近く続くことになる。

第13章　女房は掃《は》きだめから拾え？

昭和二十四年春。はるが亡くなって二か月近くが経ち、猪爪家の生活は大きく変わった。

いちばんの変化は、寅子が特例判事補になったことだ。特例判事補とは人手不足のために作られた制度で、その名のとおり、本来判事がする仕事を特例で行うことができる。寅子は、家事部の審判も任される立場になったわけである。

当然ながら今まで以上に忙しくなり、毎晩大量の仕事を自宅に持ち帰る寅子と、大学の課題とボランティア活動に忙しい直明が居間に布団を敷いて寝るようになった。

はるが担っていた家事は当初、寅子と花江で分け合っていたが、寅子は帰宅が遅いうえに連日の寝不足である。寅子の負担を減らそうと花江が進んで家事を引き受けてくれるものの、はるのようには切り盛りできず、毎日がいっぱいいっぱいだ。

「ごめん、今日こそ早く帰るから」

「いいのよ、家のことは任せて。直明ちゃんはお勉強のことだけ。トラちゃんはお仕事のことだけ考えてちょうだい」

寅子同様、花江も疲れが溜まっているはず。しかし、やる事は後から後から追いかけてくる。

「良い子でね、お母さんも頑張るから、優未も頑張ること！」

幼稚園に通い始めた優未が、「はいっ！」と元気よく返事をする。

「じゃあ皆さん、大きな声で～」

「いってきます！」

亡くなった家族の写真と優三のお守りに、皆で朝の挨拶をするのも日課になった。

そんな中、東京家庭裁判所の独立庁舎がついに完成し、開所の式典が催された。

久藤や多岐川の夢が詰まった新たな裁判所を、もっと多くの人に知ってほしい、使ってもらいたい。そんな思いから広報の仕事を買って出た寅子は、式典の準備のかたわら新庁舎の写真を表紙にした小冊子を作り、来訪者に配るなどしてあれこれ心を砕いた。

「ささやかですが、粗餐を用意いたしましたのでぜひ」

「ささやかじゃあだめなんだ！」

怒鳴り声が飛んできてギョッとする。声の主は、壇上の多岐川だ。

「素敵な冊子をありがとう！　だがこれじゃあ誰も話題にしない、盛り上がらない！　その証拠に、記者の数もこんなにも少ないじゃないか！」

救われるべき人々に手が行き届かないのは家裁の人員が増えないせいでもある、それは人事課の怠慢だと桂場を名指しで追及する。むろん、桂場は相手にしない。

「どの面においても、もっと広く周知しなくてはならない！　この国に家庭裁判所が、愛の裁判所があることを！　という訳で今月来月を『家裁広報月間』とする！」

寅子たちになんの相談もなく、多岐川はこれから大々的な広報活動を行い、手始めに『愛のコンサート』を開催すると宣言した。

「なんですか、広報月間って！　初耳なんですけど？」

式典のあと、寅子たち家庭局の面々は多岐川に詰め寄った。多岐川は蛙の面《つら》に水で、大スターを呼んで派手なコンサートをすれば嫌でも話題になるとうそぶく。

「誰が準備するんですか。みんな手いっぱいですよ」

「家裁が知られれば人員も増える！　それになんとかなるさ、俺と佐田くんがいれば！」

「私？　私がやるんですか⁉」

そこへ、最高裁長官の星がやってきた。桂場と久藤も一緒である。

星が「楽しそうで何より」と皆に微笑む。和気あいあいと仕事しているように見えたのだろうか。

実際は多岐川の暴走のせいで揉めに揉めていたのだが……。

星に促され、久藤が汐見に金一封を差し出した。

「長官と我々から……ベイビーが生まれたそうだね」

汐見が恐縮して受け取る。先月、香淑が無事、かわいい女の子を出産したのだ。

「大変だろうが、みな頑張ってくれたまえ。楽しみにしているよ、『愛のコンサート』」

「お任せください！　な、佐田くん！」

長官に期待されてしまっては、寅子もうなずくしかないのであった。

多岐川は強引だが、家裁のことをもっと知ってほしいという気持ちは寅子たちも同じだ。

夕食をとりながらコンサートのことを話すと、花江はいの一番に喜んでくれた。

「さすがだわ、トラちゃん。頑張ってね、この国の未来のために！」

「ありがとう……でもまた出張も増えそうで、家のこと任せきりで申し訳ないわ」

「四の五の言わずに働けよ！　寅子が稼がなきゃみんなが困るんだからさ」

家族にこんな口をきく者はいない。誰かと言えば、道男である。

「なんでお前、普通にうちで飯食ってんの？」

直人がイヤ～な顔をする。優未が道男に懐いているのも気に食わない。

「どう、お寿司屋さんの修行は？　大変？」と直明が聞く。

「今までに比べりゃ毎日極楽だよ。おっちゃんがず～っとしゃべっててうるせぇけどな」

「遠慮しないで、いつでも遊びに来てね」

道男が来ると、花江はなぜか機嫌がいい。直人と直治は、それもまた面白くないのであった。


寅子は手当たり次第芸能事務所に電話をかけてみたが、開催まで日数がないこともあって、いっこうに出演者の目途が立たない。そのうえ、今日は家庭相談の手助けで窓口を担当する日だ。

全国レベルでの知名度は足りていないが、東京家裁家事部の相談所は連日大賑わいだった。

今日もずらりと行列ができている。そのほとんどが、戦争で生死不明となった人の『失踪宣告』や本籍を失った人の『就籍』、『養子縁組』、そして『離婚』にまつわる相談だった。

「離婚されて、お子さんにお母様の苗字を名乗らせたいと……それでは、こちらにご記入いただいて家庭裁判所まで申請してください」

「ありがとうございます。これで母子二人やっと落ち着いて暮らせます」

民法が変わったことにより、離婚後に妻側が子供の親権を得ることができるようになった。こんな相談を受けるたび、寅子が思い出すのは梅子のことだ。今もどこかで息子の光三郎と二人、元気で暮らしていてくれればいいけれど……。

「アンタ終わったならサッサと退きなさいよ！　はぁ、待ちくたびれた！」

前の相談者を押しのけてドスンと椅子に座ったのは、妖艶な雰囲気をまとった美女である。

「申し訳ありません、本日はどのようなご相談でしょうか」

「私ね、長いことお妾さんやってたの。その旦那様が突然亡くなってね。せめて遺産でももらわないと割に合わないでしょ」

「大変申し上げにくいのですが、お妾さんには遺産相続の権利がなくてですね」

明治三十一年、民法によって一夫一婦制が確立し、法律上妾の存在はとうに姿を消している。

「だから遺言を残してくれたの。『俺が死んだら、これを家庭裁判所に持っていって検認をしてもらえ』って！」

検認とは、遺産を相続する権利がある人たちが立ち会いのもと、家庭裁判所において遺言の存在と内容を確認することを言う。この艶めかしい相談者は元山《もとやま》すみれ、三十三歳。十年も妾をしていたというが日陰の女という印象からは程遠く、かなり世ずれしているようであった。

遺言の検認を行う日、会議室ですみれと相続人の到着を待ちながら、寅子は資料にある遺言者の名前に心をざわつかせていた。まさか、あの人だろうか。いや、同姓同名かも……。

「失礼いたします。大庭徹男の家族でございます」

杖をついて最初に入ってきた老婆が、すみれを見るなり目を吊り上げた。

「あなた、恥ずかしいと思わないの？　さんざん息子の世話になっておいて、よくもまぁ」

亡くなった大庭徹男の母・常《つね》だ。続いて三人の息子たち。最後に入ってきた着物姿の女性を見て、寅子は息を呑んだ。梅子である。遺言者の『大庭徹男』は、やはり梅子の夫だったのだ。

梅子も寅子を見て驚いたふうだったが、すぐにスンッと他人の顔になった。

「大庭の家内でございます。本日はよろしくお願いいたします」

どうして息子と逃げたはずの彼女が大庭家に……？　戸惑いながら寅子も会釈を返す。

「おばあちゃん、ここに座って」

「光三郎、ありがとうね」

――光三郎！　寅子は青年を凝視した。光三郎って昔、一緒に山に登った梅子の三男の光三郎ちゃん！　なんとまぁ立派になって……が、二十二にもなるのだから当たり前である。

姑の常は、梅子から息子たちを取り上げて育てたと聞いた。なるほど気の強そうなお姿さんだ。

「時間がもったいない、始めてください」

そう言えば、この父親似の偉そうな長男の徹太にも一度だけ会ったことがある。あの時はまだ帝大生だったが、今は父親と同じ弁護士をしているらしい。

「……読み上げます。大庭徹男は次のとおり遺言をする。元山すみれに……全財産を遺贈する」

寅子がためらいつつも遺言書を読み上げると、梅子以外の家族は騒然となった。

「どうせその女が偽造したに決まっている！」

最初は平静を保っていた徹太も、遺言書の内容を確認すると激高した。

「申し訳ありません。今この場では遺言書の有効無効の判断はできかねます」

「そんな！　じゃあこれから俺はどうやって生きていけばいいのさ」

戦地で足に怪我を負った次男の徹次は、いっそ戦死すればよかったと泣き言を言う。

「ご愁傷様」とせせら笑うすみれ、怒ってすみれに摑みかかろうとする常、光三郎がそんな祖母を必死に止める。絵に描いたような修羅場が目の前で繰り広げられ、寅子はあ然とした。

そのとき、梅子が光三郎を手招きして、小声で何か耳打ちした。そうかと光三郎がうなずく。

「新しい民法によれば、母と僕たちは父の財産の二分の一を遺留分として請求できるはずです」

寅子は思わず梅子のほうを見た。民法第千二十八条を、梅子は知っていたのだ。

「冗談じゃない！　全部私のものよ！　その権利が私にはある。私は被害者よ、騙されたの！」

さっきまで勝ち誇っていたすみれが顔色を変えて怒鳴る。常も負けてはいない。

「徹太、訴えでもなんでも起こしてちょうだい！　その女に一銭もくれてやる気はありませんよ」

「皆さん落ち着いてください！　この遺言が有効かどうかを調べる手続き、そして相続にまつわる手続きをそれぞれ行っていただきます」

戦前の民法であれば、すべての財産は家長となる長男・徹太が相続するものだった。しかし新しい民法では、妻・梅子が三分の一、残りの財産を息子たちが三人で均等に分けることになる。ただしそれは、正式な遺言がなければ、の話である。


一人会議室に残った寅子は、梅子を追いかけようか悩んでいた。詳しい状況はわからないが、梅子の役に立ちたい。しかしこの案件の担当になった立場上、安易に踏み入ることはできなかった。

「トラちゃん」ふいに声がして顔を上げると、梅子が立っている。

「お久しぶり、さっきはごめんなさいね。まさかこんな場所で出会うだなんて思わなくて……トラちゃんが裁判所勤めだなんて、びっくりだわ」

昔のままの梅子だ。みんなの世話を焼き、絶品おにぎりを食べさせてくれた、あの優しい……。

「……梅子さ～ん！」

嬉しさのあまり梅子に抱きついていく。梅子の目にもうっすら涙が滲んでいる。

「そうだ、このあと時間ありますか？」

寅子は仕事を抜け出し、梅子を連れて『燈台』こと轟法律事務所にやってきた。

「ごめんなさいね、また来ちゃって。でもどうしても梅子さんを会わせたくって」

よねにフンとそっぽを向かれるのも、最近はもう慣れっこになってきた。

轟は梅子との再会に感涙し、いつものようによねからバカにされている。

「……懐かしいわねぇ。それにしても驚いた、まさかこの二人が弁護士事務所をね」

梅子は店内を見回して目を細めた。

「ほかのみんなは、涼子様やヒャンちゃんはどうしているのかしら」

「あ、ヒャンちゃんは」と言いかけ、とっさに「……どうしているんでしょうね」とはぐらかす。香淑の名前を捨て香子として生きていることは、寅子の口から話して良いことではなかった。

「アンタはあの家を出たんじゃないのか？　なんで今も大庭の家にいる？」

寅子も気になっていたことを、よねがずばり聞いてくれる。

「……あの日、光三郎と一緒に逃げたけれど、結局十日も経たないうちに見つかって連れ戻されてね。もうすべておしまいだと思っていたとき、夫が倒れたの」

一命はとりとめたが、徹男は体に麻痺が残って世話をする者が必要になった。離婚は取り止めになり、光三郎のそばにいていいという条件で、梅子は十年以上、夫の世話をしたという。

「……でもね、捕まって良かったと思ってる。私だけでは光三郎をきちんと育てられなかった。格好つけて逃げたくせにね……恥ずかしくてみんなに知らせることもできず、ごめんなさい」

耐え難い年月だったろう。しかし梅子は決して屈したわけではないと、寅子は知っている。

「梅子さん、あのね私、嬉しかった！　梅子さんは新しい民法がきちんと頭に入っているんだなって。すべて終わったら、またゆっくりお会いしましょうね」

寅子が慌ただしく仕事に戻っていくと、梅子は寂しそうにぽつりと呟いた。

「……懐かしいわ、戻ったみたい。……私の人生が一番輝いていた、あのころに」

関係者が友人のため浦野に相談したところ、人手不足もあり、引き続き寅子が大庭家の案件を担当することになった。このような家事事件の場合、調停委員が間に入り、それぞれの言い分を聞く調停が行われ、まとまらなければ裁判官による審判に移ることになる。

親族間の話し合いや調停で事が済めばいいのだが……そうすれば寅子の出番はなくなる。

その後、寅子は多岐川に捕まり、夜まで『愛のコンサート』の会場探しに付き合わされた。

「狙ってた会場が押さえられた！　俺たちはやっぱりツイているな！　ハハハハッ！」

「来月末ですよ！　どうするんですか？　まだ出演者が誰一人決まってないのに」

「あいつがいいんじゃないか？　♪東京ブギウギ～」

「福来《ふくらい》スズ子《こ》なんて呼べるわけないでしょ!?」

あちこちからひっぱりだこの『ブギの女王』に声をかけようなど、図々しいにも程がある。

一方、仕事を終えた人々が訪れやすいように夜間も相談所が開かれることになり、気持ち的には女工哀史か蟹工船かというくらい、寅子はどブラックな働き方を強いられることになった。

寅子が遅くなれば当然、花江が一人でみんなの面倒をみることになる。やってもやっても終わらない家事、まだ手のかかる子供たちの世話で、花江はいつもピリピリしていた。

直明が見かねて手伝おうとしても、はると寅子の代わりに家を守り家族を支えなくてはと思い詰めている花江は、お義母さんならこれくらいサッとやっていたと聞き入れない。

そしてそのころ、大庭家に轟とよねが訪れ、ひと騒動が起きようとしていた。

「弁護士の轟と申します。梅子さんに頼まれて、遺言に書かれていた証人について調べました」

家族のほか、轟に呼び出されたすみれもいて、関係者が全員顔をそろえていた。

「証人の住所として書かれていた場所を訪ねたところ、まったくの別人が住んでいました。遺言者が遺言書を書くことができず、聞き取りで遺言書を作成した場合『証人三人以上』の立ち会いが必要です。内容が正確であることを確認したのち、遺言者本人と各証人が署名捺印しなければならない……証人を偽装したならば、当然のことながら遺言書は無効」

よねがすみれを見ながら、そのあとを続ける。

「それどころか、有印私文書偽造罪に問われる可能性もある……反論があれば聞くけど？」

一同の視線が注がれると、すみれは「なぁんだ、もうバレちゃったか」とあっさり開き直った。

「だっておかしいじゃない、徹男さんが愛していたのはこの私なのよ！」

結婚できなかったのは本妻の梅子のせいだと恨み、意趣返しをしたかったようである。

「……まぁ、これで一安心だな」

よねが言うと、梅子は「いいえ、これからよ」と表情を硬くした。

梅子の言うとおり、大庭家の本当の波乱はここから始まったのであった。

すみれが去ったあと、大庭家にいったい何が起きたかというと――。

「お前たち、それと母さんも相続を放棄しろ。大庭家の財産は、いや大庭家は俺が守っていく」

徹太がふんぞり返って言いだした。何年も家で無為徒食の生活をしている徹次に渡す金はない、まだ学生の光三郎に大庭家の財産は管理できないというのが、その理由である。

早い話が、徹太は財産を独り占めしたいのだ。轟とよねは開いた口が塞がらなかった。梅子が相続放棄するのは当然で、母親は女中か何かだと思っているらしい。

徹次も光三郎も納得していないが、常は弁護士の徹太を頼りにしているようだ。

「お義母さんとおばあちゃまも、わたくしが最後までお世話してあげますので」

徹太の妻・静子《しずこ》が、申し合わせたように恩着せがましく口を出す。

「まぁ、その手間賃だな。この家の財産はもともと全部、長男である俺のものになるはずだったんだ！　俺にはその権利が」

堪忍袋の緒が切れたよねが、「ないですよ」と徹太の話を遮った。

「民法が改正されたことくらい、弁護士なんですからご存じですよね？　配偶者が三分の一。直系卑属である息子のあなたたちが三分の二を等分に分ける」

「母さんだけ放棄すればいい。それを俺たちでまた三等分すればみんな得するじゃないか！」

長男同様、次男も自分のことしか頭にないロクデナシである。

そのとき、梅子がおもむろに口を開いた。「……私は放棄しませんよ」

「母さんまで何をばかなことを……お前ら、ご先祖様に申し訳が立たないと思わないのか？」

徹太の身勝手さには、先祖も草葉の陰であきれているに違いない。

結局遺族同士の折り合いがつかず、家裁に調停の申し立てが行われた。調停委員が各々の事情や希望の分割方法を聞き、助言や提案をして解決を目指していくのであるが……。

「どうでしょう。家族なんですから、いがみ合わず、もう少し歩み寄ってみては……」

調停委員が汗を拭き拭き説得するも、大庭家の面々は睨み合うだけで聞く耳を持つ気ゼロ。話し合いは難航し、関係が泥沼化するのを、寅子は悶々としながら見守ることしかできない。

「……この件に限らず、長男が相続を独り占めする案件の多いこと多いこと」

大庭家の一同が帰ったあと、調停委員は寅子に嘆いた。

「大庭家の皆さんはほかのご家庭より法律が変わったこと、その意義を知っているはずなのに」

「そう簡単にこの国に染み付いた家制度の名残は消えんということです」

家庭局に戻った寅子は、自分の席に座るやいなや「あああぁ！」と頭を抱えた。せっかく再会できたのに、友達の役に立てないのが歯がゆくて仕方がなかった。調停不成立になっても、そのときは裁判官という立場上、梅子の味方はできない。

「じゃあきみにできることは何もない！　答えが出ているなら悩むな！　弁護士を信じたまえ！」

「……そう、ですよね」　多岐川も、たまに良いことを言うのである。

そのころ、梅子は先日の礼を言うため、轟法律事務所を訪れていた。

「あんなところで暮らして、よく正気を保てるな……アンタのこと初めて尊敬したよ」

「あのとき、よねさんがいなければ、私あのまま相続を放棄していたかもしれない。ありがとう」

「とにかく任せておけ！　大庭さんはここまで耐えたんだ、当然遺産をもらう権利がある！」

轟は胸を叩いた。ところが梅子は、自分はともかく、息子たちが誰も損をしないように三人平等に遺産が相続されるようにしてほしいと言う。

長男の徹太は亡夫に瓜二つの性格で、妻の静子も似た者夫婦。次男の徹次は戦地から戻って酒浸りになり、自分を卑下して人を逆恨みするようなひねくれ者になってしまった。三男の光三郎はお人よしが過ぎて、兄二人に良いように言いくるめられてしまうかもしれない。

「それぞれ心配なところがたくさんあるの。だからこそ三人手を取り合って生きていってほしい。夫という後ろ盾はもういないんですから」

「……どんな子でも自分の息子はかわいいか」と轟。

「そうなっちゃうのかしらね……」　梅子は悲しげに笑い、お願いしますと二人に頭を下げた。

あんな息子たちのために……と思わないではなかったが、それが依頼人の願いであれば、轟もよねも反対はできないのであった。

そしてまた、大庭家の調停が行われる日がやってきた。

話がこじれそうだからと今回は裁判官の寅子も出席することになったが、この場を回すのは調停委員に任せ、出しゃばらずに状況を見守ることにする。

「お一人ずつ個別にお話を伺ってまいります……まずは、大庭常さんからお願いします」

「……私は……私は……徹太には面倒を見てほしくない」

常が急に意見を翻した。慌てたのは徹太である。

「な、何を言ってるんだよ、おばあちゃん！　家督を継ぐのは俺って言ってたじゃないか！」

「梅子さん、あなたが悪いんですよ。あなたが徹太の嫁をきちんと躾《しつ》けないから！」

常は性格のきつい静子を嫌っていて、絶対に世話になりたくないと言う。

「光三郎がいい。だから光三郎により多くの相続をしてちょうだい」

文句をつけてきた徹太に、「あなた、私の世話をするから手間賃をもらうって言っていたじゃない」とやり返す。どうも「手間賃」という言葉にカチンときたらしい。

「光三郎の行く所には梅子さんもついていくでしょう？　今までどおり私と光三郎のお世話をしてもらいましょう」

常もまた自分の都合のいいように話を持っていこうとする。

「待ってくださいお義母さん、光三郎の気持ちを無視して勝手なことを」

梅子の話を遮るように、光三郎が「いいよ、僕は」と言った。

「僕も、お母さんとおばあちゃんをお兄さんたちには任せられない。ただしおばあちゃんが、お母さんに意地悪しない、命令しないって約束してくれるならね」

常は不服そうだったが、光三郎に見捨てられたら行き場がなくなってしまう。

「……いいですよ、約束しましょう。徹太の嫁の世話になるよりマシですからね」

光三郎が梅子に微笑む。梅子も涙ぐんで息子に微笑みを返した。そんな二人を見守りながら、寅子は思い出していた。夫の徹男に小ばかにされながらも、子供たちのために必死で法律を学んでいた梅子の姿を……。弁護士になることも、離婚も親権を得ることも叶わなかったけれど、息子を正しく育てるという願いを、梅子は別の形で、十年かけて叶えたのだ。

家庭局に戻った寅子は、「あああぁ！」と歓喜の雄叫びをあげて机に突っ伏した。

「あーあー言っているところ悪いが、きみに言わねばならんことがあってな」

特例判事補としていかにあるべきかの忠告かと思えば、家裁広報月間の一環として多岐川と一緒にラジオ出演することになったという、ビッグなびっくりニュースであった。

寅子と多岐川が出演したのは、婦人向けの情報番組である。

「本日は家庭裁判所についていろいろと伺っていこうと思います。……判事補として働く佐田さんの元にも、連日かよわいご婦人方が相談に来られていると」

最初は緊張していた寅子も、だんだん本来の調子を取り戻してきた。

「私は、ご婦人方をかよわいとは思っておりません。裁判所を訪れる多くのご婦人は、世の中の不条理なこと、つらいこと、悲しいことと戦ってきた、戦おうとしてきた、戦いたかった方たちです。それが、法律が変わり家庭裁判所ができて、やっと戦うことができる、報われることができる、誰かの犠牲にならずに済むようになった。私は女性たちが自ら『自分の幸せ』を掴み取ってほしいと祈っておりますし、そのお手伝いができたらなと常々思っております」

「つまり、愛の裁判所なんですよ！　家庭裁判所は！」

最後に多岐川がしっかり宣伝する。

「来月に家庭裁判所主催、『愛のコンサート』を開催いたします！　どなたか有名歌手の方！　ご出演お待ちしておりますよ〜！」

寅子のラジオ出演は、本人や家族、裁判所の面々が吹聴して回ったおかげもあり、彼女を知る多くの人間が聞くことになった。

ラジオで多岐川が家庭裁判所のイメージ回復を図ったおかげか委託先が増え、今夜寅子と小橋が訪れた鰻屋も、快く承諾の返事をくれた。

「あとはコンサートの出演者さえ決まれば言うことなしなんだけど」

話しながら上野の通りを歩いていると、小橋が「なぁ見ろよ」とニヤニヤしながら路地裏を指差した。暗がりで若い男女のカップルが抱き合っている。

「やめなさいよ、じろじろ見るのは……」

そのとき、女の顔が見えた。なんと、すみれである。驚いていると、男が寅子のほうを向いた。

「光三郎ちゃん⁉　なんですみれさんと……」

衝撃のあまり寅子は絶句した。

「あらら、家裁の人にバレちゃった」

恥じる様子もなく笑うすみれと、きまり悪そうにうつむく光三郎。

この二人が深い仲になっているなんて、誰に想像できただろうか。

到底一人では抱えきれず、寅子はその足で轟法律事務所に向かった。

「抱える必要はない、ハッキリさせるだけだ」

よねは嫌な予感がしていた。遺言書偽造がばれて追い出されるとき、すみれが笑っていたからだ。あの大庭家で十年以上も妾をしてきた女だ、転んでもただでは起きないだろうと……。梅子の気持ちを思うと寅子の胸は痛んだが、あとはよねと轟に任せるほかなかった。

その日、轟とよねの立ち会いのもと、再び大庭家に家族一同とすみれが顔を揃えた。

「……光三郎、何かの間違いよね？　お母さんは誤解している、すみれさんのお妾さんで」

梅子の唇は震えていた。お母さんは誤解している、すみれさんはかわいそうな人なんだ、悪いのはお父さんだと、懸命にかばう息子をぼう然と見つめる。

「仕方ないじゃないか！　好きになっちゃったんだ！　僕が彼女を幸せにしたいんだよ！」

よねは見ていられず、「……クソ」と苦々しく吐き捨てた。

光三郎とすみれは、徹男の存命中すでにねんごろになっていたようだ。確実に財産を相続する若い息子に乗り換えようと、すみれがあの手この手でたぶらかしたに違いない。情にもろい、一回りも年下のうぶな若者を骨抜きにすることなど、すみれにとっては朝飯前だったろう。

「ごめんなさいね、いつもあなたから大切なものを取り上げてしまって」

すみれが梅子を見下すようにクスクス笑い、激怒した常がこの女を追い出せと怒鳴る。

梅子の周りからすべての音が遠のいていく。すみれを引っぱり出そうとする徹太、恋人を守ろうとする光三郎、それをニヤニヤして見ている徹次。息子たち総出演のサイレント映画を観ているようだ。

「……あぁ〜」

梅子は天を仰いで笑いだした。せめて息子たちの仲を、せめて光三郎だけはと歯を食いしばってきた。少しでも自分が良い母親だと思いたくて、少しでも息子たちに愛されたくて――結局、それも利己的な考えだったのだ。

ひとしきり笑ったあと、梅子は呆気に取られている一同に向かって両手を挙げた。

「もう駄目、降参。白旗を振るわ。私は全部失敗した。結婚も家族の作り方も、息子たちの育て方も、妻や嫁としての生き方も全部！」

「お母さん、話を聞いてよ」

「いいのよ。光三郎、あなたは自分が選んだ道を進めばいい。私はすべてを放棄します。遺産も、大庭家の嫁も、あなたたちの母としての務めも。ぜ〜んぶ捨てて、私はここから出ていきます」

「待てよ、じゃあこれから、誰がおばあちゃんの世話をするんだよ」

「そうよ！　私を捨てるのかい？」

徹太と常が口々に梅子を難詰する。だが、息子たちはなんだかんだ言ってもおばあちゃん子だ。

「……民法七百三十条『直系血族及び同居の親族は、互に扶け合わなければならない』。お義母さまのことは兄弟で話し合いなさい。きちんと育ててあげられなくてごめんね。でもお互い誰かのせいにしないで、自分の人生を生きていきましょう。ごきげんよう！」

梅子はきっぱり別れを告げると、あ然としている家族とすみれに背を向けて歩きだした。

涙を拭い、キリリとした表情で去っていく。スンッとしていた梅子は、もうどこにもいない。よねは痛快そうにニヤリと笑い、軽い足取りで梅子のあとに続いた。

梅子が人生の大きな決断を済ませたそのころ、殿様判事こと久藤の驚くべき交友関係により、『愛のコンサート』に人気歌手の出演が決定した。家庭裁判所のポスターのモデルも快く引き受けてくれ、コンサートチケットは完売。後日ラジオ放送までされることになった。

梅子が相続を放棄したとたん、息子たちは三等分に財産を相続することで合意し、調停は取り下げられた。調停委員によると、最後の挨拶には三人揃って来たそうだ。

とにもかくにも判事補と相続問題の関係者という間柄でなくなった寅子と梅子は、営業を再開した『竹もと』で共に団子を頬張れるようになったのである。

「んんん！」

「これこれ、この味よ！」

よねと轟は仕事が山積みで来られなかったが、午後から早引けした寅子と轟法律事務所に居候している梅子、たまには息抜きしようと花江も呼び出し、三人で舌鼓を打つ。ちなみに桂場は、開店当日から五日連続で店に通ってきたらしい。

「もしこのまま審判までいっていたら、トラちゃんはどういう判断を下すつもりだったの？」

梅子が聞いてきた。担当判事補として、寅子の口からそれを言うわけにはいかない。

だが、母親を守りたい、つらい思いをさせたくないという光三郎の気持ちはたしかに本物だった。審判になったら梅子と光三郎を軸に家族が関係を修復できる道を探るつもりでいたのに、すみれという存在のせいで大番狂わせが起きてしまった。

「……ねぇ梅子さん、民法七百三十条についてはどう思う？」

『直系血族及び同居の親族は、互に扶け合わなければならない』。梅子が息子たちにその話をしたと、轟が教えてくれた。

「そんな当たり前のこと、わざわざ法律にすること？」

花江が首を傾げる。寅子もまったく同意で、いまだに腑に落ちていなかった。

「……私は腹が立った」と梅子。

「扶け合うって言葉でまた全部私のような人間に面倒を押しつける気だなって。だから、息子たちに押しつけ返してやったの……法律は本当に使い方次第だわね」

「……あぁ、この感じ懐かしいな」

「そうね、またトラちゃんと法律談義できるなんてね」

楽しくおしゃべりしていると、店に多岐川から電話がかかってきた。寅子に今すぐ衣装打ち合わせに行ってほしいという。寅子は二人に謝り、慌てて店を出た。

「……本当にすごい、トラちゃんも梅子さんも……私だけ、自分の役目を果たせてない」

梅子の優しさに甘えて、花江は心につっかえていたことを話しだした。

「トラちゃんのラジオを聞き終わったとき、息子に言われたんです、道男と一緒になってもいいよって。うちで面倒をみてた子なんですけど、何を勘違いしたのか、私がその子を好いていると思ったみたいで。私も最初は笑ってしまったんです」

道男が来ると、なぜか必ず夢に直道が出てくる。だから嬉しいのだと花江が白状すると、しっかり者の直人が突然ポロポロ泣きだした。絶対に嫌だけど、お母さんが笑っていられるなら幸せを掴んでほしいと思っていたと――。

「余計な心配かけて……梅子さんのように良い母に徹することもできない。だめな母親だわ」

「……トラちゃん風に言うならば『はて?』ね」と梅子は微笑んだ。

「息子さん、誰かの幸せを考えられる優しい子に育ってるじゃない……それだけで私なんかより優秀よ。母親を失敗した私から一つ助言するとするならば、良い母なんてならなくていいと思う。自分が幸せじゃなきゃ、誰も幸せになんてできないのよ、きっと」

花江は泣きながら梅子と手を握り合った。はるは完璧で周りに甘えるのが下手だったけれど、手抜きをして、みんなで助け合う幸せを目指すほうが自分らしいと花江は思う。

帰ったら、みんなに言おう。花江のいちばんの幸せは、ほっとひと息ついたときに、楽しそうに笑う家族を眺めること。だからほっとひと息つくために、手分けして助けてほしいと……。


そしていよいよ、家庭局主催『愛のコンサート』の日がやってきた。

楽屋で準備を手伝っていた寅子が衣装のほつれを見つけて繕っていると、「あなた、子供が?」と尋ねられた。たまたま鞄に紛れ込んでいた優未のお手玉を見たらしい。

「はい娘が一人……夫は戦争で亡くなりましたので、今は義理の姉たちが面倒を」

「そう。だからこうして働きに」

「それもありますが、この仕事が好きなんです。正確には法律です。憲法が変わって、より好きになりました。すべての人間を平等に幸せにできる。困った人の手伝いができる最高の仕事なんです」

そこへ、久藤が歌手を迎えにきた。エスコートされながら、歌手が寅子を振り返る。

「ライアンさんから頼まれなくても絶対引き受けていたわよ、私。……あなたと同じ。この仕事が好きなの」

会場が割れんばかりの拍手喝采、『愛のコンサート』は大盛況に終わった。さらに終演後の記者会見で、こんなサプライズも起きた。

「家庭裁判所の方とお話させてもらったんですけどね、佐田寅子さんと言ったかしら……彼女、まっすぐな目で『人助けを最高の仕事』だなんて言うの。本気でそう思っていないと言えない言葉よ……東京在住の困ったご婦人方は、ぜひ佐田寅子さんをお尋ねになって」


愛妻家の汐見だけは先に帰ってしまったが、家庭局一同はその夜、法曹会館の屋上でラジオから流れる歌に耳を傾けつつ、美酒と歓びに酔いしれた。

みんないい気分で、軽口を叩き合って笑い合う。

「きみは本当に良い顔で笑うな！　よし、佐田くん歌え！　『愛のコンサート』第二部だ！」

多岐川が言い、小橋と稲垣が拍手する。仕方ないですねぇと言いつつ、寅子はまんざらでもない。

「歌う前にひと言！　えぇっと、先ほど多岐川さんに良い顔で笑うと言われて、亡くなった夫のことを思い出しました。きっと家裁で働く私を夫も褒めてくれると思います……歌います！」

歌うは十八番の『モン・パパ』だ。

今頃、香淑は汐見が持って帰った梅子のおにぎりを頬張っているだろうか。涙を酸っぱい梅干しのせいにして……。

仕事の手を休めておにぎりを食べるよねと轟を、梅子は嬉しそうに眺めているだろう。

花江は子供たちに囲まれて眠りながら、夢の中で直道と幸せな時間を過ごしているに違いない。

優未なら大丈夫だ。優三の写真とお守りが、寅子の代わりに見守ってくれている……。

涙ぐみながら歌い終えると、多岐川たちも目を潤ませている。

三人の拍手を浴びながら、寅子は涙を拭って笑顔になった。

そして、この『愛のコンサート』の大成功が、寅子をとりまく環境を、そして寅子自身を大きく変えていくことになるのである。

吉田恵里香（よしだ・えりか）

１９８７年生まれ。２０２２年、ＮＨＫのドラマ『恋せぬふたり』で第40回向田邦子賞を受賞。主な執筆作に、ドラマ『花のち晴れ～花男 Next Season～』『30歳まで童貞だと魔法使いになれるらしい』『ブラックシンデレラ』『君の花になる』、映画『ヒロイン失格』『センセイ君主』、アニメ『ぼっち・ざ・ろっく！』『TIGER & BUNNY』『ルパン三世』など多数。小説『恋せぬふたり』（ＮＨＫ出版）、『脳漿炸裂ガール』（角川ビーンズ文庫）など、多方面で幅広く活躍中。

ＮＨＫ　連続テレビ小説　虎に翼 (上)

２０２４年３月25日　第１刷発行

著者　作 吉田恵里香
ノベライズ 豊田美加

発行者　松本浩司
発行所　ＮＨＫ出版
〒一五〇-〇〇四二 東京都渋谷区宇田川町一〇-三
電話　〇五七〇-〇〇九-三二一（問い合わせ）
〇五七〇-〇〇〇-三二一（注文）
ホームページ　https://www.nhk-book.co.jp
印刷　亨有堂印刷所／大熊整美堂
製本　二葉製本

Printed in Japan
ISBN978-4-14-005743-8　C0093